M. G. Leonard

KÄFER QUEEN

Aus dem Englischen von
Britt Somann-Jung

CHICKEN HOUSE

Für Sam, Sebastian und Arthur

»Wir können das Herz eines Menschen danach beurteilen, wie er Tiere behandelt.«

IMMANUEL KANT

1. Kapitel
SCHNEEWITTCHEN

Es klopfte leise an der Tür.

»Madame?«

Lucretia Cutter drehte den Kopf, die lidlosen Augen schimmerten wie zwei tintengefüllte Blasen. Ihre vier schwarzen Chitin-Beine klebten mühelos an der Decke und der Stoff ihres lilafarbenen Rocks ergoss sich Richtung Boden.

»Ja, Gerard«, antwortete sie.

»Die amerikanische Schauspielerin, Ruby Hisolo Jr., ist zur Anprobe eingetroffen«, sagte der französische Butler durch die Tür hindurch. Er durfte den weißen Salon nicht betreten, es sei denn, er wurde hereingebeten.

»Sie können sie nach unten bringen.«

»Wie Sie wünschen, Madame.«

Sie lauschte den diskreten Schritten des Butlers, als er sich durch den Korridor entfernte. Es begeisterte sie, dass sie schon die geringste Bewegung in ihrer Umgebung wahrnehmen konnte. Ihr neuer Körper und die geschärften Sinne verliehen ihr Macht. Sie sehnte den Moment herbei, in dem sie der Welt zeigen konnte, wer sie wirklich war. Und dieser Moment würde kommen. Bald.

Sie streckte ihre menschlichen Unterarme aus und krabbelte zur Wand neben der Tür, an der sie mit erschreckender Schnelligkeit hinunterstieg, den Boden erreichte und sich auf ihre Hinterbeine fallen ließ.

Während sie durch den Raum ging, steckte sie ihre mittleren Beine in Taschen, die ins Futter ihres Rocks eingenäht waren, schloss die Öffnungen mit einem Reißverschluss und verbarg so ihren Insektenkörper. Sie griff nach der schwarzen Perücke, die schlaff auf ihrem gläsernen Schreibtisch lag, und setzte sie sich auf. Dann nahm sie ihren weißen Laborkittel von der Lehne des Plexiglasstuhls, steckte die Arme hinein und zog ihn über die Schultern. Aus einer Kitteltasche fischte sie eine übergroße Sonnenbrille und schob sie sich auf die Nase, so dass ihre Facettenaugen verborgen waren.

Zur Kontrolle drehte sie sich vor dem Spiegel und schnappte sich dann den Gehstock aus Ebenholz, der am Schreibtisch lehnte. Sie benötigte den Stock zwar nicht, aber er bestärkte die anderen in dem Glauben, sie hätte einen Autounfall gehabt. Das hatte sie zur Tarnung erzählt, als sie ihre Verpuppung durchlief.

Ihre Sinne schlugen an. Sie spürte die Vibrationen der lautlosen Schritte, die zu ihrem persönlichen Bodyguard gehörten.

Ling Ling war eine Kunoichi, ein weiblicher Ninja, die vom Leibwächter des letzten chinesischen Kaisers, Toshitsugu Takamatsu, ausgebildet worden war. Sie war die jüngste Primaballerina des New Yorker Balletts gewesen, aber ihre Karriere fand während einer *Schwanensee*-Aufführung ein jähes Ende, als sie sich bei den rasend schnellen legendären zweiunddreißig Fouettés des schwarzen Schwans den Knöchel zertrümmerte. Ling Ling tauschte ihre Spitzenschuhe gegen ein Ninjato-Schwert und wurde zu einer tödlichen Waffe.

Lucretia Cutter öffnete die Tür. Ling Ling wartete davor, in ihrem üblichen schwarzen Anzug.

»Irgendeine Spur dieser verdammten Käfer?«

Ling Ling schüttelte den Kopf. »Craven und Dankish sind noch auf der Suche.«

»Schwachköpfe«, murrte Lucretia Cutter. »Schick die gelben Marienkäfer los. Ich brauche Augen in der gesamten Stadt. Diese verfluchten Viecher könnten mir alles verderben. Ich will, dass sie gefunden werden. Und ich will, dass sie vernichtet werden.«

Ling Ling nickte kurz.

Die Schlacht mit den Käfern vom Emporium hatte sie überrumpelt und Lucretia Cutter war es nicht gewohnt, einen Kampf zu verlieren. Sie wollte die Käfer nicht nur auslöschen, weil sie von ihrer geheimen Zucht transgener Insekten zeugten, sondern weil sie sie öffentlich gedemütigt hatten. Sie hatte einen Haufen Leute bestechen müssen, um nicht ins Gefängnis zu kommen und die Fotos ihrer neuen Augen von den Titelseiten der Zeitungen fernzuhalten. Diese Käfer hatten sie Zeit und Geld gekostet und sie würde nicht eher ruhen, bis sie zu Staub gemahlen waren.

»Noch was, Ling Ling: Schick als Begleitung unserer Spione die giftigen Coccinellidae mit – die gelben Elfpunkt-Marienkäfer. Wenn da draußen noch irgendjemand seine Nase in meine Angelegenheiten steckt, will ich ihn beseitigt haben.« Sie hob den Zeigefinger. »Wobei sie Bartholomew Cuttle nicht anrühren dürfen. Verstanden? Der gehört mir.«

Ling Ling verbeugte sich tief und tappte davon.

Lucretia Cutter schloss die Tür. Bartholomews Flucht hatte sie aufgewühlt, aber er würde schon wiederkommen. Sie tippte sich mit dem Zeigefinger an die Oberlippe, als sie über die abtrünnigen Käfer nachdachte. Eigentlich sollte sie sich zu den Fähigkeiten der Käfer beglückwünschen – sie stammten schließlich aus *ihren* Laboren.

Sie lächelte. Wer hätte gedacht, dass die Verbindung von Bartholomew Cuttles DNS mit Käfer-DNS zu solch beeindruckenden Ergebnissen führen würde? Coleoptera, die eigenständig denken konnten und einen freien Willen erkennen ließen? Das war neu. Sie hatte vorher noch nie erlebt, dass verschiedene Käferarten zusammen einen Feind bekämpften. Es war aufregend – obwohl ihr nicht entgangen war, dass ihnen der Killerinstinkt fehlte. Sie grinste höhnisch. Vermutlich hatten sie Bartholomews weiches Herz geerbt. Ihre neuen Käfer trugen Schäferhund-DNS in sich, sie ließen sich trainieren, konnten kämpfen und Befehle befolgen. Sie hatte sich eine Armee gehorsamer Sklaven gezüchtet und mehr brauchte sie im Moment nicht.

Während sie zum Einwegspiegel hinter ihrem Schreibtisch ging, zog sie einen Lippenstift aus der Kitteltasche, trug schimmerndes Gold auf und presste die Lippen zusammen. Sie hätte diesen Crips-Jungen dafür erwürgen können, dass er die Cuttle-Käfer befreit hatte. Er hatte sie um Jahre zurückgeworfen.

Ein Klopfen an der Tür und ein wohlbekanntes rauchiges Kichern ließen sie innehalten.

»Herein.« Sie setzte ein höfliches Lächeln auf.

Gerard öffnete die Tür und eine junge Frau, blond und sexy, in rosa Pullover und weißem Faltenrock stöckelte herein.

»Ruby, Schätzchen, wie schön Sie zu sehen«, sagte Lucretia und durchquerte den Raum.

Ruby Hisolo Jr. warf die blonden Locken über die Schulter und sah sich kritisch in dem spärlich dekorierten Raum um.

»Wow! Wer ist Ihr Innenarchitekt?« Sie hob eine Hand. »Nein. Sagen Sie nichts. Wer immer es ist, werfen Sie ihn raus. Hier sieht's aus wie in einem Labor.« Sie verzog das Gesicht. »Das ist ja unheimlich.« Sie stieß einen perfekt manikürten Finger in Lucretia Cutters Richtung. »Sie gehen mit dem Apotheken-Look etwas zu weit. Dieser Raum könnte ein bisschen Farbe vertragen.« Sie zeigte auf die verschiedenen Bereiche des Salons: »Apricot oder Pfirsich. Und Kissen. Alle mögen Kissen. Ich weiß da einen tollen Typen, falls Sie Hilfe brauchen«, sie kicherte, »und wir wissen beide, dass sie es tun.«

Lucretia Cutter antwortete nicht. Sie behielt das höfliche Lächeln bei, auch während der unangenehmen Stille, die folgte.

»Ich will ja bloß helfen.« Ruby seufzte unbekümmert. Sie sah Gerard mit klimpernden Wimpern an. »Ich habe Durst. Gibt's was Prickelndes?«

Der Butler ging zu einem Kühlschrank, der sich unter dem Labortisch befand, und nahm eine geeiste Champagnerflöte und eine dunkelgrüne Flasche heraus. Er öffnete die Flasche, füllte das Glas und reichte es der wartenden Schauspielerin.

Lucretia Cutter klatschte in die Hände. »Also, werden wir bei den Filmpreisen die Herzen der Welt gewinnen?«

»Natürlich werde ich das.« Ruby leerte ihr Glas in einem Zug, gab es dem Butler zurück und wischte sich den Mund mit dem Ärmel ab. »Warum wäre ich sonst hier?«

»Gut.« Lucretia Cutter lächelte mit zusammengebissenen Zähnen und erinnerte sich daran, dass diese Anprobe wichtig war. »Gerard, bring bitte *Schneewittchen* herein.«

»Schneewittchen? Wer ist Schneewittchen?« Ruby runzelte die Stirn. »Ich dachte, das wäre *meine* Anprobe? Ich habe es Ihren Leuten am Telefon gesagt. Ich bin jetzt ein großer Star und ich werde nicht …«

Gerard rollte einen dunklen schlanken Schrankkoffer herein, der so groß war wie er.

»Ich nenne meine Kreation *Schneewittchen*, weil sie aus der reinsten weißen Substanz gemacht ist, die sich in der Natur findet«, sagte Lucretia Cutter.

Gerard öffnete die Schnappverschlüsse und die Tür des Koffers schwang auf. Das Innere des Kastens glomm im Licht, das von einem zarten Kleid auf einem goldenen Bügel ausging.

»Mein Gott!« Rubys manikürte Fingerspitzen streiften ihre roten Lippen, als sie staunend nach Luft schnappte. »Ein Kleid aus Feenstaub!« Sie ging zum Koffer und streckte die Hand aus, um es zu berühren.

»Streng genommen besteht es aus Käfern.«

»Es ... was?« Ruby zuckte zurück.

»Aus Cyphochiluskäfern, um genau zu sein«, fuhr Lucretia fort, »eine asiatische Käferart. Das extreme Weiß stammt von einer dünnen Schicht aus stark reflektierendem photonischen Feststoff auf ihren Deckflügeln. Diese Deckflügel sind weißer als jedes erdenkliche Papier oder Material, das der Mensch geschaffen hat. Die Flügel zeichnen sich durch eine komplexe molekulare Geometrie aus, so dass sie Licht mit höchster Effizienz streuen können.«

Ruby starrte das Kleid mit Grausen an. »Sie wollen mir also sagen, das Kleid sei aus Käfern gemacht? Aber die sind tot, oder?«

»Um solch vollkommen weiße Deckflügel hervorzubringen, müssen die Cyphochiluskäfer alle Farben gleich stark reflektieren«, fuhr Lucretia Cutter fort. »Ein Wunder, das in der Natur nur selten vorkommt. Aber dass diese perfekt weißen Deckflügel für ein Kleid verwendet werden, das extra für eine Gala voller Blitzlichtgewitter und Scheinwerfer angefertigt wurde, nun, das hat es noch *nie* gegeben.« Sie sah Ruby Hisolo Jr. in die Augen. »Die Trägerin dieses Kleides wird alle umhauen, die sie zu sehen bekommen. Sie wird tatsächlich ein Star sein.«

Rubys Blick huschte zurück zum Kleid im Koffer.

»Würden Sie es gern anprobieren?«, flüsterte Lucretia Cutter und rückte näher an die Schauspielerin heran. »Ich habe es Ihnen auf den Leib geschneidert.«

Ruby nickte langsam. »Mmmm-hm. Okay.«

Lucretia Cutter bedeutete Gerard, das Kleid herauszunehmen und an den weißen Paravent auf der anderen Seite des Raums zu hängen. »Schlüpfen Sie einfach hinter dem Wandschirm hinein. Gerard wird Ihnen einen Spiegel bringen.«

Ruby beäugte das Kleid verhalten. »Es sind nur Käfer, richtig?«

»Ganz genau«, sagte Lucretia Cutter nickend. Sie lächelte steif, als sie die Schauspielerin zögerlich durch den Raum und hinter den Paravent gehen sah. »Nur Käfer.«

»Oooh, Mann«, sagte Ruby seufzend, als sie in das Kleid schlüpfte, »es fühlt sich unglaublich an.«

Barfuß und in *Schneewittchen* gekleidet kam die amerikanische Schaupspielerin wieder heraus. Das steife Lächeln auf Lucretia Cutters Gesicht verschwand, sie entspannte sich und jetzt war ihr Lächeln echt. Das Kleid war umwerfend. Es war wie ein Charleston-Kleid aus den 1920er-Jahren geschnitten, aber statt der kleinen Pailletten oder Perlen war es mit winzigen weißen Käfer-Elytren bedeckt, die das Licht mit jeder noch so kleinen Körperbewegung der Schauspielerin schillernd zurückwarfen.

Gerard klappte Tür und Seitenwände des Koffers auf, so dass drei Ganzkörperspiegel zum Vorschein kamen, in denen Ruby sich von allen Seiten sehen konnte. Sie wandte den Spiegeln den Rücken zu, blickte über die Schulter und betrachtete sich mit Schmollmund.

»OH JA!« Jetzt hüpfte sie auf und ab. »Ich sehe aus wie nicht von dieser Welt!«

»So strahlend wie eine Göttin«, sagte Lucretia Cutter nickend.

»Stimmt. Sehen Sie mich an. Ich bin tatsächlich eine Göttin.« Sie stemmte die Hände in die Hüften, beugte sich zum Spiegel vor und zeigte ihr üppiges Dekolleté. »Ich muss dieses Kleid haben.« Sie schüttelte sich leicht und die Käfer verströmten ein angenehmes Rasseln. »Keine andere wird bei der Preisverleihung so ein Kleid tragen.«

»Neben diesem Kleid werden alle anderen wie schmutzige Lumpen wirken«, sagte Lucretia Cutter. »Und wenn die Kameras blitzen, während Sie den roten Teppich entlangschreiten, wird jeder einzelne Flügel dieser Wunderkäfer das Licht auf perfekte Weise reflektieren und Ihnen die Aura eines Engels verleihen.«

»Hauptsache, ich sehe besser aus als Stella Manning.« Ruby stolzierte auf den Spiegel zu, dann wieder zurück. »Die alte Hexe hat ihren großen Auftritt schon hinter sich. Dieses Jahr sollen alle Blicke auf mir ruhen. Dieses Jahr werde ich diejenige sein, die den Filmpreis gewinnt und mit tränenerstickter Stimme die Rede hält.«

»Ich kann Ihnen versprechen, dass sich die Leute an Ihnen nicht sattsehen werden. Dieses Kleid wird in die Geschichte eingehen. Niemand wird es je vergessen.«

»Wer hätte gedacht, dass Käfer hübsch sein können?« Ruby warf die Hände in die Luft. »Ich sterbe, wenn eine andere dieses Kleid trägt.«

»Ich fühle mich sehr geehrt, dass eine Schauspielerin Ihres Formats eine meiner Kreationen bei den Filmpreisen präsentieren wird.«

»Meine Stylistin hatte schon gesagt, dass Sie ein Genie sind, Letitia –«

»– Lucretia –«

»– mm-hmm, Letitia, wie auch immer«, sagte Ruby und bewunderte weiter ihr eigenes Spiegelbild, »und ich habe ihr nicht geglaubt. Wie falsch ich lag!«

»Sie sind zu freundlich.« Lucretia Cutter verlor allmählich die Geduld. »Allerdings muss ich Ihnen sagen, dass es einige Regeln gibt, denen Sie zustimmen müssen, wenn Sie dieses Kleid zur Filmpreisverleihung tragen wollen.«

»Regeln?« Ruby runzelte die Stirn. »Was denn für Regeln?«

»Sie werden dieses Kleid bis zum Morgen der Gala nicht mehr zu sehen bekommen. Dann wird eine meiner Angestellten kommen und Ihnen bei der Ankleide behilflich sein und Sie in einem meiner Wagen zur Preisverleihung geleiten. Es ist Ihnen gestattet, der Presse zu sagen, dass Sie eine Kreation von *Cutter Couture* tragen werden, aber Sie dürfen das Kleid niemandem beschreiben. Es muss ein Geheimnis bleiben.«

»Ein Geheimnis?« Ruby zog eine Augenbraue hoch. »Ich *liebe* Geheimnisse!« Sie klatschte in die Hände. »Ich werde die ganze Welt überraschen, wenn ich aus der Limousine steige und den roten Teppich betrete. Ja!« Sie streckte Lucretia Cutter die Hand entgegen. »Lulu, wir haben einen Deal.«

»Dann gehört das Kleid Ihnen«, sagte Lucretia Cutter und ignorierte die ausgestreckte Hand der Schauspielerin.

»Schön.« Ruby zuckte die Achseln und betrachtete sich ein letztes Mal im Spiegel, bevor sie hinter den Wandschirm hüpfte und einen Augenblick später Gerard das Kleid reichte. Sie kam heraus, während sie sich den rosa Pullover über die blonden Locken zog, und schlüpfte in ihre weißen Stöckelschuhe. »Es war mir ein Vergnügen, mit Ihnen ins Geschäft zu kommen, Lulu.« Sie blieb kurz vor dem Spiegel stehen und überprüfte ihr Make-up.

»Oh nein«, entgegnete Lucretia Cutter, »das Vergnügen

liegt ganz bei mir.« Sie wies mit einer Geste zur Tür. »Gerard wird Sie hinausbringen.«

Als die Tür hinter ihnen zugefallen war, wandte sich Lucretia Cutter zu *Schneewittchen* um und bewunderte ihre Kreation. Dann legte sie den Kopf zurück und gab aus tiefster Kehle ein grausiges Klicken von sich.

Das Kleid, das im offenen Koffer hing, schillerte und vibrierte, als würde es aus allen Nähten platzen. Plötzlich explodierte es in einem Wirbelsturm aus Bewegung, als Tausende extra gezüchteter Cyphochiluskäfer aus ihren Halterungen flogen und wie ein glitzernder Tornado Lucretia Cutters Kopf umschwärmten.

Lucretia lachte. Es würde kinderleicht werden.

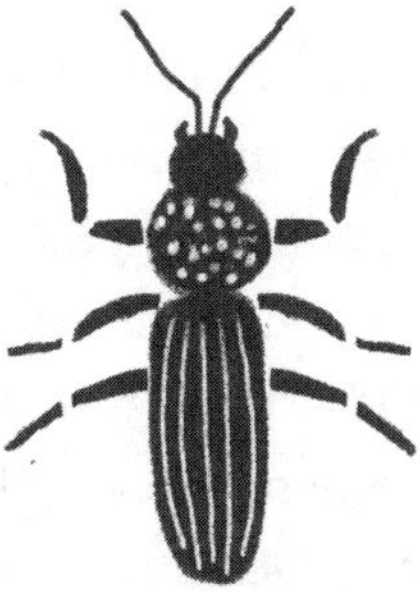

2. Kapitel
OPAPA-PIE

Dr. Bartholomew Cuttle setzte vorsichtig zwei volle Teller auf dem Tisch in Onkel Max' Küche ab. Lammhack in Soße, Kartoffelbrei, gewürfelte Karotten und ein Erbsenturm dampften.

»Danke, Dr. Cuttle, Sir«, sagte Bertolt Roberts höflich quiekend und schob die überdimensionierte Brille auf seiner Nase zurecht.

»Es ist mir ein Vergnügen, Bertolt.« Bartholomew Cuttle wischte die Hände an seinen Jeans ab, als er sich wieder zur Küchenanrichte umwandte. »Ich bin kein großer Koch«, sagte er und griff nach zwei weiteren Tellern, »aber das ist etwas, was ich tatsächlich hinbekomme. Ein Familienrezept, vom Vater an den Sohn weitergegeben.«

»Mmmmm.« Virginia Wallace sog den Essensduft ein, als

sie zu Messer und Gabel griff. Blitzschnell schlug ihr Bertolt auf den Handrücken. Virginia funkelte ihn böse an, legte aber die Hände wieder in den Schoß.

»Es sind im Grunde genommen die Zutaten eines Sheperd's Pie«, sagte er und setzte einen vollen Teller vor Darkus ab, »nur nicht *in* einem Pie.« Er kicherte, als er neben seinem Sohn Platz nahm. Darkus liebte es, wie sich die Haut um die blauen Augen seines Dads in kleine Falten legte, wenn er lächelte. Die Fröhlichkeit breitete sich dann über das ganze Gesicht aus. »Mein Vater hat *mir* dieses Essen zubereitet, als ich klein war, und nun mache *ich* es für meinen Sohn.« Er sah Darkus liebevoll an und verwuschelte ihm das dunkle Haar. »Es ist dein Lieblingsessen, nicht wahr, Darkus? *Opapa-Pie* nennt er es, nach meinem Vater.«

»Dad!« Darkus schnitt eine Grimasse, aber ein warmes Glühen erfüllte seine Brust und ein Lächeln zupfte an seinen Mundwinkeln. Noch wenige Wochen zuvor hatte er sich verzweifelt gewünscht, sein Dad würde wieder so herumblödeln, und jetzt tat er genau das. Onkel Max meinte, dass sie, da Dad gerade erst aus dem Krankenhaus entlassen worden war, darauf achtgeben müssten, dass er sich nicht überanstrengte, aber Dad kam mit jedem Tag mehr zu Kräften. Bald würde alles wieder normal werden und sie würden nach Hause zurückkehren.

Darkus blickte über den Tisch. Er würde es vermissen, Bertolt und Virginia jeden Tag zu sehen. Sie waren die besten Freunde, die er je gehabt hatte.

»Na, dann haut mal rein«, sagte sein Dad.

»Opapa-Pie?«, prustete Virginia, schnappte sich die Gabel, verrührte Erbsen, Fleisch und Karotten mit dem Kartoffelbrei und schaufelte sich das Ganze in den Mund, als hätte sie eine Woche lang nichts gegessen.

»Es schmeckt köstlich, Dr. Cuttle, Sir«, sagte Bertolt, bevor er überhaupt einen Bissen genommen hatte.

»Bitte, Bertolt, du musst damit aufhören, mich ›Sir‹ zu nennen. ›Mr Cuttle‹ reicht völlig. Oder nenn mich ›Barty‹, wenn du magst, wie alle anderen.«

»Ich könnte niemals ...«, stotterte Bertolt und seine geisterhafte Gesichtsfarbe glühte plötzlich pink. »Ich meine, Sie sind der wissenschaftliche Leiter des Naturhistorischen Museums und –«

»Meistens nennen wir Sie ›Darkus' Dad‹«, warf Virginia ein, wobei ihr Mund so voll war, dass sich ihre braunen Wangen wie die eines Eichhörnchens wölbten. Sie schluckte. »Nur in Ihrer Anwesenheit wird Bertolt immer so komisch und nennt Sie ›Sir‹.«

Bertolt starrte auf sein Essen und verspeiste es, als handelte es sich um ein kompliziertes Problem, das dringend gelöst werden musste. Er war so rot angelaufen, dass Darkus seine Kopfhaut unter dem weißen Wuschelkopf sehen konnte.

Am Tag, als sein Dad aus dem Krankenhaus entlassen worden war und Bertolt ihn zum ersten Mal getroffen hatte, hatte er sich verbeugt. Bertolts eigener Vater war nicht präsent und Darkus vermutete, dass sein schüchterner Freund sich manchmal wünschte, er hätte auch so einen Dad.

»Nun, so könnt ihr mich natürlich auch nennen. Ich bin stolz darauf, Darkus' Dad zu sein.« Er sah Darkus an und seine Miene wurde plötzlich ernst. »Er hat mir schließlich das Leben gerettet.«

»Mit Verlaub«, wandte Virginia ein und legte den Kopf schief, »Sie werden feststellen, dass wir dabei geholfen haben.«

Bartholomew Cuttle lachte. »Natürlich, Virginia, und ich bin mir sicher, dass du mich das nie vergessen lassen wirst, oder?«

»Auf keinen Fall.« Virginia schüttelte entschieden den Kopf, so dass ihre kleinen schwarzen Zöpfe durch die Luft flogen und die bunten Perlen klimperten. Sie hatte angefangen sich die Haare zu flechten, seit sie Marvin begegnet war, dem froschbeinigen Blattkäfer. An den Zöpfen konnte er sich besser festhalten.

Es blieb still, während sie aßen, und Darkus begriff: Virginia und Bertolt warteten darauf, dass er etwas sagte.

Es war an der Zeit. Sie hatten schließlich geplant, was er sagen würde, hatten es sogar eingeübt, aber jetzt brachte er die Worte kaum über die Lippen. Er stopfte sich den Mund mit Erbsen und Kartoffelbrei voll und wagte es nicht, aufzublicken. Virginias Gesicht würde ihm sagen, dass er endlich zur Sache kommen sollte.

Virginia nahm ihren leeren Teller hoch und leckte die

Soßenreste ab, was Bertolt zu einem lauten »Tss« veranlasste.

Von unten erklangen Türenknallen und Geklapper.

»Das ist der Prof!«, sagte Virginia und sah Darkus vielsagend an.

Zwei Minuten später ging die Küchentür auf und Onkel Max polterte herein, strahlend und freudig grüßend.

»Da drüben steht Essen, Max, falls du Hunger hast«, sagte Barty zu seinem Bruder.

»Großartig!« Onkel Max ging zum Herd und klatschte in die Hände. »Opapa-Pie!«, rief er fröhlich, holte sich einen Teller aus dem Hängeschrank und leerte alle Töpfe darauf aus. »Das habe ich ja ewig nicht gegessen.«

Virginia machte ein langes Gesicht, als sie begriff, dass es keinen Nachschlag geben würde.

Onkel Max nahm seinen Tropenhut ab und zog sich einen Stuhl heran. »Und?« Er sah Darkus an, während er nach der Gabel griff. »Hast du es ihm erzählt?« Dann wandte er sich an seinen Bruder. »Fantastisch, oder? Ich könnte es nicht glauben, wenn ich sie nicht mit eigenen Augen gesehen hätte.«

Barty runzelte die Stirn. »Was glauben?«

Onkel Max verschluckte sich und Darkus sah, dass plötzlich alle Blicke auf ihm ruhten.

»Darkus?« Sein Vater guckte verwirrt. »Was ist fantastisch?«

Da war er, der Augenblick, auf den er gewartet hatte. Also warum war er nervös?

Er stand auf, wobei er seinen Stuhl geräuschvoll zurückschob. »Ich muss dir was zeigen.«

Barty sah zu Onkel Max, der begeistert nickte. »Das wird dir gefallen«, sagte er, nahm seinen Tropenhut wieder hoch und setzte ihn auf, während er Opapa-Pie in sich hineinschaufelte.

»Na, dann zeig mir's mal. Ich bin gespannt.«

Virginia und Bertolt sprangen auf und warfen sich vielsagende Blicke zu, als sie Darkus aus der Küche folgten.

»Wir müssen nach draußen gehen«, sagte Darkus mit einem Schulterblick zu seinem Dad, »und eine Leiter hinunterklettern. Hast du genug Kraft?«

»Ich glaube, eine Leiter schaffe ich«, sagte Barty nickend.

»Es ist eine große Leiter.«

»Ich komme klar, Darkus, wirklich.«

Darkus führte sie aus Onkel Max' Wohnung die Straße entlang. Es war kurz nach sechs Uhr. Die Dezembernacht war angebrochen und die Straßenlaternen leuchteten. Der Waschsalon hatte geöffnet und im Zeitungsladen von Mr Patel brannte Licht, aber in den anderen Geschäften der Ladenzeile, Mother Earth, dem Bioladen, und dem Tattoo-Studio, war es dunkel.

Darkus dachte an den Morgen zurück, als sie Lucretia Cutter besiegt hatten, und an das Geräusch des Schusses, der seine Schulter durchbohrt hatte, als er sich auf seinen Vater geworfen, ihn zu Boden gerissen und damit sein Leben gerettet hatte. Es war der einzige Moment der Rettungsaktion, an den sich sein Dad noch erinnerte. Onkel Max hatte beschlossen, dass es das Beste wäre, wenn die Kinder den Käferberg erst einmal in der Kanalisation beließen und ihre Rolle bei der Rettung von Darkus' Dad geheim hielten, bis es ihm wieder gut ging.

Wie sich herausstellte, war es schwer, dieses Geheimnis zu bewahren. Dad fragte wiederholt danach, wie sie ihn aus Towering Heights befreit hatten, woraufhin sich Onkel Max an die Nase tippte, Darkus zuzwinkerte und antwortete: »Alles zu seiner Zeit, Barty. Darkus und ich wollen dich nicht damit in Verlegenheit bringen, was für ein Kinderspiel das alles war.«

Am schlimmsten war es, Baxter verstecken zu müssen. Der Nashornkäfer war in den Untergrund gegangen, zurück zum Käferberg. Darkus hasste es, von seinem Freund getrennt zu sein. Ihm fehlte der große schwarze Käfer auf seiner Schulter. Er sprach immer wieder mit seinem Schlüsselbein, als kauerte Baxter dort und hörte ihm zu, bis er mitten im Satz abbrach, weil ihm bewusst wurde, dass er allein war. Er sehnte den Moment herbei, an dem er Baxter seinem Vater vorstellen und ihm die fantastische Geschichte erzählen konnte, wie er, Bertolt und Virginia den Käferberg gerettet und vor Lucretia Cutter in Sicherheit gebracht hatten.

Und jetzt war der Moment gekommen.

Barty blieb hinter Darkus stehen und starrte auf die Ruine des Emporiums. Die Ladentür war wieder angeschraubt worden, bedeckt von einem mit Graffiti überzogenen Stück

Wellblech. Auf einem Absperrband hieß es ACHTUNG und POLIZEILICHE ERMITTLUNG, BETRETEN VERBOTEN. Ein gelbes Dreieck mit einem Ausrufezeichen warnte vor EINSTURZGEFAHR.

Darkus trat vor die Tür und zog unter seinem T-Shirt einen ledernen Schnürsenkel hervor, an dem ein Schlüssel hing.

»Was machst du da?« Bartys Blick flatterte nervös zu Onkel Max.

»Das ist schon in Ordnung«, sagte Darkus und öffnete die Tür. »Normalerweise gehen wir nicht hier rein, aber es ist vollkommen sicher.«

Onkel Max nickte seinem Bruder fröhlich zu.

Darkus nahm seinen Vater an der Hand und führte ihn ins Emporium. »Komm mit, du wirst schon sehen.«

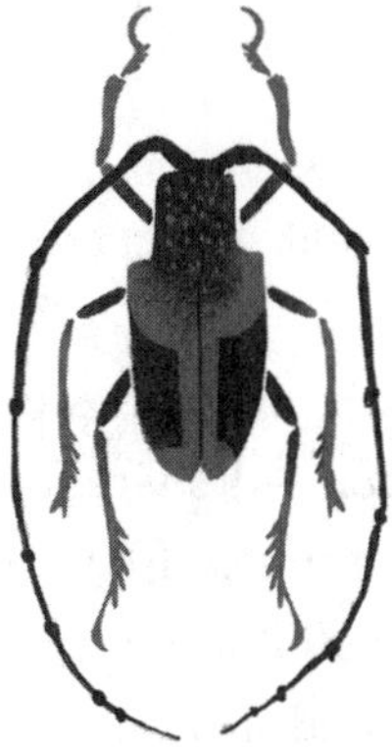

3. Kapitel
KÄFERBALL

Angeführt von Darkus bahnten sie sich einen Weg durch das Chaos aus Schutt und Ziegelstaub, über herabgestürzte Dielen und Balken und zwischen ihnen hindurch, bis sie in die kleine Küche am Ende des Ladens gelangten, wo die Decke noch intakt war. Die Kochnische war mit zersplittertem Glas und Gipsstaub bedeckt. Eine alte geblümte Schürze hing an einer Schranktür.

Darkus zog seinen Dad in Richtung der kleinen Toilette hinter der Küche. Mitten im Fußboden befand sich ein offener Schacht. Virginia verschwand in dem Loch und Bertolt folgte ihr.

»Ich gehe als Nächster, oder?« Onkel Max sah Darkus an, der nickte. »Gut-ti. Wir sehen uns unten.« Er kletterte hinunter, der Tropenhelm war das Letzte, was man von ihm sah.

»Da ist eine Leiter aus Eisensprossen in der Backsteinwand«, erklärte Darkus.

»Und diese Sache, die du mir zeigen willst«, sagte sein Dad mit fragendem Blick, »die ist da unten?«

Darkus nickte. »Geh nur. Ich folge dir.« Er lächelte, als sein Dad auf die Leiter stieg. »Glaub mir, es wird dir gefallen.«

Darkus eilte zum Rand des Schachtes; sein Nacken prickelte vor Aufregung. Seine Füße wussten, wo die Sprossen waren. Als er in die dunkle, feuchte Kanalisation hinabstieg, hörte er Onkel Max.

»Barty, ich werde dir jetzt die Augen zuhalten.«

»Ich kann doch so schon kaum etwas sehen«, grummelte sein Dad.

»Wir sind fast da.«

Darkus ließ sich auf den Boden fallen, flitzte auf dem weißen Pfad um seinen Vater und Onkel Max herum und betrat die Menschenzone – ein weißes Rechteck von der Größe einer Tischtennisplatte, das auf den Boden gemalt war. Darauf befanden sich drei Autositze und ein Couchtisch. Der weiße Pfad und das Rechteck galten den Kindern und die Käfer verstanden, dass sie sich von diesem Teil des Fußbodens fernhalten mussten, wenn sie nicht versehentlich zertreten werden wollten.

Eine flackernde Öllampe auf dem Couchtisch füllte die Kammer mit bewegten Schatten. Daneben warteten Virginia und Bertolt. Darkus spürte, wie der Kitzel der Aufregung seine Arme hinaufraste und sein Herz schneller schlug.

Onkel Max führte Dad zu dem größeren Autositz. »Gut. Streck deine Hände aus. Genau so. Fühlst du das? Eine Stuhllehne. Nun setz dich hin. Uuups, weiter links, ja! Wunderbar.« Er sah Darkus an, die Hände immer noch über Bartys Augen.

Darkus nahm seine Position zwischen Virginia und Bertolt ein, mit dem Rücken zum Käferberg. Er nickte und Onkel Max nahm die Hände von Bartys Augen.

Barty blinzelte und sah sich in der dunklen Kammer um. »Ich verstehe nicht ...«

»Ich muss dir etwas zeigen«, sagte Darkus, dem das Blut in den Ohren pochte. »Du wolltest wissen, wie du aus Towering Heights herausgekommen bist? Genau so.« Er legte den Kopf zurück und saugte Luft durch seine Backenzähne, was einen krächzenden Laut erzeugte.

Aus der Dunkelheit kam das rasselnde Geräusch von Flügelschlägen und ein riesiger, schwarz glänzender Nashornkäfer, der in der dämmrigen Kammer fast unsichtbar war, landete auf Darkus' Schulter. Er richtete sich auf und wedelte mit seinen Vorderbeinen Darkus' Dad zu.

»Das ist mein Freund Baxter«, sagte Darkus. »Er hat mir geholfen dich zu retten.«

Sein Vater beugte sich vor. »Das ist ein *Chalcosoma caucasus*«, flüsterte er mit großen Augen.

»Und das ist Marvin«, sagte Virginia, als ein metallisch roter Bommel, der um das Ende eines ihrer Zöpfe gewickelt war, sich mit einem Mal entfaltete und sich als froschbeiniger Blattkäfer entpuppte. Der Käfer hing einen Augenblick kopfüber da und ließ sich dann auf Virginias Schulter fallen.

»Und das«, sagte Bertolt, als sein weißer Wuschelkopf aufleuchtete, »ist Newton.« Ein Glühwürmchen von der Größe eines Golfballs stieg mit leuchtendem Bauch über Bertolts Kopf auf.

»*Das* hier«, sagte Darkus, breitete die Arme weit aus und gab eine Reihe rhythmischer Klicklaute von sich, »sind all die Käfer, die dich gerettet haben.«

Der stumme Berg hinter ihm explodierte vor Licht, als die biolumineszenten Flecken auf den Deckflügeln Hunderter Leuchtkäfer aufblitzten. An der gewölbten Decke der Kammer ließen die Glühwürmchen ihre Bauchlaternen leuchten und ihr Strahlen wogte wie Nordlicht.

In einem bestimmten Rhythmus stampfte Virginia mit dem Fuß und klopfte sich mit den Händen an die Seite, immer lauter, während ein hoher Ton, wie von den Streichern eines Orchesters, ihr antwortete. Eine unheimliche Note teilte sich in zwei, dann drei harmonierende Töne. Wie ein Mini-Dirigent erhob sich Marvin auf seine kräftigen Hinterbeine und zeigte auf das unsichtbare Schlagwerk eines Orchesters, das auf umgedrehten Teetassen eine Melodie klopfte. Mistkäfer schoben eine Reihe vorbereiteter Jaucheballe von der Rückseite des Bergs in eine große Pfütze, was ein platschendes Geräusch im Einklang mit dem bisherigen Rhythmus erzeugte. Die entfernt erkennbare Melodie stieg aus dem Insektenorchester auf und Virginias Schultern wippten im Takt der seltsamen Musik.

»Ist das …?« Bartholomew Cuttle sah seinen Bruder staunend an. »Spielen sie etwa Marvin Gayes *Grapevine*?«

Onkel Max nickte grinsend, klatschte und wiegte den Kopf zur Käfermusik, als eine Kolonne aus Stachelkäfern sich rückwärts überschlagend den Berg hinunterbewegte und eine Kette aus rot-schwarzen Giraffenhalskäfern einen Congatanz um den Fuß des Bergs vollführte.

Die Leuchtkäfer kamen zu einem Schwarm zusammen und bildeten eine riesige Discokugel, die sich drehte. Paare aus Herkules- und Nashornkäfern sprangen von den Zweigen des Schmetterlingsflieders in der Mitte des Käferbergs; sie verhakten ihre Hörner und schwirrten in Kreisen um den Berg, woraufhin anmutige Marienkäfer aufstiegen, sich an die baumelnden Beine der Nashorn- und Herkuleskäfer hängten und daran hin und her wogten wie rote Bänder.

Bartholomew Cuttle blieb der Mund offen stehen, als er eine Truppe Eichenprachtkäfer aus ihren Teetassen stolzieren sah, die ihre hübschen Elytren flatternd zur Schau stellten, dann nach einem Marienkäferband griffen, sich hochschwangen und mit einem Salto von einem schwebenden Paar Beine zum nächsten sprangen, wobei ihre schimmernden Flügel das Licht der Leuchtkäfer zurückwarfen.

Als die Musik anschwoll, gab Darkus ein Zeichen und eine Flut aus fliegenden Käfern schwärmte aus dem Berg heraus, klammerte sich an seine Kleidung und hob ihn langsam empor, bis er einen Meter über seinem Dad schwebte. »Diese Käfer haben dich aus Towering Heights hinausgetragen, Dad!«, rief er aus. »Genau so! *Sie* haben dich gerettet.«

Baxter sauste zu Bartholomew Cuttle und tanzte vor seinem Gesicht in der Luft herum, dabei schwenkte er die Vorderbeine im Takt der Musik.

»NEIN!« Bartholomew Cuttle war plötzlich aufgesprungen und fuchtelte mit den Armen. »STOPP! HÖRT SOFORT AUF DAMIT!« Er stieß den Nashornkäfer zu Boden.

»Baxter!«, rief Darkus.

Die Käfer, die Darkus in der Luft hielten, kamen durcheinander und die Insektenmusik versank in alarmierendem Gelärm, als die verschreckten Leuchtkäfer auseinanderstoben und die vom Kreiseln benommenen Käfer sich in ihren Teetassenberg zurückzogen. Darkus stürzte zu Boden. Er krabbelte zu seinem Käferfreund hinüber, nahm ihn in die Hände und barg ihn sicher an seiner Brust.

»Alles in Ordnung, Baxter?«, flüsterte er.

Der Nashornkäfer nickte mit seinem Horn.

»Wieso hast du das gemacht?«, schrie Darkus seinen Vater wütend an. »Du hättest ihn verletzen können!«

Bartholomew Cuttle wandte sich zu seinem Bruder, die Augen entsetzt aufgerissen. »Was hast du getan?«

»Nicht ich, Barty«, sagte Onkel Max und legte seinem Bruder sanft eine Hand auf die Schulter. »Das ist nicht mein Werk. Sondern deins. Diese Käfer sind das Ergebnis *deiner* Experimente, *deiner* Forschung.«

»NEIN!«

»Wenn du in die Beschaffenheit einer Kreatur eingreifst, glaubst du, du könntest dann auch darüber bestimmen, wie sie sich entwickelt?« Onkel Max tätschelte seinen Bruder. »Ich glaube nämlich, dass du gute Arbeit geleistet hast.«

»Nein.« Bartholomew Cuttle stolperte kopfschüttelnd rückwärts. »Solche Ergebnisse habe ich nie erzielt. Sieh sie dir an! Sie können tanzen! Sie haben ein Bewusstsein!« Er schüttelte wieder den Kopf und zeigte mit aufgerissenen Augen auf den Käferberg. »Das ist … das ist gefährlich. Wir müssen sie loswerden.«

»Dad! Nein!«, schrie Darkus. »Diese Käfer haben dich gerettet! Sie haben mich gerettet!« Er schlang die Arme um Baxter. »Sie sind meine Freunde!«

Virginia und Bertolt eilten zu Darkus hinüber und halfen ihm auf die Beine.

»Du verstehst das nicht«, sagte Darkus flehentlich. »Diese Käfer sind fantastisch. Sie sind etwas Besonderes. Verbring etwas Zeit mit ihnen, dann wirst du schon sehen.«

»Nein, mein Sohn, *du* verstehst es nicht«, sagte Bartholomew Cuttle. »Daraus kann nichts Gutes werden.«

»Ich dachte, du *liebst* Käfer!«, rief Darkus.

Dr. Bartholomew Cuttle sah seinen Sohn fest an, mit geraden Schultern und gerecktem Kinn. »Das sind keine Käfer, Darkus. Das sind Lucretia Cutters Kreaturen.«

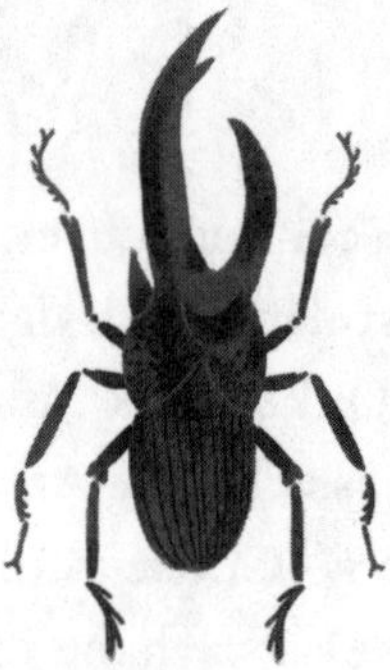

4. Kapitel
BASISLAGERBLUES

»*Ich* habe *ihn* gerettet und jetzt soll ich so tun, als wäre nichts davon jemals passiert!« Darkus trat gegen das Sofa, bedauerte es aber sofort, als seine Zehen vor Schmerz brannten. Er griff sich an den Fuß und ließ sich in die olivgrünen Polster sinken, wobei er darauf achtete, dass Baxter nicht von seiner Schulter fiel. »Er behandelt mich wie ein Kind«, fügte er hinzu und starrte mit düsterer Miene an die Zeltplanendecke ihres Verstecks, des Basislagers.

»Er versucht dich zu schützen, Darkus«, sagte Bertolt ruhig von seiner Werkbank aus. Er schraubte Papierklemmen an eine Metallstange, um sich eine Greifzange zu bauen, während sie auf Virginia warteten. Newton schwebte vergnügt und mit flackerndem Bauch über seinem weißen Haarpuschel. »Und du *bist* ein Kind.«

»Ich brauche keinen Schutz.« Darkus richtete sich auf. »*Ich* hab mich schließlich nicht entführen lassen, oder?«

»Nein, aber du bist angeschossen worden«, erinnerte ihn Bertolt und blickte über den Rand seiner großen Brille auf Darkus' bandagierte Schulter.

»Es ist nur eine Fleischwunde. Mir geht's wieder gut – siehst du.« Darkus schlug sich auf den Verband und sog dann scharf die Luft ein, als ihn ein stechender Schmerz das Pochen in seinen Zehen vergessen ließ.

»Na klar. Ja, dir geht's gut. Das sehe ich«, sagte Bertolt seufzend. »Sei nicht sauer auf ihn. Er versucht nur ein guter Vater zu sein.«

»Ich weiß, ich weiß.« Darkus rieb sich die Schläfen. Sein Kopf schmerzte und vor Sorge drehte sich ihm der Magen um.

Dad verhielt sich seltsam, seit sie ihm die Käfer gezeigt hatten, und Lucretia Cutter war immer noch irgendwo da draußen. Nachts in seinen Träumen hörte er das Kratzen ihrer Krallenfüße hinter sich, wenn sie ihn in einem düsteren Albtraum voller Einwegspiegel und wütender Hirschkäfer jagte.

»Nichts ist so gekommen, wie ich dachte«, sagte er, nahm Baxter von seiner Schulter und kratzte an der Bandage, die den Wundverband an Ort und Stelle hielt. Die Bandage war mehrmals um seinen Oberkörper gewickelt und ballte sich unangenehm unter der Achsel. Er setzte den Nashornkäfer auf seinem Knie ab und kraulte ihn sanft am Kinn. »Du solltest mal sehen, wie Dad Baxter anstarrt. Als wollte er Experimente an ihm durchführen.«

»Das würde er nicht tun.« Bertolt legte den Schraubenzieher weg.

»Nein, das glaube ich auch nicht.« Darkus schüttelte den Kopf. »Aber als wir gestern aus der Kanalisation zurückgekommen sind, hat er sich in seinem Zimmer bei Onkel Max einen Schreibtisch mit Mikroskop eingerichtet. Und so wie er heute Morgen aussah, hat er letzte Nacht kein Auge zugetan.« Darkus machte eine Pause. »Außerdem hat er sich *den Bart abrasiert*! Ich habe ihn noch nie ohne Bart gesehen, mein ganzes Leben nicht. Er sieht aus wie … na ja, nicht wie mein Dad. Er ist jetzt so dünn und ohne seinen Bart wirkt er wie ein Fremder.«

»Er hat viel durchgemacht«, sagte Bertolt. »Das habt ihr beide.«

»Ja«, sagte Darkus seufzend, »aber er redet nicht mit mir darüber.«

»Was ist mit deinem Onkel Max?«

»Er tut so, als wäre alles großartig – daran merke ich, dass es das eindeutig nicht ist. Auch er macht sich Sorgen. Letzte Nacht, als sie dachten, ich würde schlafen, habe ich sie streiten hören.« Er schüttelte den Kopf. »Heute Morgen habe ich versucht mit Dad zu reden, aber er hat immer wieder das Thema gewechselt und mich nach der Schule gefragt und – stell dir vor – nach Mädchen!«

»Mädchen!« Bertolt lachte.

»Er hat mich gefragt, ob ich Virginia hübsch finde!« Darkus konnte seine Empörung nicht verbergen. »Ich meine … also echt!«

»Natürlich ist sie hübsch.«

Darkus spürte, wie sein Gesicht rot anlief. »Das meine ich nicht. Da geht irgendwas Ernstes vor sich, Bertolt, etwas, was mit Lucretia Cutter zu tun hat, und Dad lässt mich nicht helfen. Wir wissen nicht, was sie vorhat.«

»Vielleicht gar nichts«, sagte Bertolt hoffnungsvoll. »Letzten Endes ist sie Modedesignerin.«

»Sie ist mehr als eine Modedesignerin. Das weißt du.« Darkus biss die Zähne zusammen. »Wenn sie nichts im Schilde führt, warum hat sie Dad dann entführt?«

»Reg dich nicht auf, Darkus. Wir haben deinen Dad zurückgeholt, nicht wahr? Und die Käfer sind im Moment in Sicherheit. Niemand weiß, dass sie sich in der Kanalisation verstecken. Alles wird gut.«

»Du verstehst das nicht. Ich dachte, alles wird wieder normal, wenn Dad zurückkommt, aber so ist es nicht. Ich dachte, er würde die Käfer lieben – aber er hasst sie.«

Bertolt blinzelte ihn an. »Es wird alles gut, du hast einen guten Vater.«

»Er ist so anders«, sagte Darkus und rang um Worte. »Er hat sich verändert, als wir ihm den Käferberg gezeigt haben. Seither hat er die ganze Zeit diesen Ausdruck in den Augen, als wenn er ständig an etwas Bestimmtes denkt.« Darkus ließ den Kopf hängen. »So war es auch, als Mum gestorben ist. Wenn ich zur Tür hereinkomme, merkt er gar nicht, dass ich da bin. Selbst wenn ich direkt vor ihm stehe.« Seine Stimme bebte. »Ich dachte, ich hätte ihn wieder, aber das habe ich nicht.« Er boxte in ein Sofakissen. »*Und* ich habe ihm versprechen müssen mich von Lucretia Cutter fernzuhalten und nichts mit ihr zu tun zu haben. Weißt du, dass er *lügt*, wenn ihn die Leute fragen, wo er all die Wochen gesteckt hat? Er sagt, er habe geforscht. Er lügt auch mich an. Er weiß, was Lucretia Cutter tut, und er verrät es mir nicht.«

»Das weißt du nicht mit Sicherheit«, sagte Bertolt sanft.

»Ich weiß es wohl.« Darkus sah zur Seite. »Ich weiß es so sicher, wie dass meine Mum tot ist.« Wieder boxte er ins Kissen.

Vor der Tür des Basislagers polterte es laut und Virginia kam hereingestürmt.

»Es schneit!«, sagte sie und ihre braunen Augen leuchteten. »Kommt raus, seht euch das an.«

»Wirklich?« Bertolt wandte sich zu ihr um. »Das ist der erste Schnee in diesem Winter.«

»Ich weiß! Gerade rechtzeitig für Weihnachten! Kommt schon.« Virginia wirbelte herum und rannte wieder aus der Tür. Bertolt sah Darkus besorgt an.

»Mir geht's gut«, sagte Darkus.

Bertolt zeigte zur Tür. »Kommst du?«

»Machst du Witze? Natürlich komme ich.« Darkus lächelte seinen Freund matt an. »Es schneit!«

Bertolt grinste erleichtert und folgte Virginia aus der Tür.

Darkus nahm Baxter vom Knie und stand auf. Er hielt den Käfer an seine Wange und drückte ihn sanft an sich. »Ich werde niemals zulassen, dass dir jemand etwas tut, Baxter«, flüsterte er und hob seine Hand vors Gesicht, so dass sie einander ansahen: »Und ich werde auch nicht zulassen, dass Dad uns auseinanderreißt. Niemals.«

Baxter rieb die Spitze seines Horns an Darkus' Nase.

Darkus legte seine Hand ans Schlüsselbein und wartete, bis der Nashornkäfer auf seine Schulter gekrabbelt war. Dann verließen sie gemeinsam das Basislager.

Sie krochen durch den Kaninchenbau aus Tunneln, den sie aus den Trödelmöbeln im Hof gebaut hatten. Fahrräder, die mit Kabeln zusammengebunden waren, bildeten einen großen Torbogen, von dem aus mehrere Tunnel abgingen, die mit *Giraffenhalskäferweg, Toktokkietunnel* und *Mistkugelallee* ausgeschildert waren. Er huschte in den Giraffenhalskäferweg, wobei er aufpasste, dass Bertolts Falle nicht zuschnappte, rannte gebückt voran und platzte dann unter einem Klapptisch hervor, wo er auf Virginia stieß. Mit gereckten Armen tanzte sie im Kreis und versuchte die dicken Flocken zu fangen, die vom champignonfarbenen Himmel fielen.

Bertolt streckte die Zunge raus und fing eine Flocke, die sofort darauf schmolz. Newton tauchte unter einer Reihe Flocken hindurch und suchte Schutz in Bertolts Haar.

»Sobald es genug Schnee für einen Schneeball gibt, bist du erledigt.« Virginia grinste ihn an.

Darkus antwortete mit einem schiefen Lächeln. »Ich bin ein ziemlich guter Schütze.«

»Nee.« Virginia schüttelte den Kopf. »Du wirst untergehen. Du könntest sogar Bertolt auf deiner Seite haben und ihr würdet mich immer noch in null Komma nichts um Gnade anflehen.«

»Hey!«, protestierte Bertolt halbherzig.

Sie schob den rechten Jackenärmel hoch und wirbelte den Arm herum, um ihre schneeballschleudernde Tödlichkeit zu beweisen. Darkus lachte. Man konnte nicht wütend sein, wenn Schnee vom Himmel fiel – Schnee machte alles Harte weich, legte sich über Probleme und verwandelte die Welt in einen riesigen Spielplatz.

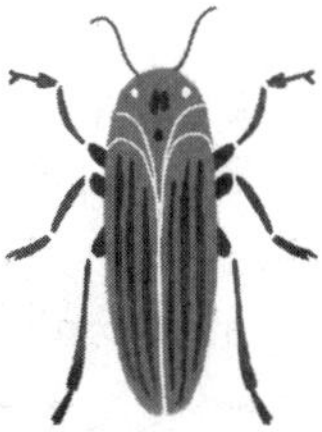

5. Kapitel
ABTRÜNNIG

Novak saß auf der Kante ihres rosafarbenen Marshmallows von einem Bett und baumelte nervös mit den Beinen. Sie starrte auf den Turm aus Koffern und Truhen neben der Tür, während Hoffnung und Sorge in ihrem Inneren rumorten. Es fühlte sich komisch an, Towering Heights zu verlassen. Sie hatte immer an diesem Ort gelebt. Heute würde sie zu einer Privatschule in Kopenhagen reisen. Sie war noch nie zur Schule gegangen. Novak hoffte, dass die Mädchen dort sie mögen würden.

Sie trug ihr elegantestes Reiseoutfit, ein Kleid in Zuckerwattenrosa mit passendem Bolerojäckchen, dazu blickdichte weiße Strumpfhosen und Ballerinas. Die verschorften Wunden der Raubwanzenbisse verschwanden allmählich, aber sie wollte ihren Körper dennoch bedeckt haben. Novak wusste, dass sie anders war als die anderen Mädchen, und sie wollte nicht, dass irgendjemand die Bisse sah und schwierige Fragen stellte. Mütter sollten ihre Töchter eigentlich nicht in Gefängniszellen sperren und Raubwanzen hineinschicken, um ihnen wehzutun.

Mater war nicht dahintergekommen, dass Novak Darkus geholfen hatte seinen Vater zu retten. Aber Novak war hart dafür bestraft worden, dass sie Mawling abgelenkt hatte, der die Zellen hatte bewachen sollen. Mater hatte sie eine ganze Woche in eine Zelle gesperrt und die Raubwanzen hineingelassen, damit sie sich von ihrem Blut ernährten. In den ersten Stunden hatte sie die Wanzen abschütteln können, aber irgendwann war sie aufgestanden und hatte getanzt. Sie hatte ihren Kopf mit der Musik des Balletts *Giselle* erfüllt und alle Rollen in der Geschichte des Bauernmädchens, das sich in einen treulosen Prinzen verliebt, übernommen. Das Tanzen machte den Wanzen das Hochklettern schwer. Während Novak hüpfte und sich drehte, tötete sie unzählige von ihnen, aber irgendwann konnte sie nicht mehr weitermachen und fiel auf die Knie. Jeder Biss tat weh. Es waren so viele. Sie hatte sich vorgestellt, wie Darkus neben ihr kniete, ihre Hand hielt und ihr Mut zusprach. Mater war seine Feindin und nun war sie auch Novaks Feindin.

Ein Klopfen riss sie aus ihren Gedanken. Das musste der Wagen sein. Sie sprang auf.

»Mademoiselle«, Gerard stand in der Tür zu ihrem Zimmer, »Ihre Mutter wünscht Sie zu sehen.«

Novak blinzelte überrascht. »Ich brauche eine Minute.«

Gerard nickte. »Sie sollen sich sofort zu ihren Räumen begeben.« Er verneigte den Kopf. »Ich werde draußen warten.«

Novak hatte Mater nicht mehr gesehen, seit diese Craven befohlen hatte, sie in die Zelle zu sperren. Wollte sie sich verabschieden? Novak runzelte die Stirn, während sie vorsichtig den Haarreif anhob, der ihr langes, silberblondes Haar zurückhielt. Ein Ansteckstäußchen aus altrosa Seidenrosen war daran befestigt und saß hübsch an der Seite ihres Kopfes. In das Sträußchen schmiegte sich kaum sichtbar ein Eichenprachtkäfer, dessen Körper in allen Farben des Regenbogens schimmerte.

»Du kannst nicht mitkommen, Hepburn. Da ist es nicht sicher«, flüsterte Novak. »Nicht in Maters Räumen.«

Der schöne Eichenprachtkäfer zuckte beleidigt mit den Fühlern, als er aus den Seidenblümchen herauskrabbelte.

»Ich weiß, ich weiß, aber ich bin ja gleich wieder da und dann verschwinden wir beide von hier – für immer.« Novak streichelte Hepburns Brust mit dem kleinen Finger. »Ich werde dich in meine Handtasche setzen.«

Sie öffnete ihre Schultertasche aus rosafarbenem Leder. Novak hatte sie schon gepackt, sie war bereit für die Reise nach Kopenhagen. Vorsichtig klemmte sie den Haarreif zwischen zwei Bücher, so dass Hepburn in ihrem Versteck nicht zerdrückt wurde. »Hier bist du in Sicherheit.« Sie blies dem Käfer einen Kuss zu und schloss die Tasche. »Ich bin so weit«, sagte sie und öffnete die Zimmertür.

Gerard ging ihr gemessenen Schrittes voraus. Auf halber Strecke den Flur entlang blieb er stehen und drehte sich um. »Es ist gut, dass Mademoiselle diesen Ort verlassen.« Er stockte und schluckte. »Ich kann Sie nicht beschützen.«

Novak nahm seine weiß behandschuhte Hand und drückte sie. Hand in Hand gingen sie schweigend weiter den Korridor entlang und die Treppe hinunter. Als sie in den dritten Stock kamen, ließ Gerard sie los.

»*Sois courageuse*«, flüsterte er. »Sei tapfer.« Und dann klopfte er an die Tür.

»Herein«, rief Lucretia Cutter.

Novak befahl ihrem Herzen, langsam und regelmäßig zu schlagen, und formte ihre Miene zu einer ausdruckslosen Maske, bevor sie die Tür aufdrückte.

Mater saß mit dem Rücken zur Tür an ihrem Frisiertisch. Ihre Räume hatten kathedralenhohe Gewölbedecken und waren eine künstlerische Übung in Sachen Schwarz. Schwarze Wände, schwarze Türen, schwarzes Glas, schwarze Spitze … und alles war mit Gold eingefasst. Novak hatte die Räume immer beängstigend gefunden, aber es war der schwache, anhaltende Geruch nach Birnendrops – oder waren es verfaulte Bananen? –, der sie am meisten irritierte.

Novak trat ein. »Guten Morgen, Mater.« Sie machte einen Knicks, die Augen auf das schwarze Parkett geheftet. Lucretia Cutter wandte sich langsam in ihrem Ebenholzstuhl um und Novak wappnete sich gegen den kritischen Blick ihrer Mutter.

Sie trug einen bodenlangen schwarzen Kimono mit goldenen Stickereien, die zu ihren Lippen passten. Der Pony ihrer schwarzen Bob-Perücke streifte den oberen Rand ihrer Sonnenbrille, die ihr Markenzeichen war.

»Du wolltest mich sehen?« Novak hielt den Blick auf den Boden gerichtet.

»Oh ja. Das wollte ich.«

Es folgte eine lange Stille und Novaks Hände begannen zu zittern, als sie von ihrer Mutter unter die Lupe genommen wurde. »Ich werde heute zur Schule reisen«, sagte sie, um das Schweigen zu brechen.

Mater wandte sich wieder zum Frisierspiegel um. »Nein, das wirst du nicht.«

»Was?« Novak blickte auf und ihr Herz machte einen Satz, als sie sah, wie ihre Mutter sie im Spiegel anstarrte.

»Ich habe es mir anders überlegt.«

»Aber ich habe gepackt, ich ...«

»Ich werde das Haus aufgeben. Wir fliegen in ein paar Tagen nach L. A.«

»L. A.?«

»Ja, ich muss mich auf die Filmpreisverleihung vorbereiten.«

»Filmpreisverleihung?«, stotterte Novak. »Aber du magst doch keine Preisverleihungen ...«

»Diese wird mir sehr gefallen.« Ihr Mund verzog sich zu einem Lächeln. »Und du bist für einen Preis nominiert worden.«

»Ich?« Novak fiel die Kinnlade herunter.

»Ja, in der Kategorie Beste Schauspielerin.« Sie lachte. »Ist das nicht urkomisch?«

»Beste Schauspielerin!« Novak konnte nicht glauben, was sie da hörte. Sie hatte immer davon geträumt, einen Filmpreis zu gewinnen. Nur die wirklich großen Schauspielerinnen gewannen Filmpreise.

Novak spürte einen Luftzug im Nacken und plötzlich war Ling Ling da, direkt an ihrer Seite.

»Ah, Ling Ling, hast du Neuigkeiten für mich?«

Ling Ling antwortete nicht, sondern sah demonstrativ zu Novak.

»Nun verschwinde.« Lucretia Cutter scheuchte Novak aus dem Raum, mit einer Hand, die von Diamantringen niedergedrückt wurde.

»Ja, Mater.« Novak knickste wieder und zog sich zurück.

Draußen stand sie eine Minute nur da und versuchte zu verstehen, was gerade geschehen war. Ihre Mutter hasste Preisverleihungen. Sie nahm nie daran teil, sogar wenn sie selbst ausgezeichnet wurde. Warum also wollte sie zur größten Preisverleihung der Welt reisen, wenn ihre Tochter die Nominierte war?

»Vielleicht gewinne ich ja«, dachte Novak und vor Aufregung schwoll ihr das Herz. Tausend glitzernde Leuchtkäfer schienen in ihrer Brust umherzuflattern. Sie seufzte und legte den Kopf an die Tür, in der Hoffnung, noch mehr über die Filmpreise zu hören.

»Was gibt es Neues von diesen abstoßenden Cousins, den Eigentümern des Emporiums?«, hörte sie Mater Ling Ling fragen.

»Humphrey Gamble und Pickering Risk sind noch in Haft. Aber ohne Beweise für den Vorwurf, sie hätten Darkus Cuttle erschossen, wird die Polizei sie irgendwann freilassen müssen.«

Novak wurde eiskalt, Gänsehaut überzog ihre Arme. *Darkus erschossen?*

»Vergiss diese Schwachköpfe. Sie sind so unfassbar dämlich, dass sie kaum eine Bedrohung darstellen.« Mater lachte, einen Moment später seufzte sie. »Wenn der Junge nicht vor seinen Vater gesprungen wäre, hätten wir den ganzen Ärger nicht. Dann hätten wir in London bleiben können. Immer wenn ich glaube alle geschmiert zu haben, taucht ein neuer Zeuge auf. Die Aufmerksamkeit der Medien ist zu riskant. Ich wollte Bartholomew Cuttle ja nicht umbringen, sondern nur außer Gefecht setzen. Das hätte ich *dich* erledigen lassen sollen. Hast du dich um diese unerträgliche Journalistin gekümmert?«

»Emma Lamb wird keine Nachrichten mehr von sich geben«, antwortete Ling Ling. »Keiner wird sie jetzt noch einstellen.«

»Gut.«

Novak ging ein paar Schritte rückwärts von der Tür weg, dann rannte sie den Korridor hinunter. Gerard wartete an der Treppe.

»Der Wagen ist da, Mademoiselle.«

»Ich fahre nicht«, stieß Novak hervor. »Sie hat es sich anders überlegt.«

Novak rannte die Treppe hinauf, nahm immer zwei Stufen auf einmal. Es brach ihr das Herz. Ihr einziger Freund auf der ganzen Welt war erschossen worden, von ihrer eigenen Mutter. Darkus war tot.

6. Kapitel

KNACKIS AUF WANDERSCHAFT

Humphrey Gamble lag auf dem Rücken in seiner Koje. Er starrte auf die graue Schaumstoffmatratze über ihm, folgte den Rechtecken, die vom Drahtbettrost geformt wurden, und versuchte das endlose Geschwätz seines Cousins auszublenden. Aus dem Augenwinkel sah er eine Assel über die geweißte Wand auf seinen speckigen Ellbogen zutrudeln. Er nahm sie zwischen Daumen und Zeigefinger und warf sie sich in den Mund. Im Gefängnis gab es einfach nicht genug zu essen.

Asseln schmecken nicht wirklich gut, dachte er, als er den kleinen Leib mit seinen Schneidezähnen zerteilte. *Käfer sind besser. Haben mehr Fleisch auf den Rippen.*

Pickering plapperte im Bett über ihm noch immer vor sich hin.

»Die große Frage ist, Humpty, was machen wir als Erstes?«

»Ich habe dir gesagt, dass du mich nicht so nennen sollst«, knurrte Humphrey.

Pickering kicherte und versprühte dabei Spucke. Sein bleicher Kopf starrte von oben herunter. »Was meinst du, was wir tun sollten, wenn wir hier rauskommen?« Er hatte die struppigen Augenbrauen hochgezogen und seine gelben Rattenzähne ragten aus dem halb offenen Mund. Sein spitzes Kinn war von grau melierten Stoppeln überzogen und sein dünnes, drahtiges Haar hing wie aufgeribbeltes Band herunter.

»Was auch immer«, grunzte Humphrey und rollte sich von Pickerings blutunterlaufenen Augen weg zur Wand.

»Aber ich *frage* dich«, insistierte Pickering. »Komm schon, Humpty, wir sind jetzt Partner. Suchen wir erst den Jungen? Oder statten wir Lucretia Cutter einen Besuch ab? Sie schuldet uns eine halbe Million Pfund, weißt du noch?« Er bohrte Humphrey einen knochigen Finger in den Rücken. »Wir haben ihr die Käfer gegeben. Es ist nicht unsere Schuld, dass die elenden Biester sich gewehrt haben.«

»Sobald sie mich hier rauslassen, gehe ich Döner essen.« Humphrey rieb sich den leeren Bauch. »Und dann mache ich diesen Jungen ausfindig und prügle ihn in Grund und Boden.«

»Ja!«, kreischte Pickering. »Wir schnappen uns als Erstes den Jungen!« Er klatschte begeistert, dann hielt er plötzlich inne. »Moment mal, womit willst du deine Döner bezahlen?« Er schüttelte den Kopf. »Nein, wir müssen erst zu Lucretia Cutter und uns holen, was uns zusteht. Wenn wir erst einmal unser Geld haben, kannst du eine Wanne voller Döner kaufen!«

Humphrey machte »hmpf«, aber angesichts der Logik des Ganzen nickte er. Die Idee einer Wanne voller Döner gefiel ihm.

»Und *dann*«, Pickering fuchtelte wild herum, »TÖTEN WIR DEN JUNGEN!«

»Psssst!«, zischte Humphrey. »Die lassen uns hier nie raus, wenn sie wissen, dass wir als Erstes ein Kind umlegen.«

»Oh ja!«, flüsterte Pickering. »Wir müssen es geheim halten, Humpty. Psssst!« Er kicherte.

Humphrey schüttelte den Kopf. Irgendetwas war mit Pickering passiert, als ihr Zuhause über dem Emporium zu einem Haufen Schutt zusammengestürzt war. Es kam ihm vor, als wäre eine starke Feder in Pickerings Innerem überdehnt worden und würde jetzt wild in alle Richtungen hin und her schnellen. Pickering war früher manches wichtig gewesen ... zum Beispiel sein Aussehen. Er war immer peinlich sauber gewesen, hatte gepflegte Fingernägel und ordentlich gestutzte Nasenhaare gehabt. Aber seit die Käfer ein Arsenal an Kot auf ihn abgefeuert hatten, wusch er sich nicht mehr. Alles, was ihm einmal etwas bedeutet hatte, etwa seine kostbaren Antiquitäten und der Laden, war zerronnen. Es gab nur noch drei Themen, die ihn interessierten: das

Geld, der Junge und Lucretia Cutter. Sie hatte ihnen angeboten ihre Käfer zu kaufen. Und sie hatte Pickering zurückgewiesen, woraufhin er sich anscheinend nur noch mehr in sie verknallt hatte. Er hatte Knoten in Rotzfahne, sein Schnuffeltuch, gemacht, bis es einer Puppe ähnelte, und nachts, wenn er glaubte, Humphrey schliefe, nannte er es Lucretia und küsste es.

Humphrey war die Ereignisse, die zu seiner und Pickerings Verhaftung geführt hatten, wieder und wieder durchgegangen, aber er verstand es nicht. Irgendjemand hatte in seinem Haus Bomben gelegt und diesen Jungen, Darkus Cuttle, angeschossen. Man hatte ihnen beide Verbrechen zur Last gelegt, obwohl keiner von ihnen eine Waffe besaß und sie keinen Grund hatten, ihr eigenes Zuhause in die Luft zu jagen.

Humphrey war nicht glücklich über die Aussicht, lebenslang im Gefängnis zu sitzen. Der Ort an sich machte ihm nichts aus. Es war sauber hier, sauberer als bei ihm zu Hause, und in Saus und Braus hatte er ohnehin nie gelebt. Die Insassen waren nicht anders als die Leute draußen. Er war der Ansicht, dass jeder einen ausrauben würde, wenn sich nur die Gelegenheit böte – *er* jedenfalls würde es tun. Was ihm hier im Gefängnis am meisten zu schaffen machte, war das Essen – oder vielmehr der ausgeprägte Mangel daran. Er vermisste seine Fleischpasteten mit Cranberry-Soße. Sein Hängebauch war nach einem Monat Gefängnisfraß stark geschrumpft. Die Haut hing ihm von den Knochen wie geschmolzenes Wachs. Er hatte permanent Bauchschmerzen, und je mehr ihm der Magen wehtat, desto mörderischer wurden seine Gedanken.

Er hörte Schritte näher kommmen und drehte sich zur Gitterwand ihrer Zelle um. Pickering setzte sich auf, seine behaarten Füße baumelten vor Humphreys Gesicht. Er musste sich *wirklich* die Zehennägel schneiden.

Ein uniformierter Wärter mit Schirmmütze und einem großen Schlüsselbund erschien auf der anderen Seite der Gitterstäbe.

»Heute ist Ihr Glückstag, meine Herren. Wie es aussieht, möchte der Gefängnisdienst Ihrer Majestät Sie nicht länger beherbergen.«

»Was?« Pickering sprang auf den Boden und plapperte aufgeregt drauflos.

»Wir dürfen gehen?« Humphrey rollte sich auf den Boden und setzte sich auf die Knie.

»Scheint so«, antwortete der Gefängniswärter.

»Das verstehe ich nicht«, sagte Humphrey stirnrunzelnd.

»Die Anklage gegen Sie wurde fallengelassen. Aus Mangel an Beweisen. Sie können sich Ihre Kleidung und persönlichen Gegenstände am Ausgang abholen. Folgen Sie mir bitte.«

»Aber …« Humphrey richtete sich mühsam auf und staunte. Pickering tänzelte bereits hinter dem Wärter aus der Zellentür. Humphrey trampelte ihnen nach und sein Bauch brüllte wie ein wütender Löwe, als ihm bewusst wurde, dass er endlich eine anständige Mahlzeit bekommen würde.

Pickering ließ sich zurückfallen und hakte sich mit seinem stöckchendünnen Arm bei Humphrey unter.

»Erst das Geld«, flüsterte er zwinkernd. »Und dann holen wir uns diesen elenden Jungen.«

Humphrey nickte stumm und entschieden. Wenn er sich erst einmal den Bauch vollgeschlagen hätte, würde es ein Vergnügen werden, den Jungen in Stücke zu reißen.

7. Kapitel

WAS IST MIT SPENCER CRIPS PASSIERT?

Die King-Ethelred-Hall-Schule summte wie ein schläfriger Bienenstock. Dann schrillte eine Glocke und das Gebäude explodierte vor schwarz-lila uniformierten Kindern, die aus den Türen und Toren rasten wie wütende Hornissen. Darkus wartete am Haupttor auf Virginia und Bertolt.

»Was machst du jetzt?«, fragte Virginia, als die drei sich auf den Weg die Straße hinauf machten.

»Weiß nicht«, sagte Darkus achselzuckend. »Dad ist zu Hause und ist weiter komisch. Ich habe ihn gestern erwischt, wie er mit einem Glas voller Käferproben aus dem Emporium kam.«

Bertolt blieb wie angewurzelt stehen und sah alarmiert aus. »Er tut ihnen doch nicht weh, oder?«

»Nein.« Darkus schüttelte den Kopf. »Er hat mir beigebracht kein Lebewesen zu töten oder zu verletzen. Ich glaube, er untersucht sie. Auf seinem Schreibtisch stapeln sich Bücher und er kommt nur aus seinem Zimmer, um zur Toilette zu gehen.«

»Was treibt er da nur?«, fragte sich Virginia.

»Ich glaube, er will herausfinden, was Lucretia Cutter mit ihnen gemacht hat«, sagte Darkus. »Ich habe versucht ihm zu erklären, dass ich die Käfer verstehe, dass ich im Inneren von Towering Heights war und helfen könnte. Aber er meinte, ich sei nicht objektiv, ich sei nicht wissenschaftlich.«

»›Wissenschaftlich‹!«, sagte Virginia spöttisch. »Was soll das überhaupt heißen?«

Bertolt setzte zu einer Antwort an: »Ich glaube, er meint, dass …«

»Okay, Einstein«, Virginia stemmte die Hände in die Hüften und legte in gespielter Verzweiflung den Kopf schief, »ich weiß, was er meint. Ich glaube nur …« Ihre Miene erstarrte.

»Was?« Bertolt runzelte die Stirn. »Was ist los?«

Virginia sah Bertolt in die Augen, ihre Miene todernst, und formte mit den Lippen lautlos die Worte: *»Nicht bewegen!«* Sie sprang auf ihn zu und packte seine Schulter. Bertolt jaulte auf, aber hielt still und sah sie verängstigt an.

»Was ist los? Was ist denn?«

»Darkus!«, schrie Virginia. »Eine Dose, ein Behälter, gib mir irgendwas! *Schnell!*«

Darkus durchforschte panisch seine Taschen und zog eine durchsichtige Tic-Tac-Dose aus Plastik heraus, in der unten noch ein paar bunte Dragees übrig waren.

»Mach den Deckel ab.« Virginia wölbte die Hände übereinander und zog sie vorsichtig von Bertolt weg. »Leer die Dose aus.«

Darkus tat schnell wie geheißen und hielt ihr die leere Packung hin.

»Wow! Dieses Ding dreht ja durch, so dringend will es raus«, sagte Virginia und hielt den Blick fest auf ihre verschlossenen Hände geheftet. »Au! Er hat mich gebissen!«

»Wer hat dich gebissen?«, fragte Bertolt.

»Der Marienkäfer.«

Bertolt war schockiert. »Marienkäfer beißen nicht.«

»Na, dieser hier schon.«

»Tatsächlich sind einige Marienkäfer Kannibalen«, sagte Darkus.

»Kannibalen?« Bertolt riss die Augen auf. »Sie fressen sich gegenseitig?«

»Darkus, ich werde jetzt zwischen meinem Zeigefinger und meinem Mittelfinger eine kleine Lücke aufmachen.« Sie nickte in Richtung der beiden Finger ihrer rechten Hand. »Halt die Packung darüber.«

Darkus nickte und hielt die transparente Dose über Virginias Finger.

»Los geht's.« Virginia war so konzentriert, dass sich ihre Augenbrauen berührten. Vorsichtig öffnete sie ihre Finger einen Spaltbreit. Etwas Schwarz-Gelbes schoss in die Dose. »Hab ich dich!«, triumphierte Virginia, drehte sie um, so dass der Käfer auf den Rücken fiel, und legte die flache Hand obendrauf. »Schnell, gib mir den Deckel.«

Darkus reichte ihn ihr und sie verschloss die kleine Dose. Dann hielt sie sie in die Höhe, damit sie alle sehen konnten.

»Ein gelber Marienkäfer!«, sagte Bertolt.

»Ein großer.« Virginia sah Darkus an.

Der Sechspunkt-Marienkäfer warf sich wild gegen die Wand. Er versuchte herauszukommen.

»Sie beobachtet uns!«, zischte Darkus.

»Wer?« Bertolt sah erschrocken von Darkus zu Virginia.

»Lucretia Cutter.«

Darkus schluckte, sein Mund war plötzlich wie ausgetrocknet. »Die gelben Marienkäfer sind ihre Spione. Erinnert ihr euch? Da war einer im Entomologie-Keller im Naturhistorischen Museum, als ich nach Dad gesucht habe.«

Virginia nickte. »Ab jetzt müssen wir die Augen offen halten.«

»Er saß auf *mir*!«, quiekte Bertolt. »Wieso saß er auf *mir*?«

»Ich dachte neulich schon, ich hätte einen gesehen«, sagte Virginia zu Darkus. »Draußen vor dem Emporium, aber als ich noch mal hinsah, war er verschwunden.«

»Wir sollten zusammenbleiben«, sagte Bertolt sichtlich erschüttert, »immer.«

»Einverstanden.« Darkus nickte. »Ich geh zurück ins Basislager, ich muss nachsehen, ob es Baxter gut geht.«

Darkus durfte den Nashornkäfer nicht mehr in die Schule mitbringen, seit Baxter während einer Hauswirtschaftsstunde aus seiner Jacketttasche gekrabbelt war und an den Bananen geknabbert hatte, mit denen sie Bananen-Toffee-Kuchen backen wollten. Bei seinem Anblick hatte Mrs Pavlova, die Lehrerin, geschrien. Und der Klassentyrann Robby hatte gebrüllt: »Käfer-FREAK! Käfer-FREAK!«, und die anderen Kinder hatten mitgemacht. Seitdem ließ Darkus Baxter in seinem Terrarium im Basislager, wenn er in die Schule ging.

»Also, ich muss jetzt in die Bibliothek«, sagte Virginia. Sie setzte die Tic-Tac-Dose vorsichtig in ihren Rucksack und machte den Reißverschluss zu, »aber wir sollten den Marienkäfer ins Basislager bringen. Ihn dort aufbewahren. Dabei kannst du Baxter holen.«

»Warum musst du in die Bibliothek?«, fragte Darkus.

»Bensons Hausaufgaben in Geschichte, eine Primär- und eine Sekundärquelle zu einem realen Ereignis finden. Ich denke, das geht am besten in der Bibliothek. Ich habe mir überlegt einen Zeitungsartikel über Lucretia Cutter dafür zu nehmen.« Sie grinste. »Da mache ich Detektivarbeit und Hausaufgaben in einem.«

»Gute Idee«, sagte Darkus und nickte.

»Wir können zusammen zur Bibliothek gehen.« Bertolt sah seine Freunde hoffnungsvoll an. »Wir haben schließlich alle die gleiche Hausaufgabe von Mr Benson.«

»Gut.« Virginia schwang sich den Rucksack über die

Schulter, »aber ich bin diejenige, die über Lucretia Cutter schreibt. Ihr dürft meine Idee nicht nachmachen.«

Virginia wedelte mit der Hand vor Darkus' und Bertolts Gesichtern herum. »Ich hab was gefunden, auf so einem alten Mikrofilm, seht euch das mal an.«

Darkus und Bertolt lösten den Blick vom Bibliothekscomputer, auf dem sie das Zeitungsarchiv nach Geschichten über Lucretia Cutter durchforstet hatten. Die Computerdatenbank reichte nur drei Jahre zurück, weil der Großteil des historischen Materials auf Mikrofilm archiviert worden war und auf einem besonderen Gerät gelesen werden musste. Virginia hatte es sofort in Beschlag genommen. Das Lesegerät hatte einen großen Bildschirm und darunter lag das Mikrofilmband, das Virginia ausgesucht hatte. Es sah aus wie ein Fotonegativfilm. Virginia drückte einen roten Knopf und das Band wurde unter ein Mikroskop gezogen. Jetzt erschien ein Bild auf dem Monitor.

Virginia zeigte mit dem Finger darauf. »Hört euch das an«, sagte sie.

»›Spencer Crips, ein sechzehnjähriger Junge aus Ost-London, der als Laborassistent bei Cutter Laboratories beschäftigt ist‹«, sie hielt inne und warf den Jungs einen vielsagenden Blick zu, »›ist vermutlich auf tragische Weise im Camden-Kanal ertrunken. Der Polizei ist es bisher nicht gelungen, seinen Körper ausfindig zu machen, der offenbar in die Kanalisation gespült wurde. Lediglich seine Schuhe und eine Armbanduhr wurden am Kanalufer sichergestellt. Er hinterlässt seine am Boden zerstörte Mutter, Mrs Iris Crips, die um die Veröffentlichung folgender Aussage bat: ›Spencer ist mein Leben. Ich glaube nicht, dass er ertrunken ist. Er ist ein guter Schwimmer. Wenn Sie ihn sehen sollten, verständigen Sie bitte die Polizei.‹ Kriminalhauptkommissar Suborn sagte, dass Mrs Crips von Trauer überwältigt sei und die Polizei leider keinen Zweifel daran habe, dass Spencer Crips ertrunken ist.‹«

»Das verstehe ich nicht. Wo soll die Verbindung sein?«, fragte Darkus Virginia stirnrunzelnd. »Abgesehen davon, dass Spencer Soundso für Lucretia Cutter gearbeitet hat, gibt es doch keinen Zusammenhang mit den Käfern.«

»Findet ihr nicht, dass es ein bisschen merkwürdig klingt?«, fragte Virginia. »Ein Paar Schuhe, eine Uhr, aber keine Leiche?«

»Vielleicht ist er im Kanal schwimmen gegangen und wurde unter Wasser gezogen«, sagte Bertolt.

»Machst du Witze? Hast du mal gesehen, wie flach der Kanal ist? Da ragen Einkaufswagen heraus.« Virginia zeigte wieder auf den Bildschirm. »Und seht mal, dieser Artikel ist fünf Jahre alt.«

»Und?«, gab Darkus zurück.

Virginia verdrehte ungeduldig die Augen. »Habt ihr euch nie gefragt, wie lange die Käfer schon in ihrem Berg leben? Wir wissen, dass sie mit ihren besonderen Fähigkeiten in Lucretia Cutters Laboren geschaffen wurden. Aber wann? Und wie sind sie da rausgekommen? Irgendetwas muss ihnen zugestoßen sein, dass sie im Emporium gelandet sind.«

»Ja.« Darkus nickte. »Das stimmt.«

»Ich glaub, ich hab's.« Virginia zeigte auf das Bild neben dem Artikel. Ein Junge mit einem freundlichen, rosigen Gesicht und zerzausten hellen Haaren lächelte ihnen hinter einer eckigen Brille zu. »Spencer Crips.«

»Warum glaubst du, dass dieser Spencer Crips irgendetwas mit den Käfern zu tun hat?«, fragte Bertolt.

»Weil ich ein Genie bin.« Sie legte den Kopf schief und lächelte. »Und ich bin dahintergekommen, wie lange die Käfer schon im Berg leben.«

»Wie das?«, fragte Darkus.

»Marvin hat es mir erzählt.« Sie hielt die Hand unter den Zopf, an dem Marvin sich festkrallte, und der kirschrote Käfer ließ sich auf die schwarzen Hinterbeine fallen. »Er hat kein Zeitverständnis, also habe ich ihm erklärt, was Weihnachten ist. Ich habe ihm die bunten Lichter gezeigt, die in der High Street gespannt werden, und die geschmückten Bäume in den Fenstern der Leute und er hat mir erzählt, dass er schon vier Weihnachten erlebt hat.«

»Er hat es dir *erzählt*?«, fragte Darkus prustend.

»Nein, Schlaumeier, natürlich nicht. Marvin kann nicht reden, er ist ein Käfer. Aber er kann mit seinem Bein auf den Tisch klopfen und so nennt er mir Zahlen. Er hat viermal mit seinem Bein geklopft – was bedeutet, dass er vier Weihnachten erlebt hat. Jetzt ist Dezember, also wird er bald sein fünftes Weihnachten erleben.« Sie kniff die Augen zusammen und spitzte die Lippen, damit die Jungs sich nicht erdreisteten an ihr zu zweifeln.

»Das ist ziemlich schlau«, sagte Bertolt mit Blick zu Darkus.

»Ja, echt gut«, gab Darkus zu.

»Weiß ich!«, triumphierte Virginia. »Ich habe nach etwas gesucht, was vor etwa fünf Jahren passiert ist und es erklären könnte, aber das ist noch nicht alles ... Marvin erkennt ihn wieder.«

»Was?!«, stieß Darkus aus.

»Er wurde ganz aufgeregt, als er das Bild gesehen hat. Er hat sich auf den Schirm fallen lassen und – echt wahr – er hat Spencer Crips über das Gesicht gestreichelt.«

»Verrückt«, flüsterte Bertolt mit großen Augen.

Darkus beugte sich dicht an den Monitor heran und schob die Schulter vor, so dass Baxter gut sehen konnte. »Baxter. Erkennst du den wieder? Kennst du Spencer Crips?«

Der Nashornkäfer nickte.

»Siehst du!«, sagte Virginia. »Sie kennen ihn alle.«

Darkus sah Virginia an. »Aber was bedeutet das?«

»Das bedeutet, dass wir Mrs Crips besuchen und sie fragen müssen, was ihrem Sohn ihrer Meinung nach wirklich zugestoßen ist.« Virginia sprang auf. »Denn ich habe so eine Ahnung, dass er noch am Leben sein könnte.«

»Nein!« Bertolt war entsetzt. »Wir können doch keine Fremde fragen, ob ihr Sohn tot ist oder nicht!«

»Ich kann sowieso nicht«, sagte Darkus tonlos. »Dad hat mir verboten irgendwelche Nachforschungen anzustellen, die mit Lucretia Cutter zu tun haben.«

»Aber du bist hier und siehst Artikel durch, die mit ihr zu tun haben.« Virginia stemmte die Hände in die Hüften.

»Ja, aber das sind Hausaufgaben für Benson, die wir hier in der Bibliothek machen.« Darkus zuckte die Achseln. Ihm war nicht wohl. »Hier ist es sicher und er wird nicht erfahren, welche Artikel ich mir angesehen habe. Aber irgendwohin gehen und mit jemandem über Lucretia Cutter reden – das ist definitiv verboten.«

»Ach, komm schon«, sagte Virginia, »das hat möglicherweise gar nichts mit Lucretia Cutter zu tun und damit wäre es in Ordnung, und wenn doch … na ja, würdest du es nicht wissen wollen?«

»Und ob. Aber ich soll nun mal herumsitzen und Däumchen drehen«, sagte Darkus unglücklich, »und nicht in die Schusslinie geraten oder sonstwie in Schwierigkeiten.«

»Nichts zu tun spielt aber Lucretia Cutter in die Hände«, sagte Virginia. »Und was ist mit dem gelben Marienkäfer? Sie beobachtet uns.«

»Ja, ich weiß«, sagte Darkus und nickte, »was Dad zufolge erst recht ein Grund wäre, sich aus allem Ärger rauszuhalten.«

»Weißt du, was ich glaube?« Virginia verschränkte die Arme vor der Brust. »Ich glaube, das hier« – sie zeigte auf den Zeitungsartikel – »ähnelt Geschichten, die ich vor ein paar

Monaten gelesen habe. Über einen Wissenschaftler, der aus einer versperrten Gewölbekammer im Naturhistorischen Museum verschwunden ist. Polizei und Zeitungen behaupteten, er sei abgehauen oder habe sich das Leben genommen, und wollten die Sache nicht weiter untersuchen. Sie haben nichts unternommen.«

Darkus' Augenbrauen schossen in die Höhe.

»Was, wenn es die gleiche Geschichte ist, Darkus?«, fragte Virginia. »Was, wenn es so ist wie beim Verschwinden deines Vaters? Was, wenn Spencer Crips noch irgendwo am Leben ist? Was ist mit Mrs Crips?«

»Aber«, Darkus starrte zu Boden, »ich habe es Dad versprochen.«

»Wir werden uns Towering Heights nicht einmal nähern. Mrs Crips wohnt in Hackney.«

»Woher weißt du das?«, fragte Bertolt.

»Ich habe im Telefonbuch nachgeschlagen. Elton Road Nummer 27«, sagte Virginia grinsend und hielt ein großes blaues Buch in die Höhe, das neben dem Lesegerät auf dem Tisch gelegen hatte. »Komm schon, Darkus«, flehte sie. »Dein Dad dürfte wirklich nichts dagegen haben, wenn wir mit einer alten Dame reden, die Lucretia Cutter vermutlich nie getroffen hat.«

»Wir könnten ihn fragen«, schlug Bertolt vor.

Virginia boxte ihm in den Arm. »Nein, das könnten wir nicht.«

Darkus dachte an all die Regeln, die er befolgen musste,

seit Dad aus dem Krankenhaus entlassen worden war. Er würde keine dieser Regeln tatsächlich verletzen. »Ich schätze, es hat wirklich nicht direkt mit Lucretia Cutter zu tun …«

»Vielleicht finden wir auch überhaupt nichts heraus«, redete Virginia ihm gut zu.

»Ach, na gut!« Darkus hob die Hände. »Ich habe es satt, nur herumzusitzen und darauf zu warten, dass mir irgendwer erklärt, was los ist. Packen wir's an.«

»Genau!« Virginia boxte in die Luft. »Ich würde vorschlagen, wir besuchen Mrs Crips sofort. Wir können den Bus nehmen – das dauert etwa zwanzig Minuten.«

»Wenn wir irgendetwas Wichtiges herausfinden«, sagte Darkus von einer Woge der Erregung erfasst, »dann können wir es Dad und Onkel Max immer noch erzählen und ihnen den gelben Marienkäfer zeigen.« Er lächelte. »Dann wird Dad begreifen, dass ich sehr wohl eine Hilfe sein kann.«

8. Kapitel
SCUD

Das Haus Nr. 27 in der Elton Road stach hervor wie ein verfaulter Schneidezahn in einem perlweißen Gebiss. Die geborstenen Pflastersteine im winzigen Vorgarten befanden sich im Würgegriff von Efeu und Löwenzahn und der Weg zur Haustür war mit Chipstüten und Süßigkeitenpapier zugemüllt. Darkus fiel auf, dass die Vorhänge zugezogen waren.

»Dieses Haus sieht traurig aus«, flüsterte Bertolt.

»Baxter, du wirst dich verstecken müssen«, sagte Darkus zu seinem Nashornkäfer. »Ihr auch, Marvin und Newton.«

Baxter kroch in die Halsöffnung von Darkus' grünem Pullover, Newton verschwand in Bertolts weißem Wuschelkopf und Marvin wickelte sich um das Ende eines von Virginias Zöpfen.

»Kommt schon.« Virginia klopfte laut an die Tür und schob Bertolt vor. Sie hatten beschlossen, dass Bertolt, da er am ordentlichsten und am harmlosesten aussah, das Reden übernehmen sollte.

Sie warteten darauf, dass Mrs Crips die Tür öffnete.

»Soll ich noch einmal klopfen?«, flüsterte Virginia, als ein Klicken zu hören war und die Tür sich einen Spaltbreit öffnete.

Ein Auge und eine Nase, von grauen Locken umrahmt, lugten durch die Öffnung. Das Auge blinzelte. »Ja? Wer ist da?«

Virginia knuffte Bertolt in den Rücken.

»Guten Tag, Mrs Crips. Bitte entschuldigen Sie die Störung«, sagte Bertolt höflich. »Ich heiße Bertolt, das sind Virginia und Darkus. Wir wissen, dass es eine ziemliche Zumutung ist, aber wir wollten fragen, ob wir mit Ihnen über Spencer reden könnten?«

Mrs Crips öffnete die Tür ein Stückchen weiter. Sie war eine kleine Frau, geschrumpft durch einen gebeugten Rücken und vorgezogene Schultern. Sie trug ein schwarzes Kleid und ihre drahtigen grauen Locken waren verfilzt und ungepflegt, aber sie hatte ein freundliches Gesicht und ihre tiefen Falten ließen ahnen, dass sie früher viel gelächelt haben musste.

Ihre buschigen Augenbrauen wanderten in die Höhe, als Bertolt stockend erklärte, dass sie Detektive seien und in der Bibliothek über Spencers Geschichte gestolpert seien; dass sie das Gefühl hätten, der Fall sei von der Polizei nicht richtig untersucht worden, und dass sie – mit ihrer Erlaubnis – gern eigene Nachforschungen anstellen würden.

»Natürlich«, fügte Bertolt blinzelnd hinzu, »hätten wir volles Verständnis, wenn Sie lieber nicht darüber sprechen wollen –«

»Sehen Sie«, unterbrach ihn Virginia, »wir glauben, dass Spencer noch am Leben sein könnte.«

Mrs Crips' Miene erhellte sich und die Tür schwang auf. »Ihr könnt euch nicht vorstellen, wie lange ich darauf gewartet habe, dass jemand diese Worte sagt. Kommt rein, kommt rein.«

Der quadratische Flur führte zu einem düsteren Wohnzimmer. Dahinter konnte Darkus eine beigefarbene Küche mit Korkfußboden ausmachen. An der linken Wand des Wohnzimmers zog sich ein dünnes Regalbrett entlang. Über einem alten elektrischen Kamin hing es etwas höher, so dass es einen Sims bildete, und auf der anderen Seite hing es wieder tiefer und gab den oberen Abschluss eines Bücherregals. Das Regalbrett war mit gerahmten Fotos vollgestellt, genau wie die Beistelltische neben den beiden Sesseln, die links und rechts von einem schmuddeligen runden Teppich standen. Die Bilder zeigten alle Spencer: Spencer, der eine Sandburg baute, Spencers Schulporträts, Spencer auf einem Fahrrad. Auf einem Bild war Spencer als fröhliches Kleinkind, das die ersten Zähnchen zeigte, an der Hand seiner Mutter zu sehen. Mrs Crips war jung und lächelte, eine unscheinbare

Frau in einem Blümchenkleid, die das widerspenstige Haar hochgesteckt hatte; nur eine karamellfarbene Locke flatterte im Wind.

Im abgedunkelten Raum stehend konnte Darkus spüren, wie sehr Mrs Crips ihren Sohn vermisste. Er setzte sich auf die Lehne eines der großen Sessel und wurde plötzlich davon niedergedrückt, wie sehr ihm seine eigene Mutter fehlte.

»Sieh mal.« Virginia stieß ihn mit dem Ellbogen an und zeigte auf ein Bild, das über dem Kamin an der Wand hing. Ein schlaksiger jugendlicher Spencer in einem weißen Laborkittel, die Hände in den Hosentaschen, sah durch seine rechteckige Brille bewundernd auf einen riesigen Mistkäfer, der auf seiner Schulter saß.

Darkus schnappte nach Luft.

In der Küche füllte Mrs Crips den Wasserkocher und holte Porzellantassen aus dem Schrank. »Ich hatte hier irgendwo noch eine Packung Kekse«, sagte sie und öffnete und schloss verschiedene Schranktüren.

»Machen Sie sich keine Umstände«, sagte Bertolt. »Wir werden wunderbar ohne auskommen.«

»Oh nein, ich bestehe darauf. Ich bekomme nicht jeden Tag Besuch, der mit mir über Spencer reden möchte.«

Als das Wasser gekocht hatte, nahm Bertolt den Wasserkocher und goss die bereitstehende Teekanne voll. »Wir möchten Ihnen wirklich nicht zur Last fallen.«

»Nein, nein, das tut ihr nicht im Geringsten«, sagte Mrs Crips, mit dem Kopf in einem Schrank. »Mein Spencer liebt es, Kekse in seinen Tee zu tunken. Da sind sie ja.« Sie drehte sich mit einer Packung in der Hand um. »Ich wusste doch, dass ich noch welche habe.«

»Ich werde das rübertragen«, sagte Bertolt, als sie die Teetassen auf ein geblümtes Tablett stellte.

Mrs Crips zog einen kleinen Beistelltisch zwischen die beiden Sessel. »Stell es hier ab – Bertolt, richtig? – vielen Dank.«

Mrs Crips setzte sich mit einem zufriedenen Seufzer Darkus gegenüber. »Ich kann mich nicht daran erinnern, wann ich mich das letzte Mal mit jemand anderem als dem Postboten unterhalten habe«, sagte sie und sah die drei Kinder an. »Also, warum erklärt ihr mir nicht, was ihr über Spencer wissen wollt?«

»Ich habe in der Zeitung gelesen, Mrs Crips«, sagte Virginia und hielt dann inne, während Darkus sich fragte, was gleich aus ihrem Mund kommen würde, »dass Sie glauben, dass Spencer … ähm, dass er vielleicht nicht ertrunken ist, wie die Polizei behauptet.«

»Nein. Spencer würde niemals ertrinken«, antwortete Mrs Crips mit Bestimmtheit. »Er war ein guter Schwimmer und der Kanal ist flach.«

»Aber was ist mit den Schuhen und der Armbanduhr?«, fragte Virginia.

»Pah!« Mrs Crips verzog das Gesicht, als würde etwas schlecht riechen. »Ich weiß nicht, warum das in den Zeitungen aufgetaucht ist.« Sie schüttelte den Kopf. »Das ist Quatsch.«

»Was ist Ihrer Meinung nach passiert?«, fragte Darkus.

»Ich weiß nur, dass Spencer an jenem Tag nicht von der Arbeit gekommen ist«, sagte Mrs Crips. »Die Schuhe und die Uhr waren nicht von ihm. Die Schuhe müssen einer anderen traurigen Seele gehört haben, denn mein Spencer hat Größe 43, nicht 46. Er hatte immer abgetragene Turnschuhe an und das waren elegante Budapester. Das habe ich der Polizei alles gesagt, aber glaubt ihr, die hätten zugehört?«

»Nein«, antwortete Darkus ruhig. »Ich bin mir sicher, dass sie nichts davon überprüft haben.«

»Spencer wurde entführt«, sagte Mrs Crips. »Daran habe ich keinen Zweifel.«

»Wie können Sie sich so sicher sein?«

»Was gäbe es sonst für eine Erklärung? Mein Spencer ist ein liebevoller, glücklicher Junge, der nie etwas tun würde, was mir Sorgen bereitet. Wo auch immer er sein mag, er wird gegen seinen Willen festgehalten und kann sich nicht bei mir melden. Das nennt man Entführung.«

»Wissen Sie, wer es getan haben könnte?«, fragte Virginia und beugte sich vor. »Oder warum?«

Darkus' Blick flackerte zum Foto von Spencer und dem Mistkäfer hinauf. Er hatte das schreckliche Gefühl, dass er wusste, was Spencer zugestoßen war.

»Am Tag, als Spencer verschwunden ist, kam eine Frau vorbei und hat Scud mitgenommen – noch bevor die Polizei hier war und mir den ganzen Mist über sein Ertrinken erzählt hat.«

»Scud?«

Mrs Crips zeigte auf das Foto. »Spencer hatte einen zahmen Käfer namens Scud.«

Bertolt blickte zu Darkus und der sah Virginia an. Sie beantwortete ihre stumme Frage mit einem Nicken.

»Hatte diese Frau einen Gehstock und eine große Sonnenbrille?«, fragte Virginia.

Mrs Crips schüttelte den Kopf. »Nein, es war eine Asiatin in einem schwarzen Anzug und mit einer Fahrermütze. Sie sagte, Spencer habe Eigentum entwendet, das den Cutter Laboratorien gehöre. Sie ist hier einfach hereingeplatzt und hat das Haus durchsucht, bis sie Scuds Kessel in Spencers Zimmer entdeckte – Scud hat in einem alten Kupferkessel mit feuchter Erde geschlafen, müsst ihr wissen –, und dann hat sie ihn mitgenommen, ohne um Erlaubnis zu bitten.«

»Das klingt nach Lucretia Cutters Chauffeurin.« Bertolt sah zu Darkus auf.

»Ich habe der Polizei von ihr erzählt, aber sie haben mich nur ausgelacht«, sagte Mrs Crips kopfschüttelnd. »Sie haben mich sogar gefragt, ob es stimme, dass Spencer ein Dieb sei.«

»Mrs Crips«, sagte Darkus und beugte sich vor, »wir glauben Ihnen jedes Wort.« Er zögerte. »Scud, war er … schlau?«

Mrs Crips hielt sich an den Armlehnen ihres Sessels fest und starrte Darkus an: »Woher weißt du das?«

Darkus sah Virginia und Bertolt an. Die drei standen auf. Baxter kam aus seinem Versteck unter Darkus' Pullover hervorgekrochen. Marvin krabbelte von Virginias Zopf herunter, während Newton glühend aus Bertolts Haar hervorstieg.

»Weil wir Käfer wie Scud haben«, antwortete Darkus. »Das sind Baxter«, sagte er und zeigte der Reihe nach auf die Käfer, »Marvin und Newton. Unsere Käfer können Menschen auch verstehen.«

Mit großen Augen und offenem Mund sah Mrs Crips die drei Käfer an.

»Oje, meine Lieben, wenn das stimmt«, flüsterte sie, »dann seid ihr in schrecklicher Gefahr.«

»Das wissen wir«, sagte Darkus nickend. »Deshalb ist es so wichtig, dass sie uns so viel wie möglich darüber erzählen, was vor Spencers Verschwinden passiert ist. Es könnte hilfreich sein.«

Mrs Crips Blick schoss hin und her, dann sackten ihre Schultern zusammen und sie seufzte.

»Soll ich den Tee einschenken?«, fragte Bertolt und hob die Teekanne an. »Wenn wir ihn noch länger ziehen lassen, schmeckt er nicht mehr.« Newton tanzte flackernd um ihn herum, froh endlich aus seinem Versteck heraus zu sein.

»Spencer wollte unbedingt Tierarzt werden«, sagte Mrs Crips, während Darkus und Virginia sich wieder hinsetzten. »Aber er kam in der Schule nicht zurecht. Er wurde gemobbt. Dann brach er die Schule ab und fand einen Job bei einer Reinigungsfirma. Er machte Nachtschichten in großen Büros, wo er staubsaugte und Schreibtische abwischte. Zu diesen Büros gehörten auch die Cutter Laboratorien in Wapping.

Eines Morgens kam er von der Arbeit nach Hause und erzählte von einer Stellenausschreibung, die er an einem Schwarzen Brett gesehen hatte und in der nach einem Laborassistenten für eine Käferfarm gesucht wurde. Er war so begeistert von der Aussicht, mit lebendigen Wesen arbeiten zu können, dass er sich bewarb und die Stelle bekam. Ich war so stolz.

Und Spencer hat es geliebt. Ich hatte ihn noch nie so glücklich gesehen. Er arbeitete in einem Labor im East End und lernte jeden Tag etwas Neues. Wenn er nach Hause kam, erzählte er mir immer etwas über die verschiedenen Käferarten und seine Arbeit, die darin bestand, die Tiere mit Gelee zu füttern und ihr Verhalten in verschiedenen Tabellen zu dokumentieren. Er machte seine Sache gut und wurde befördert.

Aber dann begannen die merkwürdigen Vorfälle. Er musste eine Vereinbarung unterzeichnen, dass er niemandem etwas über seine Arbeit erzählen würde. Er durfte nichts sagen, aber irgendetwas an seiner neuen Aufgabe machte ihm zu schaffen. Spencers Tischgespräche drehten sich nun darum, dass Tiere es verdienten, sich frei in ihrem natürlichen Lebensraum zu bewegen, vor allem solche, die klug genug waren zu begreifen, dass sie in einem Käfig lebten.

Am Tag vor seinem Verschwinden …«, sie hielt einen Moment inne, »kam Spencer völlig aufgebracht von der Arbeit nach Hause. Er weigerte sich mir zu erzählen, was vorgefallen war, aber sein Verhalten machte mir Angst und so hörte ich nicht auf nachzufragen. Er sagte, wenn er erwischt würde, würde er seinen Job verlieren, aber das sei ein kleiner Preis für die Freiheit der Käfer.«

»Was hatte er getan?«, fragte Darkus.

Mrs Crips biss sich auf die Lippe. »Spencer hatte eine besondere Käferauswahl mit dem Namen *Bartholomew-Cuttle-Stamm* zu beobachten.«

Virginia packte Darkus' Arm.

»Es waren Käfer, die intelligent genug waren, um ihre Umgebung zu verstehen. An diesen Käfern wurden Experimente durchgeführt und Spencer musste ihr Verhalten in den Stunden und Tagen nach jedem Experiment dokumentieren.« Sie schüttelte den Kopf. »Spencer hatte ein großes Herz. Er gewann die Käfer lieb, vor allem einen Mistkäfer, den er Scud nannte. Einige der Experimente waren grausam und Spencer hasste es, die Insekten leiden zu sehen.

Eines Tages starb einer der normalen Mistkäfer – einer von denen, die in den Behältern der Farm gezüchtet wurden. Diese Käfer wurden als Kontrollgruppe gehalten und nicht streng überwacht, deshalb setzte Spencer den toten Käfer in Scuds Becken und schmuggelte Scud in seiner Brotdose aus dem Labor. Er vermerkte in der Tabelle, dass Scud gestorben sei. Niemand im Labor bemerkte, dass es sich bei dem toten Käfer nicht um Scud handelte, und niemand interessierte sich für die gewöhnlichen gezüchteten Insekten.

Wochen vergingen. Niemandem fiel auf, dass ein Mistkäfer fehlte, aber die anderen Käfer wussten, was passiert war, und flehten Spencer an, dass er sie ebenfalls befreite. Er fühlte sich schrecklich, weil sie im Labor so unglücklich waren, deshalb schmiedete er einen Plan. Er machte sich zu jeder Käferart eine Notiz und vermaß jedes einzelne Tier. Dann suchte er nach passenden Gegenstücken in den Zuchtbecken, und als er eine Gruppe beisammen hatte, die dem Bartholomew-Cuttle-Stamm entsprach, blieb er eines Abends länger im Labor. Als niemand mehr da war, versteckte er die besonderen Käfer in einer Keksdose und ersetzte sie durch die gewöhnlichen Käfer. Dann verließ er das Labor«, Mrs Crips sah die Kinder an, »und ließ die Käfer frei.«

Virginia atmete scharf ein und sah zum Bild von Spencer an der Wand. »Das war mutig.«

»Mrs Crips«, sagte Darkus, »unsere Käfer – sie sind Spencers Käfer oder Nachfahren von ihnen. Was er getan hat, war heldenhaft. Ich wünschte, Sie könnten sie sehen. Es gibt da diesen fantastischen Ort namens Käferberg und dort leben Spencers Käfer frei und glücklich. Er hat etwas Gutes getan.«

»Ich würde zehn Berge mit glücklichen Käfern hergeben, wenn ich nur meinen Sohn wiederbekäme«, sagte Mrs Crips.

Sie schwiegen betreten.

»Wir werden ihn finden, Mrs Crips. Sie werden sehen«, sagte Bertolt.

»Lucretia Cutter züchtet also Käfer in diesen Insektenfarmdingern – aber warum?«, fragte Virginia auf dem Rückweg zur Bushaltestelle. »Und warum sollte sie Spencer entführen?«

»Ich wette, Dad weiß, was los ist«, sagte Darkus. »Ich frage mich, warum die Käfer die Bezeichnung Bartholomew-Cuttle-Stamm tragen.«

»Vielleicht wiederholt sie dieselben Experimente, die sie mit deinem Dad gemacht hat«, sagte Virginia. »Beim Fabre-Projekt.«

»Vielleicht«, sagte Darkus stirnrunzelnd.

»Wir müssen mehr über die Arbeit beim Fabre-Projekt herausfinden«, sagte Bertolt.

»Dad wird mir nichts erzählen«, sagte Darkus seufzend, »und Lucretia Cutter können wir nicht fragen ...«

»Was ist mit Novak?«, fragte Bertolt. »Sie hat dir schon einmal geholfen.«

Darkus legte die Stirn in Falten. Er hatte von Novak seit dem Morgen, an dem sie ihm bei der Rettung seines Vaters geholfen hatte, nichts mehr gehört. »Ich will sie nicht in noch größere Schwierigkeiten bringen.«

»Gibt es sonst niemanden, mit dem wir reden können?«, fragte Virginia.

»Mir fällt niemand ein.« Darkus runzelte die Stirn. »Moment mal! Bin ich blöd. Natürlich gibt es jemanden: Professor Andrew Appleyard.«

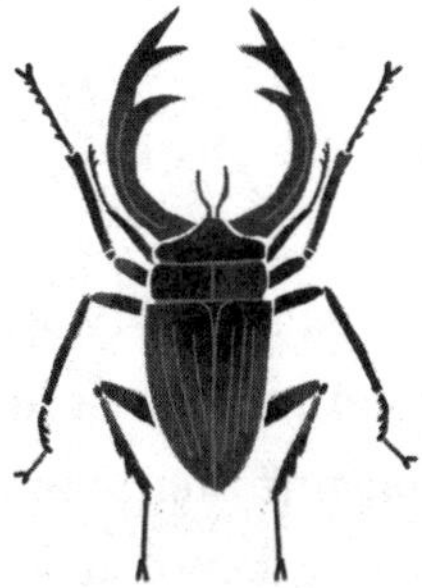

9. Kapitel

ENTOMOPHAGIE

Es war fünf Uhr und schon richtig dunkel draußen. Darkus, Virginia und Bertolt nahmen den 73er-Bus zur U-Bahn-Station Angel, wo sie durch die Bahnsteigsperre hasteten und in einen Zug sprangen, dann an der Haltestelle Monument von der Northern Line in die District Line umstiegen und in South Kensington ausstiegen. Nur einen kurzen Fußmarsch vom Naturhistorischen Museum entfernt blieb Darkus vor einem fünfstöckigen Backsteingebäude mit zwei weißen Säulen links und rechts der Eingangstür und schwarzen schmiedeeisernen Balkonen unter den Fenstern stehen.

Als der Summer ertönte, drückte Darkus die riesige Tür auf und betrat eine kirchenartige Eingangshalle mit Mosaikboden und einer prachtvollen geschwungenen Treppe.

»Ganz schön nobel«, sagte Virginia und betrachtete die verzierten Friese unter der Decke. »Ist Professor Appleyard reich?«

»Ich glaube nicht«, sagte Darkus. »Er wohnt hier nur schon seit einer Ewigkeit, als noch nicht alles so teuer war. Er ist ziemlich alt – hat mit meinem Vater am Naturhistorischen Museum gearbeitet, bevor er pensioniert wurde.«

Als er die Treppe hinaufgegangen war, sah Darkus, dass die Tür mit der Nummer 15 offen stand und ein schlanker, älterer Herr in taubenblauen, pyjamaartigen Gewändern auf der Schwelle wartete. Er blinzelte die Kinder durch eine Halbbrille auf seiner Nasenspitze an.

»Ist das etwa Bartholomews Sohn?«, fragte er und seine Stirn legte sich in Falten, als er die Augenbrauen hochzog. »Meine Güte, du bist aber schnell groß geworden. Was machst du hier?«

»Hallo, Professor. Wir wollten mit Ihnen über etwas reden«, antwortete Darkus. »Es ist ziemlich dringend.«

»Na dann, nur herein, nur herein.« Er winkte die Kinder durch die Tür in sein Zuhause. »Ich muss sagen, ich war sehr erleichtert zu hören, dass Barty wieder aufgetaucht ist. Einen Moment lang habe ich mir wirklich Sorgen gemacht. Es war sehr unkollegial von ihm, einfach für einen Forschungsaufenthalt zu verschwinden und niemandem davon zu erzählen. Er hat uns allen einen Riesenschrecken eingejagt.«

Darkus schnitt eine Grimasse und nickte. Der Forschungsaufenthalt war die Geschichte, die Dad allen auftischte, und

Darkus war schockiert darüber, wie bereitwillig die Leute diese Lüge schluckten. Wenn sie sich nach dem verschlossenen Raum erkundigten, erklärte sein Vater in aller Ruhe, dass er niemals dort gewesen sei, dass es sich um ein Versehen handele, welches die Zeitungen zu einem großen Geheimnis aufgebauscht hatten. Die Leute nickten wissend und entgegneten: »Man kann sich einfach nicht darauf verlassen, was in den Zeitungen steht.«

»Willst du mich nicht deinen Freunden vorstellen?«, fragte Professor Appleyard.

»Verzeihung«, sagte Darkus und zeigte auf sie. »Das sind Virginia und Bertolt.«

»Es freut mich, dich kennenzulernen, Virginia«, sagte Professor Appleyard und schüttelte ihr die Hand. »Und dich auch, Bertolt.«

»Das Vergnügen liegt ganz bei mir, Professor«, antwortete Bertolt höflich.

»Und los geht's«, sagte Virginia und verdrehte die Augen. Bertolt funkelte sie böse an.

»Nun, junger Cuttle, kommst du mit einer Nachricht von deinem Vater?«

»Sozusagen«, sagte Darkus, den die Flurwände des Professors ablenkten, die ganz aus Glasterrarien bestanden. Jedes wurde weiß, grün oder rot beleuchtet und war mit Erde, Pflanzen und einer wirbellosen Tierart ausgestattet. Er sah Heuschrecken, Grillen und eine Auswahl an Käfern, darunter Bockkäfer und Maikäfer.

»Wow! Taranteln!« Virginia drückte sich die Nase an einem der Becken platt. »Pinkfarbene!«

»Ja«, sagte Professor Appleyard lachend. »Kann ich euch Kinder für eine Kleinigkeit zu essen gewinnen? Ich wollte mir gerade Abendessen machen.«

»Ich sterbe vor Hunger«, antwortete Virginia.

»Wunderbar, aber warum holt ihr nicht erst euren *Chalcosoma caucasus*«, er zeigte auf Darkus, »euren *Lampyridae* und euren *Sagra buqueti* heraus.« Er lächelte Bertolt und Virginia zu.

Die drei Kinder starrten Professor Appleyard an.

»Woher wussten Sie, dass wir Käfer haben?«, fragte Darkus, als er Baxter aus seinem Pullover holte.

Professor Appleyard klatschte freudig in die Hände, als die drei Käfer auf den ausgestreckten Händen ihrer Menschen landeten.

»Ich habe mein Leben damit verbracht, Käferhabitate und Insekten zu beobachten. Ich kann zuckende Fühler aus dreißig Schritt Entfernung erkennen, obwohl ich zugeben muss, dass dies das erste Mal ist, dass mir Kinder als Habitat unterkommen. Der *Sagra buqueti* war nicht zu übersehen. Ich habe ihn schon entdeckt, bevor ihr überhaupt reingekommen seid. Der *Lampyridae* hat über Bertolts Ohr gelugt, und was deinen *Chalcosoma caucasus* angeht, Darkus, nun, dessen Horn hat sich durch deinen Pullover gebohrt. Die Größe, Form und Farbe des Horns verrät einem alles über eine Käferart, weißt du.«

»Er heißt Baxter«, sagte Darkus.

»Er ist ungewöhnlich groß. Woher hast du ihn?«

Die Kinder blickten sich an.

»Ehrlich gesagt sind wir deshalb zu Ihnen gekommen«, antwortete Darkus.

»Nun, ich hoffe, es macht euch nichts aus, aber ich muss euch bitten eure *Coleoptera*-Freunde hier hinein zu setzen, damit sie in Sicherheit sind.« Er hob den Deckel eines leeren Beckens an, dessen Boden mit braunem Rindenmulch bedeckt war. »Es gibt andere Insekten, die in meinem Zuhause frei umherstreifen, und einige von ihnen sind Raubtiere.«

Darkus setzte Baxter in das leere Becken und Newton flog zu ihm hinein, aber Marvin war nicht so leicht dafür zu gewinnen. »Mach schon!« Virginia hielt die Hand über das Becken und schüttelte sie, aber der metallisch rote Käfer klammerte sich stur daran fest. »Jetzt komm, Marvin. Es ist ja nur kurz.«

Marvin ließ widerwillig los, ein Bein nach dem anderen, und ließ sich auf Baxters Elytren fallen. Der froschbeinige Blattkäfer presste ein Hinterbein an Baxter und spornte ihn an.

»Ha! Seht euch das an!« Virginia presste die Nase gegen das Glas. »Marvin reitet auf Baxter.« Marvin winkte Virginia mit seinen Vorderbeinen zu. »Bis später, kleiner Kerl.«

Professor Appleyard zog die Augenbrauen zusammen, als

er die Käfer genau ins Visier nahm. »Hier entlang zur Küche.«

Die Kinder folgten ihm ans Ende des Flurs mit den Becken und betraten eine Küche mit Dielenboden. Spülbecken, Arbeitsflächen und Schränke zogen sich eine Wand entlang und ein niedriger rechteckiger Tisch, der von Sitzkissen umgeben war, befand sich in der Mitte. Der Professor öffnete den Kühlschrank, nahm zwei Teller heraus und stellte sie auf den flachen Tisch.

»Bitte setzt euch doch.« Er drehte sich um und nahm ein Schälchen mit einer dickflüssigen braunen Soße von der Anrichte. »Die Satésoße darf natürlich nicht fehlen.«

Die Kinder setzten sich im Schneidersitz auf die Kissen und Bertolt beäugte die Teller.

»Also, worüber wolltet ihr Kinder mit mir reden?«, fragte der Professor und setzte sich zu ihnen.

»Ähm, Entschuldigung, Professor«, fragte Virginia, »ist das Oktopus oder Tintenfisch?« Sie stupste eins der knusprigen schwarzen Teile an.

»Weder noch! Das sind Tarantel-Tempura. Eiweißreich, fettarm und überraschend schmackhaft.«

»Sie essen Spinnen?«, flüsterte Bertolt entsetzt.

»Und was ist das?« Virginia traten die Augen aus den Höhlen.

»Satéspieße aus Grillen«, antwortete Professor Appleyard lächelnd. »Meine Lieblingsspeise.«

»Das ist Ihr Abendessen?«, fragte Darkus verblüfft.

»Ja, ich hab's mit Entomophagie.«

»Ento-mo-phagie?« Darkus probierte das Wort aus.

»Insekten essen.« Der Professor lachte. »Wobei eine Tarantel streng genommen ein Spinnentier ist.« Darkus verzog das Gesicht. »Komm schon, Darkus, ein wirbelloses Tier zu essen ist nicht anders, als irgendein anderes Lebewesen zu verspeisen. Vögel ernähren sich von Wirbellosen und du verzehrst Vögel. Dein Verdauungstrakt ist vermutlich voll mit winzigen Kreaturen, von denen du gar nicht ahnst, dass du sie geschluckt hast.«

Darkus starrte die Spinnen an. »Aber die Haare ...«

»Die werden abgesengt, bevor sie in Teig getaucht werden.« Professor Appleyard bot den Kindern Stäbchen an. »Möchtet ihr mal probieren?«

Bertolt schüttelte den Kopf. »Nein, danke.«

Virginia beugte sich tief hinunter, bis ihre Nase fast den Tellerrand berührte. »Sie essen die wirklich?«

Professor Appleyard nahm mit seinen Stäbchen eine Tarantel hoch, griff nach einer Flasche und spritzte noch etwas Sojasoße darüber, streute dann ein bisschen Cayenne-Pfeffer darauf und biss hinein.

Bertolt quiekte und hielt sich die Augen zu.

Darkus war wie gebannt. Er hatte noch nie jemanden eine Spinne essen sehen.

»Der Unterschied zu Meeresfrüchte- oder Gemüse-Tempura ist gar nicht so groß«, sagte der Professor, nachdem er hinuntergeschluckt hatte.

»Aber warum …?« Darkus rang damit, seine Frage zu formulieren, ohne unhöflich zu klingen.

»Es ist ein persönliches Projekt.« Der Professor nahm sich einen Grillenspieß und tunkte ihn in die Erdnusssoße. »Ich bin fast mein ganzes Leben lang Vegetarier gewesen. Ich esse kein Fleisch, weil ich nicht zu der aggressiven Massentierhaltung beitragen will, die die Nachfrage nach Fleisch hervorgebracht hat. Sie ist nicht nachhaltig und sie schadet dem Planeten.«

»Aber ich mag Burger«, sagte Virginia, »und Specksandwiches!«

»Oh ja, ich auch, Virginia, ich auch, sie sind köstlich«, pflichtete ihr Professor Appleyard bei, »aber die Menschheit wächst mit rasender Geschwindigkeit, und selbst wenn wir alle Wälder roden würden, um Vieh zu halten, dürfte es in ein paar Jahren nicht genug Fleisch geben, um die Weltbevölkerung zu ernähren.«

»Wir dürfen die Regenwälder nicht zerstören!«, sagte Bertolt verzweifelt.

»Der Meinung bin ich auch«, sagte Professor Appleyard und nickte. »Aber wenn es nicht genug Fleisch gibt, um die Menschen auf diesem Planeten zu ernähren, was sollen sie dann essen?«

»Gemüse?«, schlug Virginia mit einem Blick auf die frittierten Spinnen vor.

»Wenn man in einem wohlhabenden Land lebt, kann man sich eine reichhaltige Mischung an Gemüse kaufen, aber anderswo nicht. Dennoch *gibt* es eine Möglichkeit, eiweißreiches Fleisch zu produzieren, das keine Unmengen an Land und Tierfutter erfordert.«

»Insektenfleisch?«, riet Darkus, obwohl er sich Insekten noch nie fleischig vorgestellt hatte.

»Insektenprotein.« Professor Appleyard nickte und nahm eine Grille zwischen die Zähne, zog sie vom Spieß und zerkaute sie genüsslich. »Wir haben im Westen eine merkwürdige Beziehung zu Insekten. Wir denken nicht im Traum daran, sie zu essen, aber eines Tages werden wir vielleicht keine Wahl mehr haben. Wobei sie in einigen der gehobensten Restaurants bereits eine teure Delikatesse sind.«

Virginia lachte prustend los. »Das ist nicht wahr!«

»Doch, es stimmt! Es gibt ein wunderbares Restaurant in Dänemark, das Ameisen serviert – sie schmecken nach Pfefferminz.«

»Und die Becken im Flur?«, fragte Darkus mit Blick über die Schulter.

»Meine eigene Miniatur-Insektenfarm. Ich züchte meine eigene Nahrung. Ich halte am liebsten alles so lang wie möglich lebendig und frisch, bis es gekocht wird, und die Tiere werden sanft durch Einfrieren getötet. Alle meine Insekten werden als Nahrungsquelle gehalten – na ja, bis auf die im Meditationsraum – und ich arbeite an einem Insektenkochbuch«, sagte Professor Appleyard stolz. »Das ist mein Projekt für die Rente.«

»Niemand wird ein Insektenkochbuch kaufen!«, spottete Virginia.

»Ich versuche Rezepte zu entwickeln, die Insekten so schmackhaft wie möglich machen«, sagte Professor Appleyard und lächelte Virginia höflich an. »Ihr würdet mir einen großen Gefallen tun, wenn ihr einmal probieren und mir eure Meinung sagen würdet.«

»Ja, Darkus«, sagte Virginia mit blitzenden Augen, »probier mal.«

»Probier du doch«, schoss er zurück.

»Ich esse was, wenn du es auch tust«, sagte Virginia herausfordernd.

»Spinne oder Grille?«, fragte Darkus.

»Spinne.«

»*Ich* muss aber nicht, oder?«, flüsterte Bertolt, der ein bisschen grün im Gesicht war.

»Wir müssen das ganze Ding essen und runterschlucken«, sagte Darkus zu Virginia und schnappte sich die kleinste Spinne, die er auf dem Teller entdecken konnte.

»Abgemacht.« Virginia nahm ein knuspriges Tier mit Daumen und Zeigefinger hoch.

Sie sahen einander an und bissen gleichzeitig in ihre Spinnen.

Darkus schob sich das ganze Tier auf einmal in den Mund und versuchte ein Geräusch von sich zu geben, als würde es ihm schmecken, aber es klang mehr wie ein Stöhnen. Virginia biss ein Bein ab und verzog das Gesicht, während sie versuchte ihren Abscheu in den Griff zu bekommen. Bertolt kicherte und presste sich beide Hände auf den Mund. Darkus versuchte an nichts zu denken und sich ganz auf den Geschmack zu konzentrieren, aber er sah die ganze Zeit eine dicke, fette, haarige Spinne in seinem Mund vor sich.

Professor Appleyard beugte sich vor. »Wie schmeckt es?«, fragte er. »Nussig?«

Bertolt brach in schallendes Gelächter aus, während Darkus und Virginia wie verrückt kauten und schluckten.

»Gar nicht so schlecht«, sagte Darkus mit einem vor Ekel verzerrten Gesicht.

Virginia hielt eine halbe Spinne von ihrem Gesicht weg, als würde sie stinken. »Wenn du nicht aufhörst zu lachen, stopfe ich dir die in den Hals.« Sie wedelte vor Bertolt damit herum, der aufkreischte.

»Nun, nun, ihr macht ein schreckliches Aufhebens. Sie schmecken wirklich gar nicht schlecht.« Mit Stäbchen nahm Professor Appleyard eine weitere Tarantel hoch, würzte sie und warf sie sich in den Mund. »Vielleicht hättet ihr eure in Satésoße tunken sollen.«

»Vielleicht.« Darkus glaubte nicht, dass Satésoße den Verzehr einer Spinne erträglicher gemacht hätte.

»Seht es mal so«, sagte Professor Appleyard, »ihr habt doch kein Problem damit, Hamburger zu essen, oder?«

Darkus schüttelte den Kopf.

»Ist die Vorstellung, eine Kuh zu essen, nicht genauso seltsam wie eine Spinne zu essen?«

»Aber ein Hamburger sieht nicht aus wie eine Kuh!« Virginia hielt ihre halb verzehrte Tarantel in die Luft. »Das hier sieht aus wie eine Spinne.«

»Wenn es nicht nach einer Spinne aussähe, wäre es vielleicht gar nicht so schlecht«, pflichtete Darkus ihr bei.

»Vielleicht wäre das die Lösung«, sagte Professor Appleyard nickend. »Für uns geht es beim Essen darum, wie es aussieht, riecht und schmeckt, aber anderswo geht es einfach darum, nicht zu verhungern.«

Darkus dachte über die Worte des Professors nach. Er versuchte sich vorzustellen, dass er richtig Hunger hätte, die Art von Hunger, die man am Ende eines Schultages bekommt, wenn man auf dem Heimweg ist und weiß, dass es noch Stunden bis zum Abendessen dauert. Er nahm einen Grillenspieß, tunkte ihn in die Erdnusssoße und zog eine Grille mit den Zähnen ab, so wie es der Professor gemacht hatte.

»Eigentlich sind die Grillen gar nicht so schlecht«, sagte er zu Virginia und Bertolt.

»Solch edle Tiere«, sagte Professor Appleyard lächelnd. »Die Liebe deines Vaters gilt den Käfern, aber meine gilt den Grillen. Ihren Gesang empfinde ich als eins der beruhigendsten Geräusche überhaupt.«

»Gesang?«

»Ja.« Der Professor rückte vom Tisch ab und ging zu einer Tür am anderen Ende des Raumes, die er einen Spaltbreit öffnete. »Kommt und hört euch das an.«

Ein Zirporchester pulsierte im Nebenraum vor sich hin.

»Das ist mein Meditationsraum«, fügte Professor Appleyard hinzu und ließ die Tür aufschwingen, als die Kinder ihn umringten. Es war ursprünglich ein Abstellraum, in dem ein weißer Leinenvorhang das Fenster bedeckte und der Holzfußboden bis auf eine blaue Matte leer war. Große ausgeblichene Äste, so hoch wie junge Bäume, lehnten an den Wänden. Darauf saßen Hunderte Grillen und sangen ein melancholisches Lied.

Darkus fuhr sich mit der Zunge über die Zähne und hatte ein schlechtes Gewissen, weil er gerade eine verspeist hatte.

»Hierher komme ich, um meinen Geist zu leeren und über das Leben zu meditieren.« Der Professor lächelte.

»Sie haben ein Zimmer extra zum Nachdenken?«, fragte Virginia.

»Denken ist so wichtig wie Essen und Waschen und Schlafen. Für all diese anderen Dinge gibt es Räume.«

»Wir haben auch so einen Ort«, sagte Bertolt. »Er ist voller Käfer und wir gehen dorthin, um Probleme zu lösen. Wir nennen ihn Basislager.«

Darkus lächelte Bertolt zu. Dann fiel ihm wieder ein, warum sie gekommen waren. »Professor, wir müssen mit Ihnen über unsere Käfer sprechen.«

»Natürlich, wie kann ich euch behilflich sein?«, sagte er.

»Unsere Käfer sind transgen«, sagte Darkus, »sie wurden von Lucretia Cutter geschaffen. Wir wissen, dass sie Käfer züchtet, aber wir wissen nicht, warum.«

»Transgen?« Professor Appleyard lehnte sich gegen die Wand und atmete aus. »Lucretia Cutter züchtet Käfer?« Er sah Darkus mit großen Augen an. »Seid ihr sicher?«

Darkus nickte.

»Wir glauben, dass es etwas mit dem Fabre-Projekt zu tun hat«, fügte Virginia hinzu. »Das war Ihr Projekt, oder?«

Professor Appleyard bedeckte sein Gesicht mit den Händen und atmete tief ein, bevor er antwortete. »Es war dein Vater, der mich überredet hat Lucy Johnstone ins Fabre-Projekt einzuladen«, sagte er. »Sie war wirklich brillant. Ein ganz anderes Mädchen damals. Barty hat sie für Käfer begeistert.« Er schüttelte den Kopf. »Aber natürlich war es deine Mutter, die alles durcheinandergewirbelt hat, als sie zum Team dazustieß. Sobald Bartholomew Esme gesehen hatte, konnte er kaum an etwas anderes denken.« Er blickte Darkus an. »Deine Mutter hat immer die unglaublichste Insektenpaella gekocht, weißt du. Ich wünschte, ich hätte das Rezept.«

»Mum hat Käfer gegessen?«

»Natürlich! Sie war Ökologin. Sie interessierte sich sehr für die Beziehung, die Menschen zu ihrem Essen haben.«

Darkus drehte sich der Magen um. Es fühlte sich falsch an, wenn andere so kenntnisreich über seine Mutter sprachen.

»Wissen Sie, warum Lucretia Cutter ein Interesse daran haben könnte, große Mengen an transgenen Käfern zu züchten?«, fragte Bertolt und rang die Hände, während er auf eine Antwort wartete.

»Sie könnte viele Gründe dafür haben«, antwortete der Professor. »In einem Ökosystem, das sich im Gleichgewicht befindet, stellen Käfer keine Bedrohung dar, aber wenn eine aggressive Spezies in großer Zahl eingeführt wird, können die Tiere verheerende Schäden anrichten.« Er setzte sich aufrecht hin und es wirkte fast, als redete er mit sich selbst. »Eine invasive, holzzerstörende Käferart kann in weniger als einer Woche einen Wald in einen Baumfriedhof verwandeln.«

»Warum sollte sie den Aufwand betreiben, Käfer zu züchten, nur um einen Wald zu zerstören?«, fragte Virginia stirnrunzelnd. »Das ergibt keinen Sinn.«

»Im Zweiten Weltkrieg glaubten die Deutschen, dass die Russen sie mit Larven von Kartoffelkäfern bombardiert hätten«, Professor Appleyard nahm seine Brille ab und polierte die Gläser mit einem Zipfel seines Leinenhemdes, »um die Kartoffelernte zu vernichten, die Menschen auszuhungern und ihre Moral zu schwächen.« Er setzte die Brille wieder auf. »Im Tagebuch des russischen Entomologen Alexander Konstantinowitsch Mordwilko finden sich Hinweise auf die Käferbombe …«

»Das stimmt wirklich?«, fragte Bertolt.

»Käfer, die als Waffen eingesetzt werden?« Davon hatte Darkus noch nie gehört.

Professor Appleyard nickte. »Unsichtbare Waffen, die niemand ernst nimmt, bis die Menschen verhungern.«

»Wie viele Käfer müsste man züchten, um eine Waffe herzustellen?«, fragte Bertolt.

»Zig Millionen.« Virginia sah Darkus an. »Lucretia Cutter kann in Towering Heights keine Millionen züchten. Das muss sie irgendwo anders machen.«

»In ihrem Labor im East End – in dem Spencer Crips gearbeitet hat«, sagte Darkus.

»Aber warum sollte sie eine solche Waffe haben wollen?«, fragte Bertolt.

»Vielleicht aus Geldgier?«, sagte Professor Appleyard stirnrunzelnd. »Vielleicht entwickelt sie eine Technologie, die sie zu verkaufen hofft.«

»Aber sie ist doch schon reich«, wandte Bertolt ein.

»Manche Menschen bekommen nie genug, egal wie viel sie schon haben.« Professor Appleyard schien sich in der Vergangenheit zu verlieren und schüttelte den Kopf. »Die ganze Welt wäre nicht genug für diese Frau.«

»Dad hat etwas Ähnliches gesagt, als er im Krankenhaus war.« Darkus sah Virginia und Bertolt an. »Er hat gesagt: ›Lucretia Cutter wird nicht aufhören, bis ihr die Welt zu Füßen liegt.‹«

»Einer der grundlegenden Fehler des Fabre-Projekts bestand darin, dass wir in der Hoffnung, etwas wirklich Großes zu erreichen, die Risiken nicht bedacht haben«, sagte Professor Appleyard kopfschüttelnd.

»Die Risiken?«, wiederholte Darkus.

»Eine kleine Veränderung kann in einem Ökosystem massive Umwälzungen in Gang setzen. Egal wie sehr man sich bemüht, die Auswirkungen von Veränderungen, die man an einer Spezies vornimmt, zu kontrollieren – es gibt keine Garantie, dass nicht die Natur das Ruder übernimmt, dass nicht die Evolution voranprescht und Entscheidungen trifft, die man nicht gewollt hat. Eine biologische Käfer-Waffe könnte für die Menschheit verheerend sein.« Seine Stimme erstarb in einem Flüstern.

Darkus sah Virginia und Bertolt an. »Das klingt wirklich schlimm.«

»Es tut mir leid.« Professor Appleyard schüttelte den Kopf. »Was habe ich mir nur dabei gedacht? Schenkt meinen Worten keine Beachtung.« Er geleitete sie hinaus in den Flur, zum Becken, das ihre Käfer enthielt. »Ich mache euch unnötig Angst. Hört nicht auf mich.« Er klopfte Darkus auf den Rücken. »Ich fürchte, ihr müsst euch jetzt auf den Weg machen – ich habe zu tun. Ich bin sehr beschäftigt.« Er hob den Deckel des Beckens an und sie nahmen ihre Käfer heraus. »Macht euch keine Sorgen wegen Lucretia Cutter. Sie ist wirklich nicht euer Problem. Ich werde mit deinem Vater darüber sprechen, Darkus. Vielen Dank für euren Besuch – es ist immer eine Freude, einen Cuttle zu sehen.« Der Professor strahlte, schob die Kinder ins Treppenhaus und schloss die Tür hinter ihnen, bevor sie sich verabschieden konnten.

Sobald die Tür zu war, schlurfte Professor Appleyard zurück durch seine Wohnung, die Hand auf seinem hämmernden Herzen. Wenn Lucretia Cutter transgene Käfer züchtete, musste er etwas dagegen unternehmen. Er ging in seinen Meditationsraum und setzte sich im Schneidersitz auf die blaue Matte, atmete langsam durch die Nase ein, schloss die Augen und atmete durch den Mund wieder aus.

Hinter ihm kletterte ein zitronengelber Marienkäfer mit elf Punkten auf seinen Deckflügeln durch das offene Fenster herein.

10. Kapitel

DER DÄDALUSKOMPLEX

»Wo warst du?«

Die heftige Wut in der Stimme seines Vaters schockierte Darkus. Er blieb in der Tür zum Wohnzimmer stehen; Virginia prallte gegen seinen Rücken.

Bartholomew Cuttle stand vor Onkel Max' Sofa, die Hände an den Körperseiten zu Fäusten geballt. Zornesfalten zeigten sich in seinen Mundwinkeln. Ohne Bart wirkte er dünner und jünger.

»Ich, ich meine, wir, ääh …«, stammelte Darkus und hielt dem Blick seines Vaters nicht stand.

»Virginia, Bertolt, ihr geht bitte sofort nach Hause«, sagte sein Vater. »Eure Eltern warten auf euch. Darkus hat Hausarrest.«

»Oje«, sagte Bertolt hektisch blinzelnd.

»Von morgen an dürft ihr ihn nicht besuchen.«

»Was! Warum? Das ist unfair!« Virginia stemmte die Hände in die Hüften. »Wir haben nichts Falsches getan!«

»Sir, was auch immer Ihre Gründe sind«, plapperte Bertolt atemlos, »ich bin mir sicher, dass wir –«

»Du hast meine Frage noch nicht beantwortet.« Bartholomew Cuttle schnitt Bertolt das Wort ab und blickte wieder zu Darkus. »Wo warst du?«

Darkus blickte zu Onkel Max, der mit hängenden Schultern und gesenktem Kopf vor dem Kamin stand.

»Nirgends, ähm, wir …« Darkus hatte seinen Vater noch nie so erlebt. Es machte ihm Angst.

»Schon gut. Ich will nicht, dass du mich anlügst. Ich *weiß*, wo ihr wart.« Bartholomew Cuttle ließ sich aufs Sofa sinken. »Die Polizei hat angerufen. Ihr drei wurdet gesehen, als ihr Andrews Zuhause verlassen habt.«

»Die Polizei?«, japste Bertolt.

Darkus sah seinen Dad an und bekam Gänsehaut am ganzen Körper, als er versuchte seinen Gesichtsausdruck zu verstehen. »Was ist passiert?«

Sein Vater rieb sich mit den Handballen die Augen. »Andrew ist im Krankenhaus, er liegt im Koma. Er schwebt in Lebensgefahr.« Er sah Darkus an. »Sie glauben nicht, dass er wieder aufwacht.«

»Was? Wieso?« Darkus' Magen krampfte sich panisch zusammen. Das Gesicht seines Vaters war so grau wie altes Kaugummi.

»Sie glauben, dass es irgendein Insektenbiss gewesen sein könnte.«

»Insektenbiss?«, flüsterte Darkus und dachte an den gelben Marienkäfer in der Tic-Tac-Dose im Basislager. Er hatte Virginia gebissen.

»Sie steckt dahinter!« Bertolt sah Virginia mit großen Augen an. »Sie hat das getan.«

Virginias Hände glitten von ihrer Taille, vor Schock ganz schlaff. »Aber ... es ging ihm gut! Er hat uns Spinnen zu essen gegeben und uns alles erzählt über –« Sie blickte zu Darkus.

»Was hat er euch erzählt?« Die eiserne Stimme seines Vaters ließ Darkus bang das Herz hüpfen.

Virginias Unterlippe zitterte.

»Er hat uns von seinem Käferkochbuch erzählt«, sagte Darkus, den eine Welle aus Wut erfasste, »und dass Mum immer köstliche Insektenpaella gemacht hat.«

Ein ersticktes Geräusch kam aus der Kehle seines Vaters.

Bertolt nahm Virginias Hand und zog sie rückwärts. »Komm mit«, flüsterte er. »Ich glaube, wir sollten jetzt gehen.«

Virginia sah Darkus in die Augen. Er konnte erkennen, dass sie ihn nicht alleinlassen wollte.

»Ich sehe euch in der Schule«, sagte er mit einem beruhigenden Nicken.

Sie nickte ebenfalls und verschwand mit Bertolt. Onkel Max folgte ihnen aus dem Zimmer, um sie zur Tür zu bringen. Darkus hörte, wie die Haustür ins Schloss fiel und wie Onkel Max sich in die Küche zurückzog.

»Du wirst nicht an die King-Ethelred-Hall-Schule zurückkehren«, sagte sein Vater.

Darkus runzelte die Stirn. »Was?!«

»Du hast viel durchgemacht, Darkus. Eine Pause wird dir guttun. Onkel Max kann dich unterrichten, damit du nicht in Rückstand gerätst, und wenn wir in der Lage sind, nach Hause zurückzukehren, wirst du wieder an deine alte Schule in Crystal Palace gehen.«

»Wenn wir *in der Lage* sind, nach Hause zurückzukehren? Was soll das denn heißen?«

»Darkus, bitte hör mir zu. Es ist wichtig, dass du tust, was ich dir sage. Du gehörst an einen sicheren Ort.«

»Warum können wir nicht hierbleiben?«, fragte Darkus und reckte das Kinn.

»Darkus, wir wohnen über einem Berg, der aus Lucretia Cutters Käfern besteht, und sie sucht nach ihnen. Glaubst du nicht, dass sie kommen wird, um sie zu holen? Denn das wird sie.« Sein harter Blick wurde weicher und er schüttelte den Kopf. »Ich habe mir das Hirn zermartert. Mir fällt kein Ort ein, wo man sie aufnehmen würde. Sie werden für sich selbst kämpfen müssen, aber für dich ist es zu riskant, hierzubleiben.«

»Wir könnten doch alle wegziehen«, schlug Darkus vor. »Zusammen.«

»Nein, ich will dich weg von den Käfern haben.« Bartholomew Cuttle sah zu Baxter, der reglos auf Darkus' Schulter saß. »Von allen.«

»NEIN!« Darkus sah seinen Dad entsetzt an. »Das kannst du nicht machen.«

»Darkus ... Lucretia Cutter wird etwas Furchtbares tun.« Mit einem Ausdruck der Verzweiflung huschten die blauen Augen seines Vaters im Raum umher.

»Dann werden wir sie aufhalten«, sagte Darkus und trat an seinen Vater heran. »Gemeinsam. Wir und die Käfer, sie können uns helfen, sie können –«

»Nein.« Die Miene seines Vaters wurde wieder hart. »Darkus, du hältst dich da raus. Du bist mein Sohn, es ist meine Aufgabe, dich zu beschützen. Ich werde nicht zulassen, dass Lucretia Cutter dir wieder wehtut.«

»Kannst du es nicht jemandem erzählen? Der Armee? Oder der Regierung? Es muss doch irgendjemanden geben, der uns helfen kann.«

»Meinst du, das hätte ich nicht versucht?« Er seufzte verzweifelt. »Lucretia Cutter ist mächtig.«

»Ich werde Baxter niemals verlassen, niemals.« Darkus verschränkte die Arme vor der Brust. »Wenn die Käfer nicht mit uns kommen, werde ich eben hierbleiben.«

»Darkus, es reicht. Du hast dazu nichts zu sagen.«

»Ich gehe nicht weg.« Darkus stampfte mit dem Fuß auf. »Du kannst mich nicht zwingen.«

»Darkus, bitte. Das ist kein Spiel. Ich versuche zu tun, was das Beste für dich ist.«

»Woher willst du wissen, was das Beste für mich ist?«

»Du hast mir nicht gehorcht«, antwortete sein Vater streng. »Du bist absichtlich zu Andrew gegangen, um mehr über Lucretia Cutter herauszufinden, obwohl ich dich explizit gebeten hatte es nicht zu tun, und sieh dir an, was passiert ist!« Er warf die Hände in die Luft. »Du und deine Freunde haltet das Ganze für irgendein kindisches Detektivspiel, aber das ist es nicht.«

Darkus schluckte. Was Professor Appleyard widerfahren war, machte ihm Angst. War er von einem gelben Marienkäfer gebissen worden? Wie Virginia – aber sie war nicht krank geworden. Was, wenn *sie* die Marienkäfer zum Professor geführt hatten? Was, wenn es seine Schuld war, dass der Professor im Krankenhaus lag?

»Ich wollte nicht, dass dem Professor wehgetan wird«, murmelte er.

»Darkus, das war nicht deine Schuld. Wie auch?« Sein Dad beugte sich vor. »Aber verstehst du es denn nicht? *Du* hättest in diesem Krankenhausbett landen können!«

Darkus schüttelte den Kopf, im sicheren Wissen, dass Baxter niemals eine von Lucretia Cutters Kreaturen in seine Nähe ließe. »Deshalb schicke ich dich weg.«

»Du behandelst mich wie ein Kind, aber ich weiß, mit wem wir es bei Lucretia Cutter zu tun haben. Ich habe sie gesehen! Ich habe gegen sie gekämpft! Weißt du noch?« Er ballte die Hände und Ärger wallte in seiner Brust auf. »ICH habe DICH gerettet! Du kannst mich nicht beschützen – du kannst dich ja selbst nicht beschützen. Du bist derjenige, den sie entführt und in eine Gefängniszelle gesperrt hat, und *du erzählst mir nicht mal, warum*. Wir müssen zusammenarbeiten. Nur zusammen können wir sie schlagen.«

»Darkus, das ist Vergangenheit. Das ist vorbei. Du musst es vergessen.«

»ES VERGESSEN? Sie hat versucht dich zu töten …«

»Und sie hat *dich* angeschossen!« Sein Dad trat zu ihm und packte ihn an den Schultern. »Lucretia Cutter hat mich entführt, weil sie mich zwingen wollte ihr bei etwas zu helfen, aber ich habe mich geweigert. Deshalb hat sie mich gefoltert. Aber in dieser Zelle war mir die ganze Zeit klar, dass sie, hätte sie von meinem Sohn gewusst, dich entführt hätte. Und dann hätte sie mich zu allem zwingen können.«

»Was solltest du für sie tun?«

»Darkus, ich will nicht, dass du involviert bist. Verstehst du denn nicht? Wenn dir etwas zustieße … dann würde ich zu Boden gehen und nie wieder aufstehen.«

»Und was, wenn *dir* etwas passiert?«, schrie Darkus, machte einen Schritt zurück und riss sich mit einem Ruck von seinem Vater los. »Du weißt nicht, wie es war, als ich nicht wusste, wo du bist … was mit dir geschehen ist …« Die Gefühle überwältigten ihn und schnitten ihm das Wort ab.

»Darkus, hör zu …«

»NEIN!« Sein Körper zitterte unkontrolliert. »Du hörst zu! Warum hast du dir den Bart abrasiert?« Er starrte seinen

Vater vorwurfsvoll an. »Warum trägst du schicke neue Klamotten? Was machst du in diesem Zimmer mit dem Mikroskop und *meinen* Käfern? Du tust so, als wäre alles ganz normal, aber das ist es *nicht*.«

»Darkus, ich weiß, dass dir diese Käfer wichtig sind, aber …«

»JA! Sie sind meine *Freunde*. Sie waren hier, als du nicht hier warst. Sie haben mir geholfen, als ich sie brauchte, und diese Käfer haben Lucretia Cutter bekämpft und besiegt. Sie stehen auf unserer Seite. Wir *brauchen* sie. Hier geht es nicht nur um uns, weißt du? Es gibt da einen Jungen, Spencer Crips, und Lucretia Cutter hat ihn. Seine Mum hat ihn seit fünf Jahren nicht gesehen!«

»Darkus, beruhige dich. Bitte. Du redest wirres Zeug.«

»ICH WERDE MICH NICHT BERUHIGEN.« Darkus starrte seinen Vater finster an. »Ich bin nicht blöd. Ich *weiß*, dass du etwas im Schilde führst.«

»Darkus, ich werde nicht länger mit dir darüber streiten. Wenn ich herausfinde, dass du irgendwo in Lucretia Cutters Nähe herumgestochert hast …«

»Dann tust du was?« Darkus reckte herausfordernd das Kinn.

»Dann rufe ich den Kammerjäger.« Die Miene seines Vaters war wie versteinert.

Darkus starrte ihn an. »Das würdest du nicht wagen! Du glaubst nicht ans Töten.«

»Diese Käfer werden Lucretia Cutter herbringen. Wenn du

dich nicht an einen sicheren Ort begibst, werde ich sie loswerden müssen.«

Darkus spürte, wie sein Magen in ein schwarzes Loch gesogen wurde, als er in die harten Augen seines Vaters starrte. Er wollte ihn anschreien, aber ihm fehlten die Worte. Stattdessen machte er auf dem Absatz kehrt und stürmte hinaus. Er stapfte die Treppe hinauf und wurde auf den letzten Stufen des zweiten Treppenlaufs langsamer, als ein Schluchzer aus ihm hervorbrach. Er stolperte auf alle viere und krabbelte auf den Absatz vor seinem Zimmer. Er hämmerte mit den Fäusten auf den Boden und sog scharf die Luft ein, als die Schusswunde in seiner Schulter brannte. Heiße Tränen nahmen ihm die Sicht.

Baxter hüpfte von seiner Schulter auf den Boden, stellte sich auf die Hinterbeine und wedelte besorgt mit den Vorderbeinen.

Darkus wischte sich die Augen, rollte sich auf den Rücken und starrte an die Decke.

»Warum verhält sich Dad so, Baxter? Wenn er nur die Macht der Käfer erkennen könnte! Dann würde er verstehen, dass wir zusammen es gegen Lucretia Cutter schaffen können. Wir sollten sie bekämpfen, nicht weglaufen.«

Baxters Elytren stellten sich auf und seine weichen bernsteinfarbenen Flügel entfalteten sich, als er abhob und auf Darkus' Brust flog. Der Nashornkäfer ließ sich in der Kuhle unter seinem Brustkorb nieder, faltete seine bedornten Beine unter seinem Unterleib und legte den Kopf auf Darkus' Brust.

Darkus hob die Hände und legte sie schützend um den Käfer. »Es ist mir egal, was er sagt, Baxter. Ich werde niemals zulassen, dass er uns trennt. Wenn er versucht mich wegzubringen, werde ich fortlaufen und zurückkommen.«

Er dachte über die Aussage seines Dads nach, die Käfer seien *ihre* Kreaturen. »Dad macht einen schrecklichen Fehler, weißt du, Baxter? Ohne die Käfer haben wir nicht die geringste Chance gegen Lucretia Cutter.«

Nach einer Weile fühlte er sich besser und setzte sich auf, wobei er Baxter wieder auf seine Schulter nahm. Vor ihm stand der Turm aus Pappkartons, voll mit Büchern und Akten. Onkel Max und er hatten alles aus seinem Zimmer herausgeschafft, an jenem Tag vor all den Monaten, als er hier untergekommen war. Sein Blick wanderte den Turm hinunter und hielt beim zweituntersten Karton inne. Eine Ecke war eingerissen. Er erinnerte sich, wie er den Karton ungeschickt rückwärts aus dem Zimmer gezogen hatte. Nofretetes Zähne und ein Mappenhaufen hatten sich auf den Boden ergossen.

Plötzlich war er auf den Knien. Die Mappen! Ihm fiel wieder ein, dass sie alle mit *Fabre-Projekt* betitelt waren.

Er lauschte auf die gedämpften Stimmen von Dad und Onkel Max im Wohnzimmer, als er leise die Kartons herunterhob, um an den mit der eingerissenen Ecke heranzukommen. Damals hatte er nicht gewusst, was das Fabre-Projekt war, aber jetzt wusste er es. Wenn Dad ihm nicht erzählte, was los war, würde er es eben selbst herausfinden.

Er gelangte zum eingerissenen Karton und klappte den Pappdeckel auf. Da waren sie, zwei Stapel aus verblichenen roten und gelben Mappen, alle mit *Fabre-Projekt* beschriftet. Er hob sie heraus und setzte sie auf dem Boden ab.

Unten öffnete sich die Wohnzimmertür und Darkus erstarrte.

»Ich komme nicht so spät zurück«, hörte er seinen Vater sagen. »Die Besuchszeit im Krankenhaus geht bis neun.«

Darkus sah sich panisch um – auf dem Treppenabsatz herrschte ein Chaos aus Kartons und den Mappen seines Vaters.

»Ich hoffe, der alte Knabe packt es«, antwortete Onkel Max. »Mach dir um uns keine Sorgen. Ich behalte Darkus im Auge.«

»Ich habe kein gutes Gefühl bei alldem, Max.«

»Zieh keine voreiligen Schlüsse«, beruhigte ihn Onkel Max. »Andrew ist ein alter Mann. Ich weiß, die Ärzte sagen, dass ein Insektenbiss die Ursache zu sein scheint, aber es kann auch ein Schlaganfall oder ein Herzinfarkt gewesen sein.«

»Deshalb muss ich los, ich muss mich vergewissern und der arme Andrew hat sonst niemanden.«

»Du kannst mein Auto nehmen.«

Darkus kniff die Augen zu, ihm graute vor den Schritten seines Vaters, wenn er die Treppe heraufkäme, um sich zu verabschieden, aber eine Sekunde später hörte er die Haustür ins Schloss fallen.

Darkus schnappte sich die Mappen, lief auf Zehenspitzen in sein Zimmer und ließ sie auf den Boden fallen. Dann ging er zurück in den Flur und stellte hastig die Kartons wieder aufeinander. Er stürzte gerade zurück in sein Zimmer, als er Onkel Max auf der Treppe hörte. Hastig warf er einen Arm voller Klamotten über die Mappen, dann setzte er sich im Schneidersitz hin und griff nach dem nächstgelegenen Buch.

Es klopfte. »Herein«, sagte Darkus und versuchte ruhiger zu atmen.

»Ich dachte, du hättest vielleicht Hunger«, sagte Onkel Max und drückte die Tür auf. Er hatte einen Teller mit Schinkensandwiches und einer Banane in einer Hand und ein Glas Milch in der anderen.

»Ich bin am Verhungern«, gab Darkus zu.

»Gutes Buch?«, fragte Onkel Max mit zuckenden Augenbrauen. Darkus sah hinunter und bemerkte, dass er *Eine Geistesgeschichte des Kannibalismus* verkehrt herum hielt.

»Ich habe nicht wirklich gelesen«, gestand er.

»Schade«, sagte Onkel Max grinsend. »Das ist das beste Buch über Menschenfresserei, das ich je gelesen habe.«

Darkus lächelte und setzte sich aufrecht hin, als sein Onkel den Teller und das Glas auf dem improvisierten Tisch aus Kartons in der Zimmermitte abstellte. Er nahm Baxter von seiner Schulter und setzte ihn neben den Teller. Dann schälte er die Banane und brach dem Nashornkäfer ein Stück ab.

»Danke, Onkel Max.« Er biss in ein Sandwich.

»Schön, ja, ich bin unten, wenn du mich brauchst, weißt

du, falls du über alles reden willst oder …«, Onkel Max zuckte mit den Achseln«, »was auch immer.«

»Müssen wir wirklich von hier weg?«, fragte Darkus.

»Ich fürchte, das müssen wir.«

»Aber ich kann Baxter mitnehmen, oder?«

»Ähm, nun, ich äääh …« Onkel Max sah Baxter an. »Dein Vater hat eine entschiedene Meinung zu deinem kleinen Freund.«

»Dad irrt sich«, sagte Darkus. »Was die Käfer angeht.«

»Möglicherweise«, sagte Onkel Max nickend, »aber er ist dein Vater. Er weiß mehr über diese Dinge als du oder ich. Wir sollten ihn unterstützen.«

»Ich will nur, dass er mir zuhört, dass er mich ihm zeigen lässt, was die Käfer können, aber er will nicht. Kannst du mal mit ihm reden, Onkel Max?«

»Ich versuch's.« Onkel Max sah aus, als wollte er noch etwas sagen, aber dann änderte er offenbar seine Meinung. »Ruf einfach, wenn du mich brauchst«, sagte er und schloss die Tür hinter sich.

Darkus sah auf den Kleiderhaufen und lauschte den Schritten von Onkel Max. Er rutschte rüber und legte die Mappen frei, nahm die oberste und holte die Unterlagen heraus. Dann schnappte er sich sein Sandwich und aß, während er systematisch Seite um Seite voller Notizen durcharbeitete. Er überflog lateinische Begriffe, Zeichnungen – manche von Käfern –, Schaubilder, Diagramme und Zahlenkolonnen. Aber er verstand überhaupt nichts und verlor den Mut.

Er nahm eine andere Mappe. Sie war mit ähnlichen Seiten gefüllt. Dann nahm er eine dritte, blätterte durch die Unterlagen, ohne sie herauszunehmen. Seine Fingerspitzen stießen auf zwei Fotos. Eins, das größere der beiden, hatte er schon einmal gesehen, auf Lucretia Cutters Schreibtisch. Es war das Foto des Fabre-Projektteams.

Er strich mit dem Finger über das Gesicht seiner Mutter. Ihr Lächeln war breit und warmherzig, das dicke schwarze Haar fiel ihr über die Schultern. Sie trug einen dunklen Rollkragenpulli unter einem weißen Laborkittel und hatte die Hände im Schoß gefaltet. Auf der Rückseite des Fotos standen Namen in der Handschrift seines Vaters. Darkus legte das Foto beiseite und sah sich die zweite Aufnahme an, ein kleines quadratisches Bild seines Vaters als junger Mann. Glatt rasiert und mit einer dicken Hornbrille blickte er mit staunendem Lächeln in die Kamera und hielt in den Händen einen riesigen Goliathkäfer.

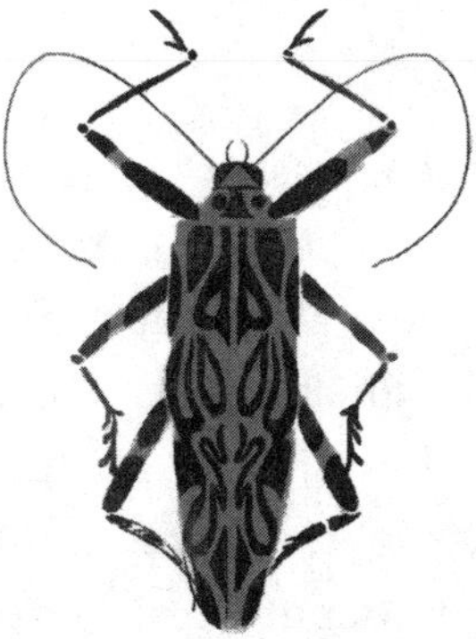

11. Kapitel

WARNSIGNALE

Von ihrem Fenster aus beobachtete Novak den steten Strom gelber Marienkäfer, die von Towering Heights ausschwärmten und dorthin zurückkehrten. Mater suchte nach etwas oder nach jemandem. Novaks Herz krampfte sich zusammen; Darkus war es nicht, er war tot.

Ihre Augen füllten sich mit Tränen. Zwei Tage waren vergangen, seit sie vom Tod ihres Freundes erfahren hatte. Schon der flüchtigste Gedanke an ihn brachte sie zum Weinen. Nicht einmal Hepburn konnte sie trösten und jedes Mal, wenn sie schluchzend auf ihrem Bett lag, verhärtete sich ihr Herz gegenüber Mater ein wenig mehr.

Durch einen Tränenschleier sah sie im dritten Stock einen weiteren Marienkäfer durch ein Fenster in Maters Räume sausen. Novak hatte genug davon, nur zuzusehen, und beschloss herauszufinden, was da vor sich ging. Sie schlüpfte aus ihrem Zimmer und streifte durchs Haus, lauschte an Türen, schlenderte an Erwachsenen, die sich unterhielten, vorbei, und als sie schließlich den Raum des Sicherheitsdienstes passierte, zahlte sich ihr Herumspionieren aus. Sie hörte, wie ein aufgebrachter Craven Dankish anschrie.

»Nun mach schon, Mann! Diese verdammten Marienkäfer sind uns zuvorgekommen. Wir stehen da wie die letzten Idioten. Die Chefin schmeißt uns noch raus und ersetzt uns durch Käfer, wenn wir nicht aufpassen.«

Dankishs Antwort war ein gedämpftes Grunzen.

»NEIN! Gib das her. Man füllt das Gas mit dem Nachfüllventil in den Tank.«

»Ich will nicht runter in die Kanalisation«, grummelte Dankish. »Da stinkt's und es gibt Ratten.«

»Du stinkst selber die meiste Zeit, aber ich jammere deshalb nicht rum«, blaffte Craven zurück. »Sobald wir die Flammenwerfer voll haben, werfen wir sie in den Lieferwagen, fahren zur Kläranlage und steigen dort in die Tunnel. Ich kann es jedenfalls kaum erwarten, diesen dreckigen Käferhaufen zu finden und abzufackeln!«

Novak spürte, wie ihr das Blut aus dem Gesicht wich. Sie würden Darkus' Käfer verbrennen! Erst hatte Mater Darkus ermordet und nun wollte sie seine Käfer töten!

Novak rannte los, ihre Schuhe klackerten über den Steinfußboden. Rutschend bremste sie vor dem Dienstbotenaufzug, zog die Gittertür zurück, sprang hinein und zog sie zu.

Während der Fahrstuhl zum fünften Stock aufstieg, spürte Novak, wie ihr die Tränen über die Wangen rannen. Sie wischte sie wütend fort. Ein Gefühl panischer Hilflosigkeit trieb sie an. Darkus hatte diese Käfer geliebt und sie waren Hepburns Familie. Sie musste sie retten – nur wie? Sie war in Towering Heights gefangen. Vielleicht konnte sie jemandem eine Nachricht zukommen lassen – aber wem?

Novak dachte an Darkus' Vater, aber der versank sicher in seiner Trauer über den verlorenen Sohn. Er würde der Tochter der Frau, die Darkus getötet hatte, nicht helfen wollen. Sie dachte an Bertolt und Virginia, den Jungen und das Mädchen, die Darkus als seine Freunde bezeichnet hatte, aber sie kannte nicht einmal ihre Nachnamen. Wie sollte sie sie finden?

Sie musste irgendjemanden warnen. Craven und Dankish durfte es nicht gelingen, Darkus' Käfer zu zerstören.

Als die Fahrstuhlglocke bimmelte, fiel Novak Darkus' Onkel ein, der Mann, der Gerard einen Faustschlag verpasst hatte. Mater hatte ihn Maximilian Cuttle genannt. Vielleicht konnte er helfen. Sie wusste sogar, wo er wohnte – in der Nelson Parade.

Novak zerrte die Gittertür zur Seite und sprintete durch den Korridor in ihr Zimmer. Ihre Koffer, alles, was von ihrem Traum, zur Schule zu gehen, noch übrig war, standen noch gepackt da, bereit für die Reise nach L. A. Gerard hatte ihr erzählt, dass sie Towering Heights aufgeben würden und nicht zurückkämen.

Novak warf sich aufs Bett und holte lavendelfarbenes Briefpapier aus einer Nachttischschublade. »Oh, Hepburn, etwas Furchtbares ist im Gang!«, sagte sie zu der Vase mit Hortensien neben ihrem Bett.

Hepburn kam unter einer blauen Blume hervor und ihre Elytren warfen das Licht in allen Farben des Regenbogens zurück, als sie auf Augenhöhe von Novak kletterte.

»Craven und Dankish wissen, wo euer Teetassenberg ist! Sie werden ihn verbrennen!«

Hepburn stellte sich alarmiert auf die Hinterbeine, fuchtelte mit den Vorderbeinen und fiel fast vom Blumenstrauß.

»Wir müssen Hilfe holen.« Novak zog ein Blatt Papier heraus, nahm einen lila Stift aus ihrem Stiftebecher und fing an zu schreiben.

Das weiße Telefon neben ihrem Bett klingelte. Sie nahm den Hörer ab, ohne den Blick von ihrem Brief an Maximilian Cuttle abzuwenden. »Hallo, Millie.«

»Hallo, Liebes, ich wurde gerade davon unterrichtet, dass ihr heute Abend ins Empress Hotel umzieht.«

»Heute Abend? Aber es ist schon spät!«

»Ja. Ihr werdet morgen früh nach L. A. fliegen. Ich wollte nur fragen, ob ich dir etwas zum Mitnehmen vorbereiten soll, einen Snack oder etwas zu trinken?«

»Oh!« Novak spürte Panik aufflackern. Die Zeit lief ihr davon. »Könnte ich etwas Melone für die Reise haben?«

»Natürlich, Liebes, ich bringe sie dir hoch.«

»Danke.«

Sie legte auf, dann beendete sie eilig den Brief, faltete ihn und steckte ihn in einen lavendelfarbenen Umschlag. »Wir müssen uns bereit machen«, sagte sie zu Hepburn, klebte den Umschlag zu und adressierte ihn an Maximilian Cuttle. Hepburn stellte ihre bunten Deckflügel auf und flatterte auf Novak zu.

»Ich hole den Armreif«, sagte Novak zum Käfer, ging durchs Zimmer zu ihrer Handtasche und zog einen breiten silbernen Armschmuck mit einer klobigen Fassung heraus, in der ein grüner Halbedelstein saß. Sie drückte auf einen Schnappverschluss, der grüne Stein sprang an Scharnieren zurück und gab eine versteckte Pillendose frei. Novak zupfte ein paar Blütenblätter von den blauen Hortensien und legte die silberne Kammer damit aus. Dann tauchte sie den Finger in die Vase und zog ihn mit einem Tropfen wieder heraus, den sie auf die Blütenblätter fallen ließ. Hepburn stolzierte über ihr Handgelenk, kletterte in die Dose und ruckelte sich zurecht, um es sich auf dem Hortensienbett bequem zu machen.

Es klopfte und Millie platzte mit einer kleinen Tupperdose mit aufgeschnittener Wassermelone ins Zimmer. »Komm, Liebes – du musst Mantel und Schuhe anziehen.«

Novak schloss vorsichtig das Geheimfach. »Millie«, sagte sie und atmete tief ein. »Du musst etwas für mich erledigen. Es ist sehr wichtig.«

»Nichts ist wichtiger, als sicherzustellen, dass du fertig bist, wenn der Wagen kommt«, sagte Millie und blinzelte hektisch. »Du weißt, wie die Herrin wird, wenn du zu spät kommst.«

»Das hier *ist* wichtiger, Millie.« Novak hielt ihr den Brief hin. »Du musst den für mich zustellen.«

»Was ist das?«, fragte Millie und sah den Umschlag misstrauisch an.

»Es ist dringend. Der Brief muss sofort in die Nelson Parade, kannst du herausfinden, wo das ist? Maximilian Cuttle wohnt in dem Haus neben dem Geschäft, das explodiert ist. Ich weiß die Hausnummer nicht.«

Millie schnappte nach Luft und machte einen Schritt zurück, sie hatte die Hände hochgerissen und schüttelte verängstigt den Kopf. »Oh nein, Liebes, in diese Sache solltest du nicht verwickelt werden. Es war schon schlimm genug an dem Tag, als du … Ich meine, wenn die Herrin dahinterkäme …«

»Hör zu, Millie, sie hat es damals nicht herausgefunden und sie wird auch das hier nicht herausfinden. Mater und ich werden morgen früh in einem Flugzeug nach L. A. sitzen. Bitte, Millie! Ich würde nicht fragen, wenn es nicht wichtig wäre.« Novak konnte ihr eigenes Herz klopfen hören. *»Bitte.«*

Widerwillig nahm Millie den Brief und nickte unmerklich, als sie ihn in die große, breite Tasche ihrer weißen Schürze gleiten ließ.

»Danke«, flüsterte Novak und ihre Augen füllten sich mit Tränen. Darkus war tot und sie konnte ihn nicht zurückholen, aber sie konnte zumindest seine Käfer retten.

12. Kapitel
DIE KAVALLERIE

Darkus wachte auf und blinzelte. Etwas kitzelte ihn am Ohr. Er drehte sich um und sah Baxter neben ihm auf dem Kissen sitzen und ihn mit offenem Mund anlächeln.

»Hey, Baxter«, flüsterte er und setzte sich in seiner Hängematte auf. Die beiden Schwarz-weiß-Fotos, die er beim Einschlafen umklammert hatte, fielen ihm von der Brust in den Schoß. »Alles in Ordnung?«

Baxter stellte seine Elytren auf und zeigte mit einem Vorderbein auf das Oberlicht. Der Nachthimmel war von einem sternengesprenkelten tiefen Schwarz, aber ein auffallend gelber Stern schien größer zu werden und blinkte.

»Newton?« Darkus kniete sich vorsichtig hin, damit die Hängematte nicht ins Schwanken geriet, und zog das Fenster auf. Das Glühwürmchen sauste herein.

»Hallo!« Darkus streckte die Hand aus und der Käfer landete auf seiner Handfläche, wo er seine weichen Flügel unter den kupferfarbenen Elytren verstaute. »Wo ist Bertolt?«

Leucht, flacker, flacker, flacker, dunkel, flacker, leucht, dunkel, flacker, flacker, flacker, dunkel, flacker, flacker, dunkel, flacker, flacker, flacker, dunkel.

»Ganz ruhig. Was blinkst du denn so?« Darkus sah sich den rautenförmigen Käfer genauer an. »Versuchst du mir etwas zu sagen? Folgt dein Flackern einem bestimmten Muster?«

Das Glühwürmchen fing wieder an zu leuchten und zu flackern, in genau derselben Abfolge wie zuvor.

»Sind das Morsezeichen? Benutzt du Morsezeichen?«

Newton nickte stolz.

»Das gibt's nicht!« Darkus beugte sich aus der Hängematte und schnappte sich Bleistift und Papier oben von den Aktenschränken. »Mach das noch mal. *Leucht, flacker, flacker, flacker, dunkel.* Das ist ein B!« Darkus sah das Glühwürmchen intensiv an. »Das ist ein A, ein S, ein I, noch ein S … BASIS … Basislager! Ist Bertolt im Basislager?«

Newton drehte vor Freude, verstanden worden zu sein, eine Schleife in der Luft.

Darkus kletterte aus seiner Hängematte. »Wann hast du denn Morsezeichen gelernt?« Er zog seinen grünen Lieblingspulli über den Pyjama und steckte sich die zusammengerollten Fotos in die Hosentasche. »Hat Bertolt dir das beigebracht?«

Flacker, leucht, leucht, leucht, leucht, dunkel, flacker, leucht, dunkel.

»J-A, ja!«, sagte Darkus lachend. »Natürlich hat er das. Er hat es nur für sich behalten.«

Ihm wurde plötzlich leicht ums Herz bei dem Gedanken, dass sein Freund in der Nähe war. Er streckte die Hand aus, Baxter kletterte darauf und rannte den Arm bis zu Darkus' Schulter hinauf. »Ist Virginia auch da?« Baxter nickte ihm zu und Darkus grinste. Virginia tat nie wie geheißen und Bertolt machte letzten Endes immer, was sie wollte, selbst wenn er nicht einverstanden war.

Darkus schnappte sich die kleine Lampe, die an einem breiten Gummiband befestigt war und am Messinghaken der Hängematte hing, zog sich das Gummiband über den Kopf und schaltete die Lampe ein. Dann kletterte er auf die Aktenschränke, streckte die Arme durch das Oberlicht, griff nach den hölzernen Fensterrahmen, sprang hoch durch die Öffnung und setzte sich links vom Fenster auf die Dachziegel. Er kam häufig mit Baxter hier hoch und schaute über die angrenzenden Straßen. Es gefiel ihm, das Kommen und Gehen rund um die Nelson Parade zu beobachten. Die Menschen sahen nur selten nach oben, was Darkus schade fand, denn der Himmel war immer viel interessanter als der Gehweg.

Vorsichtig umschiffte er lose Dachziegel und rutschte das schräge Dach hinunter, wobei er vor dem eingesackten Abschnitt Halt machte, der über der Ruine des Emporiums hing.

Er bahnte sich seinen Weg zur Regenrinne. Als er über die Dachkante spähte, konnte er die schwarze schmiedeeiserne Feuerleiter sehen. Es waren etwa 2,50 Meter bis zur obersten Plattform, aber wenn er sich mit baumelnden Beinen von der Regenrinne hängen ließ, wäre es nur ein guter Meter.

Er schloss die Augen und hoffte, dass sein Onkel und sein Vater nicht in der Küche waren, bevor er die Eisenhalterungen packte, die die Regenrinne am Dach befestigten, und sich hinunterrutschen ließ, so dass er über die Kante baumelte. Dann ließ er sich fallen, was ein Scheppern verursachte, und blieb lauschend hocken, in Erwartung einer verärgerten Stimme oder eines Gesichts am Küchenfenster, aber es passierte nichts. Er hakte die Feuerleiter aus und ließ sie hinuntergleiten, stieg zum nächsten Absatz hinunter, wo er eine weitere Leiter löste, bis er schließlich in Onkel Max' von Unkraut überwuchertem Garten plumpste.

Baxter flatterte herunter und landete auf seiner Schulter. Newton tanzte vor Darkus in der Luft und schwirrte aufgeregt umher. In Gesellschaft der Käfer hatte Darkus das Gefühl, alles schaffen zu können.

Die Käfer und der Junge hechteten nach oben auf das Schuppendach am Ende des Gartens, kletterten über die angrenzende Mauer und stürzten blindlings in den Gerümpelhaufen, den Darkus Möbelwald getauft hatte, als er ihn zum ersten Mal sah. Ein Ort, der jetzt sogar mitten in der Nacht keine Geheimnisse mehr für ihn barg. Darkus kannte jede Ecke und jedes Sofakissen. Er krabbelte auf allen vieren zu der schwarzen Tür mit der silbernen Dreiundsiebzig, die den Eingang zum Basislager bildete.

Als er sie aufdrückte, wurde er von warmem, gelbem Licht und dem Lächeln seiner beiden Lieblingsmenschen begrüßt.

»Warum kommst du so spät?«, fragte Virginia grinsend.

Aus einem ihrer Zöpfe winkte Marvin Darkus mit einer roten Kralle zu.

»Was macht ihr hier?«, fragte Darkus und lachte. »Ich dachte, es sei euch verboten, mich zu treffen.«

»Von morgen an«, sagte Virginia grinsend. »Von morgen an ist es uns verboten, deshalb dachten wir, wir treffen dich lieber noch heute Nacht, ansonsten würden wir unseren Eltern nicht gehorchen und das wollen wir doch nicht, oder?«

»Und was ist mit dir?«, fragte Darkus Bertolt.

»Ich habe Kissen unter meine Bettdecke gestopft und mich rausgeschlichen. Mum stellt nicht wirklich Regeln auf.« Bertolt schob seine Brille hoch. »Sie hat gesagt, dass ich nicht in Schwierigkeiten kommen und deinen Dad nicht verärgern soll, aber letzten Endes durfte ich entscheiden, was jetzt das Richtige ist.«

»Ich musste ihn förmlich herzerren«, sagte Virginia trocken.

»Musstest du nicht«, protestierte Bertolt. »Ich wollte nur Mum nicht enttäuschen.«

»Das wirst du nicht.« Virginia ließ sich auf das olivgrüne Sofa fallen. »Sobald wir herausgefunden haben, was Lucretia Cutter mit Spencer Crips gemacht hat und wir ihn gerettet und sie von ihren wie auch immer gearteten teuflischen Plänen abgehalten haben, bist du ein Held. Deine Mutter wird stolz auf dich sein.«

Bertolt sah nicht glücklich aus. »Die Morsezeichen sind ein cooler Trick«, sagte Darkus, um das Thema zu wechseln.

»Ja, oder?« Bertolt wurde rot vor Stolz. »Newton hat sie wirklich schnell gelernt. Er kann jetzt komplizierte Sätze buchstabieren. Ich war mir nicht sicher, ob du die Zeichen entziffern könntest.«

»Das habe ich bei den Pfadfindern gelernt«, sagte Darkus. »Und die Zeichen zu verwenden ist eine echt tolle Idee. Ich frage mich, ob die anderen Käfer sie auch lernen können?«

»Nicht alle haben Lampen im Bauch«, warf Virginia ein.

»Aber Morsezeichen kann man auch mit Lauten übermitteln«, sagte Darkus. »Baxter könnte eine Botschaft mit seinem Horn klopfen oder Stridulation einsetzen.«

»Gute Idee.« Virginia setzte sich auf. »Marvin könnte mit seinen Hinterbeinen eine Botschaft steppen.«

Bertolt setzte sich neben Virginia und holte Stift und Notizbuch hervor. »Ich schreibe das mal auf, ja?«

»Aufschreiben?«, fragte Darkus stirnrunzelnd.

»Wir wissen ja nicht, wann wir uns das nächste Mal sehen«, sagte Virginia. Sie zog einen riesigen Atlas aus ihrem Rucksack und knallte ihn auf den Sofatisch. »Also legen wir eine Fallakte an und bewahren sie hier im Basislager auf. Jeder von uns kann reinschreiben und die Einträge der anderen lesen.«

»Das ist ein Atlas.«

»Nein, ist es nicht. Es sieht nur so aus.« Sie klappte den Buchdeckel auf. Dort, wo die Landkarten hätten sein sollen, befand sich eine Mappe. »Ich habe ihn in einem der feuchten Kartons gefunden, die drüben an der Wand vor sich hin gammeln. Die Karten waren ruiniert, also habe ich sie herausgerissen und in den Rückendeckel dieser Mappe gesteckt. So findet sie niemand.«

Sie zog einige Blätter aus der Mappe, darunter ein Artikel über Spencer Crips und ein Blatt, das mit *Fabre-Projekt* überschrieben war und mehrere Namen aufführte.

»Die hier sollten dann auch mit rein«, sagte Darkus und zog die zusammengerollten Fotos aus der Gesäßtasche seines Pyjamas. »Ich habe sie in Dads Forschungsakten gefunden.«

»Das Bild!«, rief Bertolt aus und nahm ein großes Foto aus Darkus' Händen. »Hattest du das nicht auf Lucretia Cutters Schreibtisch gesehen?«

»Sieh dir die Rückseite an«, sagte Darkus.

Bertolt drehte es um und entdeckte die Namen. »Guck mal, Virginia!«

»Großartig!« Sie zog einen Stift aus der Hosentasche ihrer Jeans. »Lies mal vor.«

»Dr. Danny Laroche, Dr. Yuki Ishikawa, Dr. Henrik Lenka, Dr. Lucy Johnstone, dann Darkus' Dad und Mum, Dr. Bartholomew Cuttle und Esme Martín-Piera«, las Bertolt vor, »und Professor Andrew Appleyard.«

Virginia sah Darkus mit glänzenden Augen an. »Das sind drei neue Namen! Drei mögliche Spuren.«

»Ich habe das hier für die Fallakte mitgebracht.« Bertolt zog eine Zeitung aus seiner Tasche. »Seht mal, wer auf der Titelseite ist.«

Ein Bild von Lucretia Cutter prangte da, in ihrem typischen weißen Laborkittel und der üblichen Sonnenbrille; zwei schwarze Stöcke hingen wie Skistöcke von Riemen an ihren Handgelenken. Neben ihr stand Novak und zeigte der Kamera ihr schönstes Filmstarlächeln.

»In dem Artikel heißt es, Lucretia Cutter würde bei den Filmpreisen alle Schauspielerinnen, die in der Kategorie Beste Schauspielerin nominiert sind, einkleiden, einschließlich Novak. Wusstest du, dass Novak nominiert wurde? Sie spielt in einem Film namens *Des Drachen Zähmung* mit, über ein blindes Mädchen mit einem Drachen als Haustier.«

Darkus dachte an seine erste Begegnung mit Novak in der Bibliothek von Towering Heights zurück. »Stimmt, sie hat mal erwähnt, dass sie in einem Film mitspielt.«

»Wir sollten ins Kino gehen und ihn gucken«, sagte Bertolt begeistert. »Ich wette, sie ist toll.«

»Woher willst du das wissen?«, sagte Virginia prustend. »Du kennst sie doch gar nicht.«

»Nein«, sagte Bertolt seufzend, »aber es fühlt sich so an, wo sie doch Darkus' Freundin ist und mitgeholfen hat seinen Dad zu retten … Außerdem hat sie auch einen Käfer. Als wäre sie eine von uns.«

»Sie *ist* eine von uns«, sagte Darkus. »Ich wünschte, es gäbe eine Möglichkeit, mit ihr zu reden.«

»Wir wissen nicht, ob sie bestraft worden ist, weil sie uns geholfen hat deinen Vater zu retten«, sagte Virginia sanft. »Du willst es doch nicht schlimmer machen.«

Bertolt zeigte auf Novaks Bild in der Zeitung. »Wenigstens wissen wir, dass sie am Leben ist und es ihr gut geht.«

»Ja«, sagte Darkus lächelnd. »Das stimmt.«

Bertolt legte die Zeitung in die Mappe. »Wenn Lucretia Cutter zur Filmpreisverleihung geht, hat sie die Suche nach den Käfern vielleicht aufgegeben«, sagte er hoffnungsvoll.

»Dann müssen wir uns nur noch um meinen Dad Sorgen machen«, sagte Darkus düster. Er musste ihnen unbedingt erzählen, dass sein Vater ihn wegschicken wollte.

»PSSSSSSSSSSSSST!!!!« Virginia packte mit aufgerissenen Augen und einem Finger an den Lippen Bertolts Arm.

Sie hörten ein lautes Poltern vor der Tür des Basislagers. Dann wurde sie aufgerissen – und Onkel Max stolperte herein.

»Oh, Gott sei Dank, du bist hier, Darkus!« Er wedelte mit einem Briefumschlag und schnappte nach Luft, seine ledrige Haut war lila von der Anstrengung, durch den Möbelwald zu kraxeln.

Darkus sprang auf. »Was ist denn los?«

»Ich habe ein Geräusch gehört. Ich dachte, es wäre Barty, der vom Krankenhaus nach Hause kommt. Ich bin in sein Zimmer gegangen und habe das hier auf seinem Bett gefunden. An dich adressiert.« Er reichte Darkus den Briefumschlag. »Ich glaube, ich hätte ihn erst morgen früh finden sollen. Mein Koffer ist weg, genau wie seine ganzen neuen Sachen.«

Darkus nahm den Umschlag und riss ihn auf, nackte Angst umklammerte seine Eingeweide. Seine Hand zitterte, als er den Brief festhielt und laut vorlas.

Lieber Darkus,
ich muss für eine Weile fortgehen. Ich weiß, dass es dir schwerfallen wird, das zu verstehen, aber es gibt etwas, was ich erledigen muss, und ich kann dich nicht mitnehmen.
Onkel Max wird sich gut um dich kümmern, in Omas und Opapas Haus, weit weg von der Stadt. Sei gut zu ihm, er liebt dich sehr und nichts von alledem ist seine Schuld. Du musst jetzt tapfer sein, denn ich werde möglicherweise eine Weile fortbleiben. Es tut mir leid, wahrscheinlich werde ich nicht rechtzeitig zu Weihnachten zu Hause sein, aber ich verspreche dir, dass ich so schnell wie möglich zurückkomme, und dann werde ich alles wiedergutmachen.
Ich wünschte, ich könnte es besser erklären, aber bitte glaube mir, dass deine Mutter gewollt hätte, dass ich gehe. Es gibt keinen anderen Weg.
Ich liebe dich mehr als alles auf der Welt.
Dad

Darkus ließ den Brief zu Boden fallen und sah Onkel Max an, dem der Mund offen stand.

»Also, von all den dummen, eigensinnigen, idiotischen Dingen …« Onkel Max hob seinen Tropenhut an und fuhr sich mit den Fingern durch das silbrige Haar.

»Er kehrt zu Lucretia Cutter zurück«, sagte Darkus mit belegter Stimme.

»Vielleicht auch nicht«, sagte Bertolt.

»Doch, das tut er«, antwortete Darkus tonlos. »Ich weiß, warum er sich neue Kleidung besorgt und den Bart abrasiert hat.« Er hob das Foto des Fabre-Projekts hoch. »Er will genauso aussehen wie damals, als er jung war.« Er zeigte auf seinen Dad auf dem Bild. »Als sie noch Freunde waren.«

»Er hat gesagt, dass er dich liebt«, sagte Bertolt. »Das ist doch nett.«

»Moment mal. Was soll das heißen, ›in Omas und Opapas Haus, weit weg von der Stadt‹?« Virginia sah Onkel Max an und stemmte die Hände in die Hüften.

»Nun, ich dachte, wir drei würden Weihnachten im alten Haus unserer Eltern in Wales verbringen«, sagte Onkel Max. »Aber offensichtlich hatte Barty andere Ideen und hielt es nicht für angebracht, sie mit mir zu teilen.« Er schüttelte den Kopf. »Diese abscheuliche Frau hat ihn mit irgendeinem Bann belegt.«

»Ich werde nicht fahren.« Darkus rieb sich mit den Händen das Gesicht und kämpfte gegen Wut und Tränen. »Du kannst mich nicht zwingen.«

»Darkus, ich habe deinem Dad versprochen, dass ich dich aus London herausschaffe.« Onkel Max legte ihm eine Hand auf die Schulter. »Was ich ihm allerdings *nicht* versprochen habe, ist, wohin ich dich wann bringen werde. Das verschafft uns, glaube ich, ein bisschen Spielraum.«

»Uns?« Darkus sah seinen Onkel an.

»O ja.« Onkel Max legte seinen Hut auf den Tisch und ließ sich mit einem Grunzen auf dem Sofa nieder. »Was immer ihr plant, ich bin dabei.«

»Darkus«, sagte Virginia und sah ihn an. »Was sollen wir tun?«

»Dad ist in Gefahr.« Er schluckte. »Nur eine gewaltige Macht ist in der Lage, Lucretia Cutter zu stoppen. Dad kann das nicht allein schaffen. Wir müssen ihm helfen.«

»Wir sind aber keine große Macht.« Bertolts weiße Augenbrauen ragten über seine riesige Brille.

»Ein winziges Ding, ein Käfer oder ein Kind, mag schwach oder unbedeutend erscheinen«, sagte Darkus. »Aber winzige Dinge können an Orte vordringen und Sachen sehen.« Er blickte seine Freunde an. »Und wenn sich ein winziges Ding mit einem anderen winzigen Ding zusammentut und dann mit noch einem, werden sie zusammen ein mächtiges *großes* Ding, eine Macht, mit der man rechnen muss.«

»Aber wir wissen nicht, was Lucretia Cutter vorhat!«, gab Bertolt zu bedenken.

»Wir wissen, dass sie eine Armee aus transgenen Käfern aufbaut, wir wissen nur nicht, wofür.« Darkus seufzte. »Aber ich wette, Dad weiß es.« Er wandte sich an seinen Onkel. »Du und Dad, ihr unterhaltet euch doch, hat er dir irgendwas erzählt, was uns weiterhilft?«

»Da war diese eine Sache«, sagte Onkel Max nickend. »Im Krankenhaus hat Barty in einem Magazin was über einen Käferbefall von Bergkiefern im Rocky Mountain Nationalpark in Colorado gelesen. Der Käfer ist nur fünf Millimeter groß«, er hielt Daumen und Zeigefinger nah aneinander, um die Größe zu verdeutlichen, »aber der Befall hat Millionen Hektar Wald zerstört. Dein Vater schien zu glauben, dass der verwüstete Wald irgendwie mit Lucretia Cutter zusammenhing.«

»Sie hat einen ganzen Wald zerstört?«, fragte Bertolt bestürzt.

»Ich habe möglicherweise auch ein bisschen auf seinem Schreibtisch herumgewühlt«, gab Onkel Max zu und seine Wangen liefen rot an. »Barty hat Berichte und Informationen über mysteriöse invasive Käferarten gesammelt, die noch vor seiner Entführung in ungewöhnlichen Lebensräumen aufgetaucht sind. Ich habe unsere alte Freundin Emma Lamb, die Reporterin, gefragt, ob sie der Sache nachgehen würde. Ich warte immer noch auf Nachricht von ihr.«

Virginia schob das Fabre-Projektfoto über den Sofatisch und zeigte auf die drei unbekannten Gesichter. »Kennen Sie jemanden von denen?«

»Ja.« Onkel Max zeigte auf einen großen blonden Mann von athletischer Statur. »Dieser Grobian ist Henrik Lenka, ein Chemiker. Ein unangenehmer Typ. Für kurze Zeit war er Lucys Freund. Danny«, er zeigte auf eine zierliche Frau mit runder Brille, »war eine gute Freundin deiner Mutter.« Er seufzte. »Es ist tragisch, was mit ihr passiert ist.«

Bertolt schluckte. »Ist sie tot?«

»Nein. Aber«, Onkel Max schloss kurz die Augen, »es geht ihr nicht gut.«

»Lebt sie in London?«, fragte Virginia. »Könnten wir ihr ein paar Fragen stellen?«

Onkel Max schüttelte den Kopf. »Sie ist Französin, aus einem kleinen Dorf im Loiretal, und ich glaube nicht, dass sie Besuch von uns bekommen möchte.«

»Was ist mit ihm?« Virginia zeigte auf den letzten Fremden in der Reihe.

»Dr. Yuki Ishikawa.« Onkel Max lächelte. »Ein japanischer Mikrobiologe und rundum liebenswerter Kerl. Ich weiß noch, dass er immer einen winzigen Bambuskäfig mit Grillen um den Hals trug und die Insekten durchs Labor streifen ließ, wenn er arbeitete. Er sagte, ihr Zirpen würde ihm beim Denken helfen.«

»So wie die in Professor Appleyards Meditationsraum«, sagte Bertolt.

Onkel Max nickte. »Er und Andrew sind gute Freunde, glaube ich.«

Ein drückendes Schweigen breitete sich aus, als sie an Professor Andrew Appleyard dachten, der bewusstlos in irgendeinem Krankenhausbett lag.

»Und Dr. Ishikawa – ist er am Leben und gesund?«, fragte Virginia.

»Das Letzte, was ich gehört habe, war, dass er zu Forschungszwecken nach Grönland gereist ist.«

»Grönland ist ein bisschen weit weg«, sagte Bertolt seufzend.

»Wir müssen herausfinden, ob dieser Käferbefall irgendetwas mit Lucretia Cutters transgenen Käfern zu tun hat«, sagte Darkus. »Aber erst mal müssen wir Dad zurückholen. Wenn er sich zu Lucretia Cutter gesellen will, wissen wir ja, wo er ist.«

»Towering Heights«, sagte Virginia mit einem Nicken.

»Es ist vielleicht schon zu spät«, warf Bertolt ein. »Schon fast elf. Er könnte seit Stunden unterwegs sein.«

»Wir müssen es versuchen.« Darkus stand auf. »Ich habe das schreckliche Gefühl, dass er in eine Falle tappt.«

»Wir werden da niemals mehr reinkommen.« Onkel Max kratzte sich am Kinn.

»Wir könnten die Käfer mitnehmen«, schlug Virginia vor. »Sie können reingehen und nach ihm suchen.«

»Oje.« Bertolt rutschte herum und drehte nervös Däumchen. »Was, wenn wir erwischt werden? Ich will nicht in einer von Lucretia Cutters Zellen landen. Mum wird Panik bekommen, wenn sie morgen aufwacht und ich nicht in meinem Bett liege.«

»Du kannst mit Newton hierbleiben«, sagte Darkus. »Schreib die Geschichten über die invasiven Käferarten auf und alles, was wir über das Team des Fabre-Projekts wissen.«

»Danke.« Bertolt lächelte erleichtert.

Darkus sah Onkel Max an. »Fährst du uns zu Towering Heights?«

»Mit Vergnügen.« Onkel Max schob sich den Tropenhut zurecht.

»Auf dem Weg zum Auto sammeln wir noch ein paar Freiwillige vom Käferberg ein«, sagte Darkus. Er war schon an der Tür.

Virginia sprang auf. »Hey, du wirst mich ja wohl nicht zurücklassen.«

»Das würde mir nicht im Traum einfallen.« Darkus lächelte sie schief an. »Du würdest zu viel Theater machen.«

Virginia boxte ihn in die Schulter.

»AUA!« Darkus rieb sich den Arm. »Was sollte das denn?«

Virginia grinste, als sie an ihm vorbeimarschierte. »Dich abhärten.«

13. Kapitel
LADY MACBETH

Im Empress Hotel wurde Novak sofort nach oben in die Cutter Suite gebracht. Als sie eintrat, zeigte Mater stumm auf einen ausladenden, mit Gobelin bespannten Stuhl neben dem Ankleidebereich. Novak senkte den Kopf, ging hinüber und setzte sich gehorsam hin. Erst dann bemerkte sie, dass vor ihr Stella Manning stand, die meistgefeierte Schauspielerin der Welt.

Stella Manning war für ihre Shakespeare'schen Bühnendarbietungen genauso berühmt wie für ihre zahllosen preisgekrönten Filmrollen. Ihr Gesicht war ein Magnet, von dem man die Augen nicht lassen konnte. Sie trug nicht den leisesten Hauch von Make-up und ihr langes rotes Haar war zu einem hohen Pferdeschwanz gebunden. Sie sah fantastisch aus.

»In diesem Kleid«, Mater schürzte die goldenen Lippen, »wird Ihr Rang als einzigartige Schauspielerin unumstritten sein.« Sie fasste nach unten, nahm den langen grünen Rock zwischen Daumen und Zeigefinger und schlug den Stoff so auf, dass er sich über den Boden ergoss.

Novak wurde übel, als sie sah, dass das Kleid mit Hunderten smaragdgrünen Eichenprachtkäfern verziert war. *Diese armen toten Käfer!*, dachte sie und umschloss mit der Hand schützend den Armreif an ihrem Handgelenk. Die Eichenprachtkäfer auf dem Kleid waren eine andere Art als Hepburn – eine, die sie noch nie gesehen hatte. Trotzdem wollte Novak nicht, dass Hepburn das Kleid sah oder davon hörte.

»Es heißt *Lady Macbeth* und ist von dem Kleid inspiriert, das die Schauspielerin Ellen Terry 1888 trug. Auf John Singer Sargents berühmtem Gemälde ist es festgehalten.«

Stella Manning starrte sich im Spiegel an und streckte einen Arm aus, als wollte sie eine Armee befehligen. »Lucretia, Darling, Sie haben sich selbst übertroffen. Das Kleid ist exquisit.« Ihre vertraute Stimme klang wie Schleifpapier, von dem Honig tropfte. Novak konnte sehen, dass es Stella Manning gefiel, wie die ausgestellten Ärmel, die sich am Ellbogen zu Glocken aus Samt weiteten, jede ihrer Gesten unterstrichen.

»Das Kleid hat ein Spandex-Korsett, das Ihre von der Schwangerschaft gedehnte Haut zusammenhält. Sehen Sie?«

Stella Manning murmelte zustimmend. Sie betrachtete

ihr Spiegelbild, während ihre Hände auf der schmalen Taille ruhten, die das Korsett schuf. »Es ist, als würde ich mein jüngeres Selbst sehen.«

»Ein starkes Kleid, geschaffen für die Königin der Bühne. Streng, aber sinnlich«, erklärte Lucretia Cutter.

Stella Manning runzelte die Stirn. »Ich habe die Frau des schottischen Königs viele Male gespielt«, sagte sie. »Der Name bringt Unglück.« Sie strich über das Mieder der waldgrünen Robe. »Für die Filmpreise benötige ich jede erdenkliche Art von Glück.« Sie sah Lucretia Cutter an. »Ich werde schließlich nicht jünger.«

»Eine Schauspielerin Ihres Formats braucht kein Glück«, säuselte Lucretia Cutter. »Werden Sie sich wegen eines dummen Aberglaubens davon abhalten lassen, das Kleid zu tragen?«

Stella Manning legte die Stirn in Falten.

»Ich habe das Kleid für Sie entworfen. Die Farbe passt perfekt zu Ihrem Haar und Ihrer Haut.«

»Das stimmt«, pflichtete Stella Manning ihr bei. »Ich sehe umwerfend aus.«

»Aber wenn Sie es nicht wollen, werde ich eine andere Schauspielerin finden, die es trägt.« Novak sah Stella Manning mit ihrem Aberglauben ringen. Mater blickte zur Seite. »Vielleicht Ruby Hisolo Jr.?«

»Nein!«, stieß Stella Manning hervor und ihr Gesicht wurde plötzlich von hässlicher Eifersucht verzerrt. »Nicht diese hochgejubelte Kellnerin.«

»Sie ist sehr hübsch«, murmelte Lucretia Cutter. »Der nächste Superstar, wie man hört.«

»Dieses Kleid ist einfach zu schön, um Unglück zu bringen«, erklärte Stella Manning. »Ich liebe es.« Sie drehte sich um und sah Lucretia an. »Ich nehme es.«

Lucretia Cutter schüttelte den Kopf. »Es steht nicht zum Verkauf, aber es wäre mir eine Ehre, wenn Sie es zur Preisverleihung tragen würden.«

»Wirklich? Als Leihgabe?«

»Die Filmpreise werden die größte Modenschau, die ich bislang hatte«, antwortete Lucretia Cutter. »Dieses Kleid wurde dafür geschaffen, von einer wahren Künstlerin getragen zu werden, und es wäre mir eine Ehre, wenn die große Stella Manning in meiner *Lady Macbeth* zur Preisverleihung erscheinen würde.«

Stella Manning drehte sich langsam, unfähig den Blick vom Spiegelbild abzuwenden.

»Ihr Anblick in diesem Kleid wird die Welt sprachlos machen und überwältigen.« Lucretia Cutters Stimme war nur mehr ein Flüstern.

»Ja.« Stella Manning nickte. »Sie sind wirklich eine Meisterin Ihrer Kunst.«

»Das Kleid würde nur wenig Wirkung zeigen, wenn eine andere als *Sie* es tragen würde.« Lucretias goldene Lippen zuckten. »Die Kombination ist explosiv.«

Novak fand, dass Mater wie eine hungrige Katze wirkte, die kurz davor war, eine ahnungslose Maus zu verschlingen, und sie fragte sich, warum die Filmpreisverleihung so wichtig war. Mater hatte es in der Vergangenheit immer abgelehnt, Stars für Preisverleihungen einzukleiden, mit der Begründung, es würde ihre Kunst entwerten. Und hier war sie nun und *flehte* eine Schauspielerin nahezu an, ihr Kleid zu den Filmpreisen zu tragen. Novak starrte *Lady Macbeth* an. Hatte es etwas mit dem Kleid zu tun?

»Kann ich es jetzt mitnehmen?«

Lucretia Cutter schüttelte den Kopf. »Dieses Kleid unterliegt einer Ausfuhrsperre. Am Morgen der Preisverleihung wird mein Team es zu Ihnen bringen, Sie einkleiden und zur Gala fahren.« Sie gab Gerard ein Zeichen, woraufhin er vortrat. »Ich möchte nicht, dass irgendjemand es sieht, bevor Sie aus der Limousine auf den roten Teppich treten.«

Stella Manning sah Gerard ablehnend an, offensichtlich wollte sie das Kleid nicht ausziehen. Doch schließlich seufzte sie und wandte sich um, damit er es öffnen konnte. Gerard blickte in die andere Richtung, als sie vorsichtig aus dem Kleid stieg, in ihrer Unterwäsche dastand und an ihrem Bauch herumzupfte.

»Zu schade, dass die Welt Babybäuche nicht zu schätzen weiß.« Sie seufzte und sah Mater an. »Hassen Sie Ihren?«

»Meinen?« Lucretia Cutter runzelte die Stirn.

Stella Manning blickte verwirrt zu Novak und wieder zu Lucretia Cutter.

»Oh, verstehe. Nein. Ich habe für Novak auf eine Leihmutter zurückgegriffen«, antwortete Mater, ohne die Miene zu verziehen. »Meine Arbeit ist zu wichtig, um von einer Schwangerschaft gestört zu werden.«

»Oh!« Stella Mannings Blick flackerte über Novak.

Novak starrte ausdruckslos zurück. Sie hatte immer gewusst, dass sie in einem Reagenzglas gezeugt und von einer anderen Mutter ausgetragen worden war, nur kannte sie den Namen der Frau nicht. Gerard nannte sie »den Storch«.

Stella Manning lächelte ihr zu. »Novak ist ein schöner Name.« Sie nahm ihren schwarzen Kaschmirrollkragenpulli und zog ihn über den Kopf.

»Ich habe sie nach einer Handtasche benannt«, sagte Lucretia Cutter trocken. »Sie ist ein wunderbares Accessoire, finden Sie nicht?«

Novak rührte sich nicht. Sie wusste, dass sie unter die Lupe genommen wurde. Gerard hatte ihr erzählt, dass sie nach einem berühmten Filmstar benannt worden war, aus der Zeit der Schwarz-Weiß-Filme. Er hatte ihr Bilder von einer wunderschönen Platinblondine namens Kim Novak gezeigt.

»Nach einer Handtasche? Huch!« Stella Manning griff nach ihrer Jeans und schlüpfte mit dem ersten, dann mit dem zweiten Bein in den eng sitzenden Denimstoff. »Also, Novak. Du bist sicher aufgeregt, für einen Filmpreis nominiert zu sein, oder? Das ist eine seltene Ehre.«

Novak nickte.

»Sei nicht enttäuscht, wenn du nicht gewinnst. Es ist eine enorme Leistung, überhaupt nominiert worden zu sein.«

Novak nickte wieder.

Stella Manning sah sie mit einem mitleidigen Blick an, dann wandte sie sich wieder an Lucretia Cutter, die mit strenger Miene verfolgte, wie Gerard *Lady Macbeth* vorsichtig in den Schrankkoffer hängte.

»Ich bin Ihnen dankbar, dass Sie bei einem Ihrer Kleider an mich gedacht haben, Lucretia.« Stella Manning zog sich ihre Lederjacke an und nahm ihre Sonnenbrille vom Regal. »Dieses Jahr freue ich mich auf die Preisverleihung.«

»Ich mich auch«, sagte Lucretia Cutter und ihr Gesicht wurde von einem beängstigenden Lächeln verzerrt. »Das wird eine der denkwürdigsten Verleihungen in der Geschichte der Filmakademie.«

Als Stella Manning sich den Spiegeln zuwandte, um die Sonnenbrille aufzusetzen, öffnete sich die Tür und ein großer, schlanker Mann mit sandfarbenem Haar und sehr blauen Augen betrat den Raum.

»Ah, komm rein, Schatz«, sagte Lucretia Cutter und trat vor.

Novak schrie und sprang auf, bevor sie ihren Fehler begriff.

Vor ihr stand Darkus' Dad. Er war beim Friseur gewesen und der Bart war fort, aber es bestand kein Zweifel, dass er es war. Sie konnte die Narben an seinem Hals sehen, sie hatte die gleichen – von den Bissen der Raubwanzen.

Die Erwachsenen starrten sie an.

»Was ist los?«, fragte Lucretia Cutter mit einer Stimme wie ein Peitschenhieb, eine bleistiftdünne Augenbraue über der Sonnenbrille hochgezogen.

Novak setzte sich wieder und starrte zu Boden. »Es tut mir leid, Mater. Ich … ich wusste nicht, dass du ihn kennst. Ich dachte, er tut uns was.«

»Dummes Kind«, sagte Lucretia Cutter lachend. »Bartholomew, erlaube mir dich Stella Manning vorzustellen, der größten Schauspielerin unserer Zeit.«

Novak sah mit Knoten im Bauch zu, wie Darkus' Dad Stella Mannings ausgestreckte Hand nahm, sich zu ihr beugte und sie küsste. »Natürlich«, sagte er. »Es ist mir eine große Ehre.«

Novak suchte in seinem Gesicht nach Zeichen der Trauer und des Schmerzes, aber da war nichts. Sie bebte vor Wut. Kümmerte es ihn denn nicht, was Darkus zugestoßen war? Sein Sohn hatte alles riskiert, um ihn zu retten. Warum lächelte er Mater auf diese seltsame Weise an?

Novak schäumte jetzt vor Empörung und Angst. Darkus' eigener Vater hatte ihn betrogen!

Sie sah zu, wie ihre Mutter einen Arm um seine Taille schlang und ihm einen Kuss auf die Wange gab. »Stella, dies ist einer meiner ältesten und liebsten Freunde, Bartholomew Cuttle. Nachdem wir über ein Jahrzehnt getrennt waren, arbeiten wir nun wieder zusammen – an etwas wirklich Großem.«

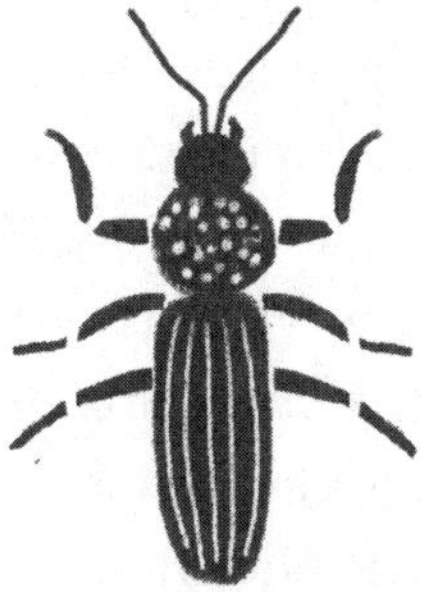

14. Kapitel

TOWERING HEIGHTS BEI NACHT

Darkus lehnte sich zwischen den Vordersitzen des Autos nach vorne und Virginia grinste beim Anblick der grünen Sandlaufkäfer, die auf seinem Kopf saßen. Onkel Max schaltete in den dritten Gang hoch und der Wagen fuhr stotternd durch Camden in Richtung Regent's Park und Towering Heights.

»Was wirst du deinem Dad sagen?«, fragte Virginia. »Er wird sich möglicherweise nicht freuen uns zu sehen.«

»Ich weiß es nicht«, sagte Darkus stirnrunzelnd und erinnerte sich an den Streit, den sie abends gehabt hatten. »Ich muss ihn dazu bringen, dass er begreift, in welcher Gefahr er ist.« Er zuckte die Achseln. »Es ist mir egal, wenn er mich anschreit.«

»Ich wünschte nur, er hätte mit mir geredet, bevor er einfach losgezogen ist, um den Helden zu spielen«, sagte Onkel Max. »Wir stehen doch alle auf derselben Seite, Herrgott.«

»Tun wir das?«, fragte Virginia. »Woher wissen wir das? Wir wissen doch nicht, was Ihr Bruder vorhat.«

Darkus öffnete den Mund, um zu protestieren und zu sagen, dass sie alle für das Gleiche kämpften, aber er musste zugeben, dass sein Vater sich seltsam verhielt. Was, wenn er bei Lucretia Cutter sein *wollte*? Was, wenn ihre Käferforschung so verlockend war, dass er nicht widerstehen konnte? Was, wenn sein eigener Sohn ihm einfach im Weg war und Dad nur deshalb gewollt hatte, dass Onkel Max ihn nach Wales brachte?

Ein unangenehmes Schweigen breitete sich aus.

Darkus fasste nach oben, setzte Baxter auf seine Handfläche und blickte in die glänzenden Augen seines Freundes. Er lächelte den Nashornkäfer an, der öffnete den Mund und lächelte zurück. Wenigstens würde es dank Dads Abwesenheit keine Diskussionen mehr darüber geben, dass er Baxter weggeben müsse. Er sah zu den Käfern hinunter, die sich links und rechts von ihm auf dem Rücksitz aufgereiht hatten: ein kompaktes Bataillon aus biolumineszent gefleckten Leuchtkäfern gegen die Dunkelheit, gesprenkelte Herkuleskäfer der Stärke wegen, Bombardierkäfer, weil sie die Fähigkeit hatten, Säure zu verspritzen, und Riesenbockkäfer, die böse zubeißen konnten. Sie waren mittlerweile erfahrene Kämpfer; Darkus trainierte seit der Schlacht von Nelson Parade mit ihnen.

Er strich über Baxters Elytren. »Wenn wir die Käfer in Towering Heights hineinschicken«, sagte er, »sollten wir sie auch die Zellen nach Spencer Crips durchsuchen lassen.«

»Das ist eine gute Idee!«, sagte Virginia nickend. »Und wir müssen die Augen nach gelben Marienkäfern offen halten.«

»Gelbe Marienkäfer?«, fragte Onkel Max. »Da war gestern ein sehr großer im Wohnzimmer.«

Virginias und Darkus' Köpfe fuhren herum.

»Ich fürchte, ich muss gestehen«, Onkel Max senkte die Stimme zu einem übertriebenen Flüstern, »dass ich ihn versehentlich mit meinem Schuh zerquetscht habe!«

Virginia brach in Gelächter aus, während Onkel Max seine Augenbrauen hob und senkte.

»Lucretia Cutters Spione kommen mir nicht ins Haus.«

Trotz der späten Stunde war Camden Town voll mit torkelnden Nachtschwärmern. Je näher sie Towering Heights kamen, desto nervöser wurde Darkus. Seit sie seinen Dad aus Lucretia Cutters Zelle befreit hatten, war er nicht mehr in dem Haus gewesen. Er schüttelte den Kopf. Noch immer konnte er nicht glauben, dass sein Dad freiwillig dorthin zurückkehrte. Darkus bohrte die Nägel in seine Handflächen, und merkte, dass er die Hände zu Fäusten ballte.

Er sah aus dem Fenster. Links lag die vertraute Parklandschaft des Londoner Zoos. Onkel Max hielt an. »Näher will ich lieber nicht heranfahren, sonst erkennt noch jemand das Auto«, sagte er über die Schulter hinweg.

Darkus nickte. Der alte mintgrüne Renault 4 war ziemlich auffällig.

Sie stiegen vorsichtig aus dem Wagen, die Käfer folgten Darkus wie ein krabbelnder Schatten.

Als sie sich dem Haus näherten, spürte Darkus sein Herz in der Brust wummern wie eine Basstrommel. Die vertraute Backsteinmauer ragte vor ihnen auf, dahinter die hohe Rotbuchenhecke.

»Kommst du da rüber?«, fragte Darkus Onkel Max flüsternd.

»Mach dir um mich keine Sorgen, Junge.« Onkel Max fasste nach oben, sprang ab und hievte sich über die Mauer. Darkus hörte einen dumpfen Aufprall, als er auf der anderen Seite landete.

Virginia ging in die Knie und verschränkte die Hände zur Räuberleiter. Darkus stellte einen Fuß darauf und war in der nächsten Sekunde oben auf der Mauer, von wo aus er sich zu Virginia hinunterbeugte und sie an den Händen nach oben zog, bis sie neben ihm saß. Die Käfer huschten die Mauer hinauf und an der Rückseite hinunter, während die Kinder gemeinsam zu Boden sprangen. Darkus und Virginia wanden sich mit den Händen vor dem Gesicht durch die Rotbuchenhecke, um nicht zerkratzt zu werden.

Onkel Max stand am Rand der großen, im Schachbrettmuster gefliesten Terrasse. »Das ganze Haus ist dunkel«, flüsterte er.

»Es ist ja auch mitten in der Nacht«, antwortete Darkus.

»Da stehen keine Autos in der Auffahrt«, warf Onkel Max ein. »Und vor der Garagentür hängt ein großes Vorhängeschloss. Ich glaube, das Haus ist verlassen.«

Darkus sah sich jedes Fenster an und versuchte eine Lichtquelle auszumachen, aber da war wirklich nichts. Im Erdgeschoss waren alle Innenfensterläden geschlossen. Er lief auf leisen Sohlen über die Terrasse, presste das Gesicht an eine Scheibe und legte die Hände um die Augen. Auf diese Weise starrte er durch einen Spalt zwischen den Lamellen und konnte ein riesiges weißes Gebilde erkennen. Er zog sich zurück und runzelte die Stirn.

»Die Möbel sind mit Laken abgedeckt.« Er sah Onkel Max an.

Virginia lief geradewegs zur schwarzen Haustür. Sie ließ sich auf die Knie fallen, steckte die Finger in den Briefschlitz, hob die Klappe an und spähte hindurch. »Leer«, zischte sie.

»Das Haus ist definitiv verlassen«, sagte Onkel Max. »Da ist keiner.«

»Das kann nicht sein«, sagte Darkus mit versagender Stimme. »Wo ist Dad?«

Onkel Max ging zu Virginia hinüber und hämmerte mit dem Messingtürklopfer in Skarabäus-Form an die Tür. Darkus und Virginia zuckten zusammen. »Was machen Sie?«, fragte Virginia und trat mit großen Augen einen Schritt zurück.

»Ich finde heraus, ob irgendjemand da ist«, antwortete Onkel Max.

Darkus hielt die Luft an und starrte auf die Tür, aber niemand kam. Er atmete aus und ließ die Schultern hängen.

»Sollen wir uns mal auf der Rückseite umsehen?«, schlug Virginia vor. Sie fasste Mut, nachdem sie nun wusste, dass niemand zu Hause war. »Vielleicht finden wir einen Hinweis.«

Darkus nickte und sie schlichen sich seitlich um das Gebäude herum.

»Wo sind die nur alle hin?«, flüsterte Darkus. »Wo ist Novak?«

»Das hier ist nicht das einzige Haus im Besitz von Lucretia Cutter, Darkus«, entgegnete Onkel Max. »Sie könnte überall sein.«

»Wenn Dad hierhergekommen ist und das Haus verlassen vorgefunden hat, ist er vielleicht wieder zu uns nach Hause gefahren. Vielleicht ist er jetzt da und fragt sich, wo wir bleiben«, sagte Darkus hoffnungsvoll.

»Da ist der Dienstboteneingang.« Virginia stapfte über die weißen Kiesel in der Einfahrt zur blauen Tür und presste das Ohr dagegen. In dem Moment schwang die Tür auf und Virginia stolperte auf eine Frau zu, die erschrocken aufschrie.

Virginia schrie ebenfalls und wich zurück, während Onkel Max und Darkus zu ihr eilten.

Die Frau im Haus sah Darkus und schrie noch lauter.

Onkel Max hob die Hände. »Alles in Ordnung! Alles in Ordnung! Wir tun Ihnen nichts.«

»*Du* bist das! Der … Käferjunge«, keuchte die Frau mit schreckverzerrter Miene. »Du bist doch *tot*! Sie hat dich erschossen! Hat Novak gesagt!«

»Hallo, Millie«, sagte Darkus lächelnd. »Sie hat mich angeschossen, aber ich bin nicht tot.«

»Bitte entschuldigen Sie vielmals, gnädige Dame.« Onkel Max verbeugte sich höflich. »Wir wollten Sie nicht erschrecken.«

Millie sah ihn verärgert an. »Waren Sie das mit der grässlichen Klopferei?«

»Oh, ja, tut mir leid.« Onkel Max räusperte sich. »Ich dachte, es wäre niemand da. Bitte entschuldigen Sie, falls ich Sie geweckt haben sollte.«

»Sie haben mir einen Riesenschrecken eingejagt«, sagte Millie und fasste sich ans Herz. Sie sah Darkus an. »Wenn du nach dem jungen Fräulein suchst – sie ist fort. Sie sind alle nach Amerika geflogen, zur Filmpreisverleihung.«

»Millie, war heute Abend ein Mann hier?«, fragte Darkus. »Glatt rasiert, kurzes, gewelltes, sandfarbenes Haar, leicht grau meliert. Er hat blaue Augen …«

»Diese beiden schrecklichen Männer waren hier, vor nicht einmal zwei Stunden – ein riesiger Glatzkopf und eine dürre, halb verrückte Kreatur. Sie haben gehämmert und geklopft und darauf beharrt, einen Termin bei Madame Cutter zu haben, die ihnen Geld schulde.«

Virginia packte Darkus' Arm. »Humphrey und Pickering!«, zischte sie.

»Sie haben mir nicht geglaubt, als ich gesagt habe, dass sie abgereist ist. Ich musste ihnen die Tür vor der Nase zuschlagen und dann haben sie ein Fenster eingeworfen! Sie sind erst abgezogen, als ich ihnen drohte die Polizei zu rufen.« Millie legte sich wieder die Hand aufs Herz. »Als Sie geklopft haben, dachte ich, die beiden wären zurückgekommen, um das Haus auszurauben.«

»Ich kann Ihnen versichern, dass wir nichts dergleichen zu tun gedenken. Mein Name ist Maximilian Cuttle. Wir suchen nach meinem Bruder.«

»Oh nein!« Millies Hände flogen an ihre Wangen. »Ich vergaß!« Im nächsten Moment zog sie einen lavendelfarbenen Umschlag aus ihrer Schürzentasche hervor. »Sind Sie der Maximilian Cuttle, der in der Nelson Parade wohnt?«

»Nun, ja, der bin ich«, sagte Onkel Max nickend.

»Dann ist der für Sie. Es tut mir so leid, ich sollte Ihnen den schon früher am Abend vorbeibringen, aber als diese beiden Männer hier waren und geklopft und geschrien haben, habe ich es ganz vergessen.«

»Was ist das?«, fragte Darkus, als Onkel Max den Umschlag aufriss.

»Wie gut, dass Sie gekommen sind«, sagte Millie kopfschüttelnd. »Ich hätte mich schrecklich gefühlt, wenn ich es vergessen hätte. Ich habe Novak versprochen Ihnen den Brief so schnell wie möglich zukommen zu lassen.«

»Darkus!« Onkel Max riss den Kopf hoch. »Lucretia Cutter weiß, wo die Käfer sind. Sie wird sie verbrennen.«

Darkus stolperte mit entsetzt aufgerissenem Mund rückwärts, Tränen schossen ihm in die Augen. »Wir müssen zurück! Wir müssen sie retten!«

»Da ist Bertolt!«, rief Virginia panisch.

Und dann rannten sie über den Kies die Einfahrt hinunter zum Auto und rasten los zur Nelson Parade.

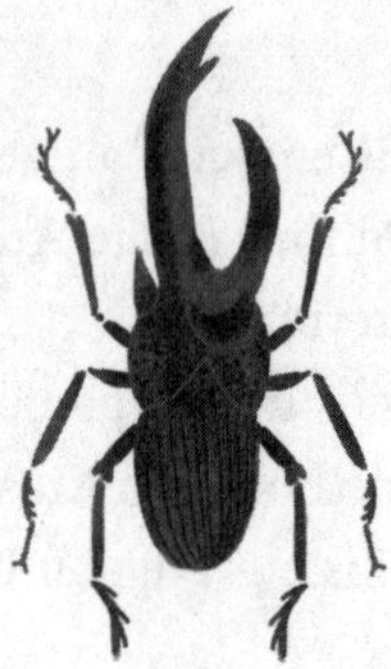

15. Kapitel
WALDBRAND

Bertolt blickte von der Zeitung auf. Newton flitzte um seinen Kopf herum, blitzte und leuchtete wie verrückt und sauste auf sein Gesicht nieder.

»Was ist los, Newton?«

Er klappte die Zeitung zu und legte sie auf seine Werkbank. Den Artikel über Lucretia Cutters unvermittelte Entscheidung, der Filmpreisverleihung beizuwohnen, hatte er gelesen. Die Zeitung bestätigte, was Bertolt vermutet hatte – dass nämlich Lucretia Cutter in der Vergangenheit Preisverleihungen gemieden hatte. Mehr noch, sie hatte ihre Teilnahme verweigert, weil sie vulgär seien, und sogar die Filmpreisverleihung als besonders hirnlos bezeichnet. Der Verfasser des Artikels wusste nicht, warum sie eine solch drastische Kehrtwende vollzogen hatte und der Preisverleihung nun nicht nur beiwohnen, sondern auch sämtliche nominierte Schauspielerinnen einkleiden würde.

Bertolt fragte sich, ob Lucretia Cutter ihre Meinung Novak zuliebe geändert hatte. Aber so wie Darkus ihren brutalen Umgang mit der Tochter geschildert hatte, war das nicht sehr wahrscheinlich. Um noch mehr öffentliche Aufmerksamkeit konnte es ihr eigentlich auch nicht gehen; sie war sowieso immer in den Zeitungen. Bertolt kratzte sich die Stirn. Er konnte sich keinen einzigen Grund vorstellen, warum Lucretia Cutter zur Filmwelt hätte gehören wollen. Es sei denn, um die Filmwelt ginge es ihr gar nicht … Aber warum sollte sie dann an der Preisverleihung teilnehmen?

Newton sauste wieder vor sein Gesicht und prallte gegen seine Brille.

»Entschuldige.« Bertolt schnüffelte. »Was ist los?« Ein beißender Geruch stieg ihm in die Nase. »Newton, riechst du das auch? Da brennt irgendwas.«

Newton schwebte vor Bertolts Gesicht und blitzte und leuchtete.

»FEUER?!«, schrie Bertolt, als er die Morsezeichen entziffert hatte.

Er rannte zur Tür, riss sie auf und kroch durch den Haupttunnel zum Ahorn. Er musste aus dem Möbelwald heraus. Wenn der Wald Feuer fing, würde er bei lebendigem Leib geröstet!

Er stürzte unter dem Klapptisch hervor und blieb wie angewurzelt stehen. Die Hintertür des Emporiums stand offen und eine Flammenfontäne schoss aus dem Kanalisationsschacht.

»NEIN!«, schrie Bertolt und rannte zur Tür, das schreckliche Bild vor Augen, wie die Käfer in ihren Teetassen lebendig verbrannten. Tränen strömten ihm über das Gesicht. Vom Rauch musste er husten und ein Hitzeschwall drängte ihn zurück.

Panische Käfer flogen und rannten aus der Tür und flatterten in der Luft umher, verwirrte Gliederfüßer, die gegeneinanderprallten und zu Boden fielen, wenn ihre Flügel in der Hitze schmolzen.

»ZU MIR! HIERHER!«, rief Bertolt mit seiner hohen Stimme. »Käfer, fliegt zu mir!« Er kämpfte sich vor, fiel auf die Knie, sammelte so viele ein, wie er nur konnte, und setzte sie sich auf die Schultern, während andere Käfer in seinem Haar landeten. Einige retteten sich im Gänsemarsch sein Bein hinauf.

Bertolt blickte zurück auf den Möbelwald, der zur Todesfalle aus morschem Holz geworden war. Dann spähte Bertolt durch den Hintereingang des Emporiums. Er musste hier rauskommen, sich auf der Straße in Sicherheit bringen. Aber um das zu schaffen, musste er durch das brennende Gebäude laufen. Jetzt musste alles schnell gehen: Die Küche hinten fing schon Feuer.

Bertolt rannte los und schützte dabei sein Gesicht mit den Armen. Die Hitze brandete an seine Haut. Er dachte an den Feuerwehrmann, der mal in die Schule gekommen war und ihnen erzählt hatte, dass das Gefährlichste an einem Feuer nicht die Flammen waren, sondern der Rauch. Der giftige Rauch, der einem in Minuten das Bewusstsein rauben konnte.

Er sah auf. Eine Pilzwolke aus dunklem, bedrohlichem Qualm sammelte sich unter der Decke. Bertolt zog den Pullover hoch und bedeckte damit seinen Mund, dann flitzte er an der brennenden Toilette vorbei in die Küchenecke und durch den Durchgang in den zerstörten Laden.

Abrupt blieb er stehen.

Im Eingang zum Laden stand ein riesiger Berg von einem Mann, an dessen Arm sich eine dürre, knochige Figur klammerte.

»DAS IST DER JUNGE!«, kreischte Pickering.

»SCHNAPP IHN DIR!«, brüllte Humphrey.

Bertolt stolperte rückwärts, drehte sich um und rannte wieder durch die brennende Küche. Seine Augen tränten, was ihm die Sicht raubte, aber er wusste ja, wo die Tür war. Er schoss nach draußen in den Hof, während sich überall Käfer an ihn klammerten.

»Newton!«, rief er und das leuchtende Glühwürmchen kam herabgeschossen. »Hol die Glühwürmchen aus dem Basislager. Sie sollen möglichen Überlebenden den Weg zeigen.«

Die Käfer, deren Rettungsinsel Bertolt war, kletterten an ihm hoch und sammelten sich auf seinem Rücken und den Schultern. Jene, die fliegen konnten, hoben ab und eilten zu den Glühwürmchen, um bei der Rettung ihrer Brüder und Schwestern zu helfen. Bertolt fiel auf die Knie und kroch, so schnell er konnte, unter den Klapptisch.

»Wo ist er?«, hörte er Humphrey schreien.

Bertolts Herz schlug schneller als die Flügel eines Kolibris. Er legte einen Schalter um und aktivierte damit die Falle in der Standuhr, dann krabbelte er durch das Labyrinth des Möbelwalds.

»Da!«, schrie Pickering. »Er ist unter den Tisch gekrochen.«

Bertolt kam zum großen Torbogen aus Fahrrädern und blickte nach rechts, die Mistkugelallee hinunter. Er wollte Pickering und Humphrey nicht zum Basislager führen. Hinter ihm war ein Krachen zu hören, gefolgt von einem Schmerzensschrei, als Pickering vom Pendel der Standuhr getroffen wurde. Bertolt stellte sich vor, wie es mit Schwung heruntergesaust kam und gegen Pickerings Kopf knallte. Für einen Moment verspürte er eine gewisse Befriedigung.

»Argh! Humphrey! Der Junge hat mich mit einem Schwert im Gesicht getroffen! Ich blute!«

Bertolt sah nach unten; Käfer sammelten sich in Pfützen um seine Schienbeine und Hände herum. »Steigt auf«, flüsterte er. »Wir müssen hier raus.« Er wandte der Mistkugelallee den Rücken zu und kroch in den Toktokkietunnel. So schnell er konnte, krabbelte er zur Auster, einer Rettungskapsel, die er und Virginia für den Notfall gebaut hatten. Sie bestand aus zwei Badewannen, eine über Kopf auf der anderen und an der Rückseite durch ein riesiges Scharnier verbunden, und aus vier Sprungfedern, die er aus einem alten Flipper gezogen hatte, um das Anheben der oberen Wanne zu erleichtern. Bertolt öffnete sie.

»Gut, ihr Lieben, rein mit euch«, flüsterte er den Käfern zu. »Da bleibt ihr jetzt, bis ich zurückkomme und euch hole.«

Die Käfer flogen, purzelten und stürzten in die leere Badewanne.

»Ich komme so schnell wie möglich zurück.« Bertolt schloss die Auster und krabbelte zurück zum Torbogen.

»Aus dem Weg!«, schrie Humphrey seinen greinenden Cousin an. »Die kleine Mücke zerquetsch ich!« Bertolt hörte ein Getöse, als Humphrey den Klapptisch vom Wald wegriss und hinter sich warf.

»Newton«, rief Bertolt dem Glühwürmchen zu, das über dem Möbelwald tänzelte. »Ich brauche einen Heiligenschein. Der Oger muss mich sehen.«

Humphrey war auf allen vieren und versuchte sich zwischen den beiden Kleiderschränken durchzuzwängen, die sich aneinanderlehnten wie zwei schlafende Vagabunden.

Newton und etliche seiner Brüder, die über dem Möbelwald nach überlebenden Käfern Ausschau hielten, sausten hinunter und bildeten einen Ring über Bertolts Kopf.

»Ich kann dich sehen!«, schrie Humphrey mit bedrohlicher Freude.

»Oh nein! Bitte hol mich nicht!«, rief Bertolt in der Hoffnung, dass Humphrey darauf hereinfiel. »Hilfe! Hallo?!« Und damit drehte er nach rechts ab und kroch durch einen selten genutzten Tunnel, der sich schnell verengte. Er hatte eine Ewigkeit darauf gewartet, seine Fallen auszuprobieren, und er wusste genau, welche perfekt für Humphrey war.

Der Tunnel war eine Sackgasse, eine schwere Eichenanrichte versperrte den Weg. Bertolt öffnete eine der Schranktüren in der Anrichte und zwängte sich durch ein kleines rundes Loch, das er aus der Rückseite geschnitten hatte. Auf der anderen Seite der Anrichte war als Rahmen für das Loch eine Klobrille ans Holz geschraubt. Bertolt lächelte. Humphrey würde niemals durchpassen.

»Gleich hab ich dich!«, rief Humphrey und grunzte vor Anstrengung, während er auf die Anrichte zurobbte. »Dir wird's noch leidtun, dass du mein Haus angesteckt hast!«

»Bitte nicht!«, schrie Bertolt und krabbelte durch Stuhlbeine hindurch zu einem Guckloch zurück. Er sah zu, wie der wütende Humphrey schnaufend und keuchend auf allen vieren vorbeikroch, dann schob er lautlos eine Spanplatte vor den Tunnel, steckte sie zwischen zwei Bücherregale auf der gegenüberliegenden Seite und zog einen schweren Marmorkamin vor die Platte. Humphrey war gefangen.

Bertolt fasste Mut, huschte zurück zum Toilettensitz und steckte den Kopf hindurch. »Du sitzt fest, du doofer, dicker Fiesling!«, sagte er zu Humphrey.

Humphrey schnaubte wie ein wütender Stier und versuchte rückwärts aus dem Tunnel herauszukommen. Seine

Füße traten gegen die Spanplatte, aber es half nichts. Er konnte nicht dort wieder raus, wo er hineingekommen war.

»Was hast du gemacht, du kleine Ratte!«

»Du bist in meiner Klobrillenfalle gefangen«, rief Bertolt stolz. »Und das geschieht dir ganz recht. Du hast die Käfer in Brand gesteckt.«

»Ich habe keine Käfer in Brand gesteckt!«, schrie Humphrey. »Warum sollte ich in Brand stecken, was von meinem Zuhause noch übrig ist?«

Bertolt blinzelte. Eine kalte Welle der Angst erfasste ihn. Wenn es nicht Humphrey und Pickering waren, die das Feuer gelegt hatten, dann war es … »Lucretia Cutter«, sagte er laut.

»Lass mich raus!«, schrie Humphrey.

»Kann ich nicht, um ehrlich zu sein. Tut mir leid«, rief Bertolt zurück. »Allein bin ich nicht stark genug.«

»Was?« Humphrey schlug um sich, trat mit den Füßen und warf sich mit den Schultern gegen den Möbelkäfig, bis ihm klar wurde, dass er wirklich und unausweichlich gefangen war.

Bertolt zog den Kopf aus dem Loch in der Anrichte. »Tut mir leid!«, sagte er grinsend.

Humphreys Nasenflügel bebten. »Oh, du kleines Würstchen!«, brüllte er, stieß den Kopf in die Anrichte, knirschte mit den Zähnen wie ein tollwütiger Hund und versuchte Bertolt zu beißen. »Ich bin nicht aus dem Gefängnis entlassen worden, nur um von einem lächerlichen Streifenhörnchen mit Fliege eingesperrt zu werden!« Sein Gesicht ragte aus der Rückseite der Anrichte heraus, eingerahmt vom Toilettensitz.

Bertolt preschte vor, griff den Rand der Klobrille und drehte sie um neunzig Grad.

Humphrey versuchte den Kopf wieder aus dem Loch zu ziehen, aber es gelang ihm nicht. Er saß vollkommen fest.

»Alles klar, bin bald zurück«, sagte Bertolt mit einem kleinen Winken, und so schnell er konnte, eilte er zurück zum großen Torbogen.

Er hörte Pickering, noch bevor er ihn sah.

»Meine Antiquitäten! Nein! Oh nein!«

Dort, wo der Möbelwald das Emporium berührte, waren Flammen auf die morschen Tische und Stühle übergesprungen, wie Bertolt nun bemerkte. Pickering, der fast schon von den Flammen eingeschlossen war, sprang herum und erstickte sie mit einem alten Teppich.

»Hey!«, rief Bertolt. »Pickering!«

Pickering wandte sich mit irrem Blick um. Bertolt tauchte wieder in den Möbelwald und rannte, so schnell er konnte, in den Tunnel, der von der Mistkugelallee abzweigte und in dem sich die Spinnennetzfalle befand. Er kroch hinein und ließ seine Füße absichtlich herausragen.

»Newton«, zischte er, »zeig ihm meine Füße.«

Einen Augenblick später hörte er ein freudiges Kreischen von Pickering. »Ich sehe dich! Du kleiner Mistkerl!«

Bertolt zog die Beine an und kauerte sich zusammen. Er

griff über seinem Kopf in die Dunkelheit, bekam die Leiter zu fassen und zog sich lautlos daran nach oben. Mit angehaltener Luft sah er, dass sich Pickering unten bäuchlings wie eine wütende Schlange in den stockdunklen Tunnel wand.

»Ich krieg dich, du kleiner Dieb, und wenn ich dich habe, dann … iiih! Was ist das denn? Das ist ja ganz klebrig. Bäh. Was? Nimm das weg! Autsch! Argh! Oh, Hilfe! Humphrey!«

Bertolt kniff die Augen zusammen und stellte sich all die Streifen aus Fliegenpapier vor, die an die Decke getackert waren und im Dunkeln herunterbaumelten. Sie lenkten Pickering vom Schlingendraht am Tunnelboden ab.

»Lass mein Bein los! Humphrey? Bist *du* das? Autsch!« Pickering fluchte und schimpfte, während er sich wand und sich immer weiter im Netz aus schwarzer Schnur, Schlingendraht und klebrigem Fliegenpapier verfing.

»Kannst du mich hören, Junge?«, rief er. »Du hältst dich wohl für ganz clever, was? Du kannst bloß hoffen, dass ich hier niemals rauskomme, ansonsten erlaube ich meinem Cousin, Pastete aus dir zu machen und DICH ZU ESSEN!« Er lachte, es war ein schreckliches, schauriges Gurgeln. »MIT CRANBERRY-SOSSE!«

Bertolt kletterte lautlos die Leiter weiter hoch bis zum Bettgestell, das in der Hofmitte aufragte. Der Ahorn stand in Flammen, genau wie die Ränder des Möbelwalds. Panik durchzuckte ihn, als er sah, wie schnell die Möbel Feuer fingen. Die Flammen krochen die Mauer entlang und versperrten jeden Ausweg.

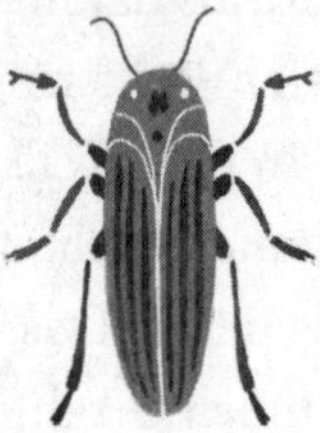

16. Kapitel

RETTUNG UND RUIN

Nelson Parade ragte aus der Dunkelheit auf, die Silhouette des Emporiums hob sich vor einem eigentümlichen orangefarbenen Glühen ab.

»Um Himmels willen!« Onkel Max legte eine Vollbremsung hin und sie wurden nach vorne gerissen. Er sprang aus dem Auto.

Darkus hob Baxter von seiner Schulter und setzte ihn auf dem Rücksitz ab. »Bleib hier im Wagen«, sagte er.

Baxter weigerte sich abgesetzt zu werden und klammerte sich mit seinen starken Krallen an Darkus' Hand fest.

»Baxter, es ist zu gefährlich.« Noch während er das sagte, merkte Darkus, dass er mit Baxter genauso sprach, wie sein Vater mit ihm, und er gab auf. Baxter hatte jedes Recht, seine Familie retten zu wollen.

Der Nashornkäfer marschierte entschlossen Darkus' Arm bis zur Schulter hinauf und stand dann wachsam da, den Blick nach vorn gerichtet, während Darkus aus dem Auto stieg und sich neben seinen Onkel und Virginia stellte. Zu dritt starrten sie auf das brennende Gebäude.

»Bertolt!«, kreischte Virginia. Bevor Darkus oder Onkel Max sie aufhalten konnte, sprintete sie in die Ruine des Emporiums.

»NEIN!« Onkel Max war in Sekundenschnelle hinterhergerannt. »Virginia, komm zurück!«

Darkus' Füße fühlten sich an wie Betonklötze. Er stand wie angewurzelt da. Wo kam das Feuer her? Wo waren die Käfer?

»Darkus!«, hörte er Virginia rufen. »Der Möbelwald brennt! Bertolt ist da drin!«

Und dann rannte auch er ins Emporium, sprang über Schutt und Trümmer. Die Hitze, die vom Kanalschacht ausstrahlte, war überwältigend, sie schmolz und versengte die Fasern seines Wollpullis. Er spürte es – die Käfer in der Kanalisation waren tot.

Er nahm Baxter von seiner Schulter und barg ihn in seinen gewölbten Händen nah an seiner Brust. Tränen liefen ihm über das Gesicht, während er vom Rauch hustete und würgte. Eine Woge aus Gefühlen überrollte ihn und er geriet ins Stolpern. Bevor er auf dem Boden aufschlug, packte ihn eine starke Hand an seinem Pullover, zog ihn auf die Füße und zerrte ihn hinten aus dem Gebäude.

»Alles okay? Darkus?« Onkel Max drückte ihn an seine Brust.

Darkus nickte und schob die Vorstellung vom Käferberg als turmhohes Inferno beiseite.

Onkel Max sah sich panisch um. »Dummes Mädchen, sie ist in diesem Chaos verschwunden!« Er zeigte am Ahorn vorbei auf ein klaffendes Loch in den Möbeln, wo einmal der Klapptisch gestanden hatte. »Das ist eine Todesfalle.«

Darkus sah, dass der Ahorn brannte und Flammen schon die Ränder des Waldes erfasst hatten. Er setzte sich Baxter wieder auf die Schulter und griff nach Onkel Max' Ärmel.

»Ruf die Feuerwehr. Ich bringe Virginia über die Mauer in unseren Garten.« Ohne die Antwort abzuwarten, stürzte er in den Wald und fand die Tunnel voller Rauch vor. Er huschte die Mistkugelallee hinunter und hielt sich dabei den Ärmel vor den Mund.

»Virginia!«, rief er.

»Darkus. Hier!«

Darkus folgte Virginias Stimme. Sie stand im Basislager. Es war leer, aber sie zeigte auf die Wand. Der Alarm von zwei Fallen klirrte – die Klobrillenfalle und der Spinnennetztunnel. Virginia sah ihn an und nickte.

»Ich nehme die Klobrille. Du überprüfst den Netztunnel.«

»Warte!« Virginia schnappte sich zwei Geschirrtücher, die ordentlich gefaltet auf Bertolts Werkbank lagen. Sie tauchte sie in einen Eimer mit Wasser, den sie zum Abwaschen benutzten. »Halte dir das vor den Mund.«

Dankbar nahm Darkus das feuchte Tuch und beide rannten aus dem Basislager.

Darkus duckte sich, kroch zum Rand der Klobrillenfalle und spähte um die Ecke. Zu seinem Erstaunen sah er Humphreys Kopf aus dem Toilettensitz ragen, er sah aus wie ein an die Wand geschraubter Schweinekopf. Darkus machte kehrt und rannte zum Netztunnel, wo Virginia war.

»Pickering ist da drin gefangen!«, nuschelte Virginia durch ihr Tuch.

Darkus zeigte über seine Schulter. »Und da Humphrey.«

»Aber wo ist Bertolt?« Virginias dunkle Augen blickten panisch umher.

Die Hitze des Feuers wurde stärker und der Rauch immer dichter. Sie mussten sich in Sicherheit bringen.

»Sicherheit!«, schrie Darkus. »Die Auster!«

Virginias Augen weiteten sich, sie nickte und rannte schon durch den Gang, der zur Rettungskapsel führte. Darkus war ihr dicht auf den Fersen. Sie brachen durch die Öffnung vor den beiden Badewannen, Virginia packte eine Ecke und versuchte die obere Wanne zu öffnen.

»Sie gibt nicht nach.«

Darkus war sofort an ihrer Seite und zog ebenfalls daran, aber die Wanne öffnete sich nicht. Sie kämpften eine Minute damit, dann ließ Darkus los.

»Sie ist von innen verschlossen«, sagte er und haute gegen die untere Wanne, nahm das Geschirrtuch vom Mund und schrie: »BERTOLT! WIR SIND'S!«

Ein Poltern war zu hören, dann sprang die obere Badewanne auf und gab Bertolt frei. Umringt von Hunderten Käfern saß er in der unteren Wanne.

»Du Schwachkopf!« Virginia schlang die Arme um Bertolt und stieß ihm die Brille weg. »Ich dachte, du wärst tot!« Sie drückte seinen Kopf ganz fest an sich, während ihr die Tränen die Wangen hinunterliefen.

Darkus fragte sich, ob sie die Arme auch so um ihn geschlungen hätte, wenn er in der Wanne gesessen hätte.

»LASS LOS!«, rief Bertolt mit gedämpfter Stimme. »Du erstickst mich ja.«

Virginia lächelte und trat zurück. »Du lebst!«

»Die Käfer …« Darkus merkte, dass ihm die Stimme versagte.

»Ich hab's versucht, Darkus, ich hab's wirklich versucht.« Bertolt presste die Lippen zusammen und versuchte nicht zu weinen. »Aber Humphrey und Pickering haben mich gejagt und das Feuer war so heiß und das sind alle Käfer, die ich retten konnte.« Er blickte hinunter zu den Insekten, die ihn in der Wanne umringten. »Manche von ihnen sind verletzt.«

Darkus schloss die Augen. Es fühlte sich an, als würde auch ein Teil von ihm brennen; all diese wunderbaren, klugen Käfer waren tot. Er sackte nach vorn und hielt sich am Badewannenrand fest.

»Das ist jetzt nicht die Zeit oder der Ort, um darüber zu reden«, sagte Virginia und legte ihm die Hand auf die Schulter. »Der Rauch wird dichter. Wir müssen hier raus.«

Darkus beugte sich vor und ließ seine Hände sanft in die Wanne gleiten. »Steigt auf, kleine Freunde«, flüsterte er. Virginia ging auf die andere Seite von Bertolt und tat dasselbe.

Bertolt kletterte vorsichtig aus der Wanne, immer noch mit Käfern auf den Schultern und dem Kopf.

»Wir müssen die Leiter erreichen und über die Mauer zu Onkel Max kommen«, sagte Virginia.

»Die Flammen ziehen sich die ganze Mauer entlang«, sagte Bertolt. »Die Leiter brennt bestimmt schon.«

»Schnapp dir den Abwascheimer – wir ersticken die Flammen«, sagte Virginia zu Darkus.

Darkus zögerte nicht – er sprintete ins Basislager, nahm den Eimer und rannte zurück. Er stieg auf einen Stuhl und kletterte auf die schmelzende Plastikplanenhaut des Waldes. »Wir werden hier oben drüberklettern«, sagte er, »so können wir sehen, wo die Brandherde sind, und bekommen den Rauch nicht ab.«

»Was ist mit Humphrey und Pickering?«, fragte Bertolt und folgte Virginia auf den Stuhl. »Wir könnten sie nicht sterben lassen.«

»Onkel Max hat die Feuerwehr gerufen. Sie muss jede Minute da sein«, antwortete Darkus.

»Aber der Rauch?«, fragte Bertolt.

»Ihre Köpfe sind nah am Boden«, entgegnete Darkus. »Rauch steigt auf. Sie werden's überleben.«

»*Ihnen* wäre es völlig egal, wenn *wir* geröstet würden«, sagte Virginia gleichgültig und reichte Bertolt eine Hand.

Als sie über das Dach des Möbelwaldes kletterten, gab ihnen das willkommene Heulen der sich nähernden Feuerwehr neuen Mut. Darkus schüttete einen Eimer Wasser über die angesengte Leiter und einer nach dem anderen schafften sie es sicher über die Mauer.

Die drei Kinder sahen von Onkel Max' Küchenfenster zu, wie die Feuerwehrleute ihre Schläuche auf den Möbelwald richteten. Sie verwendeten Stangen mit Metallhaken, um die brennenden, heißen Möbelstücke auseinanderzuziehen, und löschten so die vielen kleinen Brandherde, die sie bei der Suche nach den gefangenen Männern antrafen. Darkus sah die Erleichterung in Bertolts Gesicht, als Humphrey und Pickering aus ihren Fallen befreit wurden, gründlich durchnässt und ein bisschen versengt, aber noch ganz lebendig und so gereizt wie Hornissen. Humphrey tobte herum und schrie einen Feuerwehrmann an, während Pickering verzweifelt versuchte Stücke aus dem verkohlten Trödelberg zu retten, der einmal ihr Möbelwald gewesen war. Ein Streifen Fliegenpapier klebte an seinem Kopf, das strähnige Haar hatte sich darin verfangen. Eine Zeitungsseite klebte außerdem daran und flatterte im Wind. Es sah lächerlich aus, aber niemandem war zum Lachen.

Mehrere entflohene Käfer – verletzte und verwirrte Nachzügler – schafften es auf den Fenstersims. Baxter, Marvin und Newton hießen sie willkommen, aber es waren nur wenige und dann kamen gar keine mehr.

Darkus bereitete den verletzten Käfern eine provisorische Krankenstation in einer Bratenform, die er mit Rindenmulch bedeckte und an einem Ende mit einem Haufen Früchte und ein paar Teetassen versah. Die anderen Käfer begaben sich in dunkle Ecken des Raumes, um sich zu erholen.

Das Feuer wurde aus dem Möbelwald herausgespült, und was davon übrigblieb, sah aus wie der verbrannte und geborstene Rumpf eines Schiffswracks.

Die Feuerwehrleute verstauten gerade ihre Schläuche, als der Krankenwagen kam, um Humphrey und Pickering mitzunehmen. Onkel Max zog die Kinder vom Fenster weg und schickte Virginia und Bertolt nach unten zum Auto, um sie nach Hause zu bringen. Darkus verabschiedete sich und trottete mit Baxter die Treppen hoch, um ins Bett zu gehen.

Als er in seine Hängematte kletterte, bemerkte Darkus, dass schon das blaue Licht des frühen Morgens durchs Oberlicht sickerte. Er zog die Ränder der Hängematte über sich und hüllte sich in die Dunkelheit. Schützend legte er die Hände um Baxter, der ungewöhnlich ruhig war, und barg ihn an seiner Brust.

Es konnten nicht mehr als sechzig oder siebzig Käfer sein, die dem Inferno in der Kanalisation entkommen waren – Zehntausende waren gestorben.

Die Käfer waren fort, genau wie Dad.

Lucretia Cutter hatte gewonnen.

17. Kapitel

DAS NEUESTE VOM TAGE

Humphrey und Pickering lagen einander gegenüber auf Tragen im Krankenwagen.

»Was ist das denn?« Humphrey griff nach dem Fliegenpapier, das seitlich an Pickerings Kopf klebte.

»Auuuuuuuu!«, schrie Pickering, als Humphrey den Streifen abriss, zusammen mit einem Stückchen Haut und einem Haarbüschel. »Warum hast du das gemacht?« Er verpasste Humphrey einen Schlag, aber der grunzte nicht einmal. Er studierte den Zeitungsartikel, der an Pickerings Kopf geklebt hatte.

»Was liest du da?«, fragte Pickering.

»Lucretia Cutter«, antwortete Humphrey.

»Was? Lass sehen.« Pickering rollte von seiner Trage und kroch zu seinem Cousin hinüber.

Humphrey zeigte ihm das Bild von Lucretia Cutter und Novak neben dem Artikel darüber, dass sie die drei nominierten Schauspielerinnen bei der Filmpreisverleihung einkleiden würde. »Der Junge, der mich in die Falle gelockt hat – die kleine blonde Ratte –, hat uns beschuldigt das Feuer gelegt zu haben. Ich hab's abgestritten und da hat er ihren Namen genannt.«

»Woher kennt diese kleine Ratte ihren Namen?«, fragte Pickering.

Humphrey zuckte die Achseln. »Keine Ahnung, aber wenn Lucretia unser Haus abgefackelt hat, dann schuldet sie uns richtig was.«

»Sie schuldet uns sowieso schon was«, sagte Pickering. »Immerhin haben wir einen Vertrag unterschrieben.«

Humphrey wedelte mit der Zeitung. »Tja, nun wissen wir, wo sie steckt.« Er grinste. »Ich glaube, wir sollten eine Reise nach Los Angeles machen. Ihr einen Besuch abstatten. Vielleicht sogar zu dieser Filmpreisverleihung gehen.«

»Oh ja!« Pickering klatschte freudig in die Hände. »Ich wollte schon immer mal nach Amerika.«

Humphrey nickte und rieb sich den Bauch. »Die haben da riesige Burger.«

»Lucretia Cutter nimmt uns vielleicht mit zur Preisverleihung«, sagte Pickering, fasste sich ans Herz und seufzte.

Der Krankenwagen blieb stehen.

»Schnell, leg dich wieder auf deine Trage und tu so, als ob es dir schlecht geht.« Humphrey schubste Pickering zurück.

»Wir haben noch kein Bett für heute Nacht und wenn wir im Krankenhaus bleiben, bekommen wir morgen Frühstück umsonst.«

Pickering kroch wieder auf seine Trage und zog die rote Decke hoch. »Los Angeles!«, flüsterte er vor sich hin. »Lucretia Cutter sehen! Wie wunderbar!«

»Sobald wir uns im Krankenhaus satt gegessen haben«, sagte Humphrey, »fahren wir zum Flughafen.«

»Moment mal – wie bezahlen wir eigentlich die Tickets?« Pickering setzte sich auf. »Wir haben doch gar kein Geld.«

»Wir haben unsere Ersparnisse«, sagte Humphrey lächelnd.

»Die sind für schlechte Zeiten!«, rief Pickering aus.

»Die Zeiten sind schlecht, Pickers«, schnaubte Humphrey. »Wenn man jemals einen Tag schlecht nennen konnte, dann ja wohl den, an dem dein Haus abbrennt – nachdem es schon in die Luft geflogen ist.«

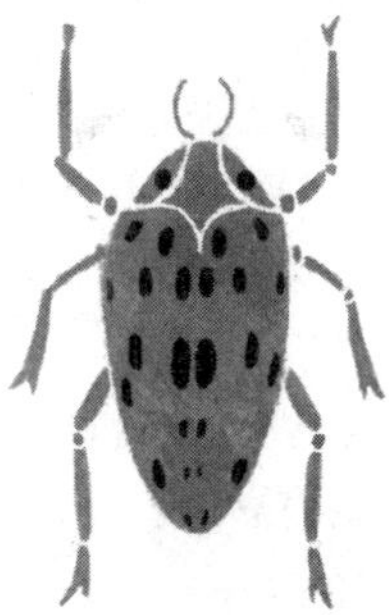

18. Kapitel
BOMBARDIER-JET

Novak stieg aus dem Wagen ihrer Mutter auf das Rollfeld. Sie ging auf den schwarzen Bombardier-Learjet zu, auf dem der goldene Skarabäus von Cutter Couture prangte. Sie konzentrierte sich darauf, die Hand flach auf ihrer Schultertasche zu halten, damit Hepburn richtig herum in ihrem Geheimfach sitzen konnte. Sie hatte sich Sorgen gemacht, dass es schwierig werden würde, Hepburn vor Mater mit ihren geschärften Sinnen zu verbergen; aber jetzt, da Bartholomew Cuttle an ihrer Seite war, würdigte Lucretia Cutter Novak kaum eines Blickes und Novak gab sich alle Mühe, nicht auf sich aufmerksam zu machen.

Es beunruhigte sie, dass Darkus' Dad sie vielleicht von der Rettungsaktion wiedererkannte, aber falls das so sein sollte, ließ er es sich jedenfalls nicht anmerken. Wenn er sie ansah, glaubte sie Sorge oder Mitleid in seinen Augen zu erkennen, doch das konnte nur gespielt sein. Er hatte schließlich seinen toten Sohn verraten – um Novak würde er sich nicht sorgen.

Gerard stand am Fuß der mobilen Treppe, die zur Kabinentür des Flugzeugs führte. Er bot ihr seinen Arm an, Novak nahm ihn und stieg die Treppe hinauf. Sanft drückte er ihre Hand und sie wechselten einen Blick.

Die Kabine von Lucretia Cutters privatem Learjet war mit weißem Leder bezogen. Acht Liegesitze waren in zwei Vierergruppen einander gegenüber angeordnet. Am Ende des Flugzeugs befanden sich zwei einzelne Sitze mit Blick auf die Rückseite der vorderen Sitze. Novak steuerte geradewegs einen der isolierten Plätze an und setzte sich.

Ling Ling war die Flugkapitänin und Craven ihr Kopilot. Dankish und Mawling saßen vorn neben Gerard. In der mittleren Vierergruppe saßen Mater und Bartholomew Cuttle einander gegenüber.

Der Flug würde elf Stunden dauern. Novak hatte alles durchgeplant. Sie würde den Weg über den Atlantik schlafend und lesend verbringen. Dafür hatte sie sich aus Maters Bibliothek ein Buch geholt, einen schmalen Band mit dem Titel *Handbuch für Käfersammler.* Darkus hatte es mal erwähnt. Mater besaß sämtliche Bücher über Käfer, die jemals verfasst worden waren; deshalb war es nicht schwer gewesen, es zu finden. Niemand sollte sehen, dass sie sich über Käfer informierte, deshalb hatte Novak den Schutzumschlag eines ihrer anderen Bücher – eine Geschichte über ein Mädchen, das Ballerina werden wollte – abgenommen und ihn um das Käferbuch gelegt. Wenn sie darin las, fühlte sie sich Darkus nah, dann war es, als blickte er ihr zustimmend über die Schulter.

Millies Plastikbehälter mit der Wassermelone hatte sie auch in ihrer Handtasche. Alle zwei Stunden würde sie auf die Toilette gehen und Hepburn aus dem Armreif herauslassen, damit sie sich die Beine vertreten und etwas essen konnte.

Novak schnallte sich an und sah aus dem Fenster. Dabei fragte sie sich, ob sie wohl zum letzten Mal in England war.

Wenn ich wie ein normaler Mensch aufwachsen würde, dachte sie, *wäre ich gern hier zu Hause. Ich liebe England, vor allem wenn es regnet.*

Ihr Kopf fühlte sich schwer an. Novak lehnte ihn gegen die Kopfstütze und schloss die Augen.

Als sie aufwachte, war der schwarze Bombardier-Jet schon hoch über den Wolken – sie hatte den Start verpasst. Hepburn war aus ihrem Versteck gekommen und kniff ihr in die Haut zwischen Daumen und Zeigefinger.

Gerade wollte Novak Hepburn stumm ausschimpfen, da sah sie, dass die Käferdame mit den Vorderbeinen wedelte und ihre Fühler unruhig zuckten. Hepburn versuchte ihr zu sagen, dass sie der Unterhaltung auf den vorderen Plätzen lauschen sollte.

»Warte erst, bis du siehst, wie weit mich die Früchte unserer gemeinsamen Arbeit gebracht haben«, sagte Lucretia Cutter gerade.

»Ich glaube kaum, dass ich mir auf die Fahnen schreiben sollte, was *du* erreicht hast.«

»Ganz im Gegenteil, Bartholomew, ich wäre nicht in dieser Position, wenn *du* mir nicht die Augen für die verblüffenden Fähigkeiten und das Anpassungsvermögen der Käfer geöffnet hättest. Deine Leidenschaft und dein Wissen haben mich auf diesen Weg gebracht. Du bist meine Inspiration. Und endlich wieder zusammen im Labor zu sein …«

»Ich dachte, Lenka würde mit dir arbeiten?« Bartholomew Cuttle schien sich unwohl zu fühlen.

»Ja, das hat er auch eine Zeit lang«, schnaubte sie. »Jetzt kann ich ihn nicht mehr gebrauchen.«

Novak erinnerte sich an Henrik Lenka, einen blonden Mann mit versteinerter Miene, dem die Grausamkeit in die Knochen eingemeißelt zu sein schien. Es war fast zwei Jahre her, seit er sie der Verpuppungskammer im Biom entrissen hatte. Sie war froh gewesen ihn nie wiedersehen zu müssen.

»Weißt du, dass ich einen Laborassistenten habe, der mich an dich erinnert?«, sagte Lucretia Cutter. »Er ist nicht so schlau, aber ganz erstaunlich im Umgang mit Käfern.« Sie seufzte. »Es ist eine Schande, dass du das alles aufgegeben hast. Statt des Crips-Jungen hättest du in meinem Biom wirken können.«

»Crips?« Bartholomew Cuttle setzte sich kerzengerade hin.

»Du bist doch nicht eifersüchtig, oder?«, fragte Mater lächelnd.

»Nein.« Er lehnte sich entspannt wieder in seinen Sitz. »Also, was ist das Biom?«

»Mein geheimes Labor.«

»Und wo befindet sich dieses geheime Labor?«

»Wenn ich es dir verraten würde, wäre es kein Geheimnis mehr, oder?« Lucretia Cutter ließ ein tiefes, kehliges Gurren hören. »Du wirst es noch früh genug erfahren. Und du wirst dort das größte Werk deines Lebens vollbringen.«

»Du bist zu freundlich. Ich fürchte, mein bestes Werk könnte schon hinter mir liegen.«

»Freundlichkeit ist eine Verschwendung von Zeit und Energie«, höhnte Mater. Novak drehte den Kopf mit halb geschlossenen Augen zum Fenster. Die Scheibe warf ein Spiegelbild von Mater zurück.

»Komm schon«, sagte Bartholomew Cuttle, »das glaubst du doch nicht wirklich. Sieh dir nur an, welche Mühen du auf dich genommen hast, um deine Tochter zur Filmpreisverleihung zu begleiten. Du musst stolz auf sie sein …«

Dieses Mal war Lucretia Cutters Lachen ein schockierendes Stakkato. »Ach, mein lieber Bartholomew. Du begreifst es nicht, oder?«

»Ich begreife was nicht?«

»Das Mädchen ist eine genetische Reproduktion meiner Selbst, mehr nicht.«

»Deine Tochter?«

»Du kannst sie gern so nennen. Ich tue es nicht.«

»Das verstehe ich nicht.«

Novak sah, wie Lucretia Cutter sich vorbeugte. Sie hielt die Luft an – Mater würde ihm ihr Geheimnis verraten.

»In meinem Biom habe ich eine Verpuppungskammer gebaut.« Sie forschte in Bartholomew Cuttles Gesicht nach einer Reaktion. »Sobald die Kammer versiegelt ist, kann sie nicht mehr geöffnet und der Prozess nicht mehr angehalten werden. Das Subjekt wird Molekül für Molekül auseinandergenommen und in eine Suppe verwandelt, die das Gedächtnis und das Wissen um die vorherige Gestalt bewahrt. An diesem Punkt füge ich dem Subjekt ein neues Gen hinzu und es beginnt eine andere Gestalt anzunehmen, ähnlich wie die Verwandlung der Larve in den Käfer.«

»Lucy!« Novak hörte den Schock in der Stimme von Darkus' Vater. »Du willst doch nicht sagen …«

»Oh, doch, das will ich. Ich habe den Prozess selbst durchlaufen.« Sie nahm langsam ihre riesige Sonnenbrille ab und enthüllte die beiden funkelnden, schwarzen Facettenaugen. »Er ist außerordentlich schmerzhaft.«

Bartholomew Cuttle schnappte nach Luft. »Du hättest dabei sterben können!«

»Oooh«, spottete Lucretia Cutter mit goldenem Schmollmund. »Ich wusste nicht, dass dich das kümmert!« Sie lehnte sich zurück, legte den Kopf an die lederne Kopfstütze und setzte die Brille wieder auf. »Du musst dir keine Sorgen machen. Ich teste alles an einem Meerschweinchen, bevor ich es auf mich selbst anwende. Das ist etwas, was ich von der Kosmetikindustrie gelernt habe.« Sie lächelte. »Das Mädchen ist mein aktuelles Meerschweinchen.«

»Novak?«

»Es gab andere vor ihr, aber unglücklicherweise«, sie machte eine Pause, »sind sie alle gestorben.«

Novak konnte Bartholomew Cuttles Gesicht nicht erkennen, aber sie sah, wie Mater lächelte. Ihr schauderte.

»Aber, aber das Mädchen … sie ist nicht so verändert wie du?«

»Nein«, blaffte Lucretia Cutter. »Ich weiß nicht, warum. Ich glaube, es könnte an ihrer Jugend liegen. Wenn sie die Veränderungen der menschlichen Pubertät durchläuft, entwickelt sie sehr wahrscheinlich weitere Käferzüge. Nicht dass es darauf ankäme. Sie wird noch eine Verpuppung durchlaufen.«

»Noch eine?«

»Ich bin mit diesem Stadium meiner Metamorphose zufrieden, aber es reicht noch nicht.«

»Reicht noch nicht?« Bartholomew Cuttles Stimme klang hohl. »Du hast die Grenzen der modernen Wissenschaft schon überschritten. Du bist … du bist kein Mensch mehr! Was willst du denn noch erreichen?«

»Warum den Spaß verderben, indem ich alles verrate?«, sagte Lucretia Cutter lachend.

»Lucy, du denkst doch wohl nicht daran, eine vollständige Metamorphose zu durchlaufen?«, krächzte Bartholomew

Cuttle. »Du wirst dabei sterben. Selbst wenn die Verwandlung gelingen würde, gäbe es in der Atmosphäre nicht genug Sauerstoff, um einen Käfer deiner Größe zu versorgen! Und wie würdest du kommunizieren? Du hättest keine Lungen, keinen Kehlkopf.«

»Meinst du, ich hätte all das nicht bedacht?«, höhnte Lucretia Cutter. »Das sind geringfügige Widrigkeiten. Wir werden sie erst an dem Mädchen testen.«

»Das ist es, wofür du mich *wirklich* brauchst, oder? Um dir zu helfen, sobald du dich verwandelt hast.«

»Ich *brauche* dich nicht«, zischte Lucretia Cutter. »Ich habe den Crips-Jungen – er fühlt sich zu Käfern fast so hingezogen wie du –, aber du und ich, wir teilen eine Vision, eine Ideengeschichte. Unsere Fähigkeit, einander zu verstehen, ist außerordentlich. Sobald ich mit der Holometabolie fertig bin, werde ich Menschen um mich herum brauchen, die mit Wirbellosen kommunizieren können. Du und ich, wir sind einander durch eine so reiche Geschichte verbunden. Ich weiß, dass du vor allen anderen in der Lage sein wirst, meinen Willen zu deuten. Wir werden für immer zusammen sein.«

»Du bist verrückt«, flüsterte Bartholomew Cuttle.

»Das sagen die Leute über einen, kurz bevor sie entdecken, dass man ein Genie ist.«

Novak war starr vor Angst. Sie erinnerte sich lebhaft an das Grauen der Verpuppungskammer, die unerträglichen Schmerzen, als sie auseinandergenommen und für immer verwandelt wurde. Sie würde lieber sterben, als es noch einmal zu durchleben. Sie presste die Augen fest zusammen und flehte in einem stummen Gebet Darkus um Hilfe an, aber sie wusste, dass sie mutterseelenallein war und dass keine Hilfe kommen würde.

19. Kapitel
DIE DUNKELSTE STUNDE

Darkus glaubte nicht, dass er es ertragen konnte, in die Schule zu gehen, aber Onkel Max bestand darauf.

Also saß er die Unterrichtsstunden am Morgen wie betäubt ab. In der Mittagspause setzten Bertolt, Virginia und er sich an ihren üblichen Tisch und holten die Essenspakete heraus.

»Mum war wach, als dein Onkel mich zu Hause abgesetzt hat. Er hat ihr erzählt, er hätte uns bei einer heimlichen Pyjama-Party erwischt«, sagte Virginia, als sie in ihr Thunfisch-Sandwich biss. »Sie hat ihm nicht geglaubt. Nachdem er weg war, begann das Verhör.«

Bertolt seufzte. »Ich begreife nicht, warum du nicht abwarten kannst, bis du zu Ende geredet hast, bevor du dir den Mund vollstopfst.«

Virginia ignorierte ihn und schluckte. »Ich bin bei der Version geblieben. Letzten Endes musste Mum zugeben, dass ich heil und ohne blaue Flecken wiedergekommen bin, also bin ich mit einem Monat Hausarrest davongekommen.«

»Ich wurde nicht bestraft«, sagte Bertolt leise. »Meine Mum hat einfach geweint.«

»Oh! Das ist ja schrecklich.« Darkus machte seine Brotdose gar nicht auf. Er hatte keinen Hunger.

»Nicht so schrecklich wie das, was den Käfern passiert ist«, flüsterte Bertolt.

»Ich werde nach der Schule da runtergehen.« Darkus blickte auf seine Hände. »Ich muss es sehen.«

»Hältst du das wirklich für eine gute Idee?«, fragte Virginia.

»Ich muss.« Darkus schluckte. »Ich möchte sie ordentlich beerdigen …«

»Ja«, sagte Bertolt blinzelnd. »Das möchte ich auch.«

»Okay.« Virginia nickte. »Sie verdienen einen schönen Abschied.«

»Aber du hast Hausarrest.« Darkus sah Virginia fragend an.

Sie zuckte mit den Achseln. »Nach der Schule habe ich eigentlich Turnen. Zu Hause rechnet niemand vor sechs Uhr mit mir. Das hier ist wichtiger.«

Sie schwiegen und malten sich aus, welcher Anblick sie wohl unten in der Kanalisation erwarten würde.

»Was ist mit dem Basislager?«, fragte Bertolt.

»Ich bin heute Morgen raus auf Onkel Max' Feuerleiter gegangen. Es ist zerstört«, sagte Darkus tonlos. »Sie hat gewonnen.«

»Nein, Darkus ...« Virginia schüttelte den Kopf.

»Virginia, sie *hat* gewonnen«, sagte er wieder. »Das Basislager ist zerstört, wir haben Spencer Crips nicht gefunden, Professor Appleyard liegt im Koma, die Käfer sind tot und Dad ... wir wissen nicht mal, wo er ist.« Er stützte den Kopf in die Hände. »Lucretia Cutter ist in Amerika und es gibt nichts, was ich oder du oder irgendjemand sonst an ihren Plänen ändern könnte. Es ist aussichtslos.«

»Nun, *du* kannst vielleicht nichts tun, aber zusammen können *wir* es ganz sicher«, sagte Bertolt, »und mit einem bisschen Mut und Entschlossenheit ...«

»Ihr zwei dürft mich ja nicht mal außerhalb der Schule treffen!«, blaffte Darkus.

Virginia und Bertolt sahen sich an. »Das haben wir vielleicht gelöst«, sagte Virginia.

»Wie denn?«, fragte Darkus stirnrunzelnd. »Dad hat euren Eltern gesagt, ihr dürftet mich nicht sehen.«

»Nun, ja«, Bertolt hüstelte, »ähm ...«

»Du darfst nicht sauer werden«, sagte Virginia.

»Sauer weshalb?« Darkus sah Bertolt an.

»Nun, wir haben unseren Eltern möglicherweise gesagt, dass, ähm, dass, tja ...«, stotterte Bertolt.

»Wir haben gesagt, dass dein Dad einen Nervenzusammenbruch hatte und verrückte Sachen macht … zum Beispiel, dass er verschwindet«, sagte Virginia, die Schultern bis zu den Ohren hochgezogen und ein entschuldigendes Lächeln im Gesicht.

Darkus konnte nicht glauben, was er da hörte.

»Mum hat deinen Dad ja nur ein Mal getroffen, aber sie kannte die Geschichte über sein früheres Verschwinden, als du als einsames Waisenkind von deinem Onkel versorgt wurdest. Und als er bei uns auftauchte und wetterte, dass es nicht gut sei, wenn wir einander sähen, hat Mum es so aufgefasst, dass dein Dad dächte, ich hätte einen schlechten Einfluss auf dich. Darüber war sie ziemlich wütend. Aber als dein Onkel Max mich heute Morgen nach Hause gebracht hat, war er total charmant und hat sich entschuldigt und gesagt, dass es lieb von mir sei, mich so um dich zu kümmern, und dass er mir dankbar sei, weil dir meine Freundschaft viel bedeute, und was für ein liebenswürdiges, höfliches Mädchen ich doch sei. Mum hat alles geschluckt. Dein Onkel hat behauptet, dein Vater sei für kurze Zeit verreist und Mum hat Lunte gerochen. Sobald er weg war, hat sie mir haufenweise Fragen gestellt. Ich konnte ihr nicht die Wahrheit sagen, deshalb habe ich mir das Zeug mit dem Nervenzusammenbruch mehr oder weniger ausgedacht. Ich habe gesagt, dass dein Dad am Tag zuvor einen komischen Anfall gehabt hat – als sie ihm begegnet war – und die Ärzte beschlossen hätten ihn in eine Spezialklinik zu verlegen, und du seist ganz außer dir und Bertolt und ich hätten uns mitten in der

Nacht weggeschlichen, um dir beizustehen, weil wir so großartige Freunde sind.« Virginia lehnte sich stolz zurück. »Deshalb, musst du wissen, dürfen wir dich sehr wohl sehen. Ich habe nur immer noch Hausarrest, weil ich mich weggeschlichen habe.«

»Virginias Mum hat meine Mum angerufen und ihr die ganze Geschichte erzählt«, sagte Bertolt.

Darkus blinzelte. »Ihr erzählt Leuten, dass mein Dad in eine Irrenanstalt gesteckt wurde?«

»Ähm, das ist so nicht ganz richtig.« Bertolt schüttelte verzweifelt den Kopf. »Wir haben gesagt, dein Dad sei in einer Spezialklinik, weil er wegen des tragischen Todes deiner Mutter einen Nervenzusammenbruch hatte.«

»*Was?*« Darkus stieß seinen Stuhl vom Tisch weg, als er aufsprang. »Ihr wisst gar nichts über meine Mutter!« Er machte auf dem Absatz kehrt und stürmte aus der Kantine auf den Schulhof hinaus.

»Oje.« Bertolt sah Virginia an. »Ich glaube, das haben wir nicht so gut hingekriegt.«

»Bist du das, Darkus?« Onkel Max' Stimme begrüßte ihn, als er die Wohnungstür aufmachte.

»Wer denn sonst?«, antwortete Darkus.

»Wunderbar!« Onkel Max tauchte auf dem Treppenabsatz auf und klopfte sich die Hände ab. Er lächelte seinen Neffen breit an.

Darkus wurde misstrauisch. »Was bist du so fröhlich?«

»Warum kommst du nicht hoch ins Wohnzimmer?«, fragte Onkel Max und winkte ihn heran.

Darkus ließ Rucksack und Jacke neben der Tür auf den Boden fallen.

»Och, Darkus, wie oft muss ich dir noch sagen, dass du deine Jacke an den Haken hängen sollst? Du hast ein Gedächtnis wie ein Flughund.« Onkel Max kicherte und ging zurück ins Wohnzimmer.

Darkus hob seine Jacke auf, hängte sie an die Wand und folgte seinem Onkel nach oben. Er drückte die Wohnzimmertür auf. Onkel Max stand mitten im Raum und breitete die Arme aus.

»Ta-daaa!«, sang er.

Darkus staunte.

Alle Möbel waren umgestellt. Das Sofa und die Sessel standen in einer Reihe unter dem Fenster und der Sofatisch war vor den Kamin geschoben worden. Zwischen der Reiseuhr und der Reihe afrikanischer Masken hing eine Korkpinnwand, an die verschmutzte und zerknitterte Papierfetzen geheftet waren. Darkus trat näher heran. Es waren die Hinweise von der Rückseite des Kleiderschranks im Basislager: Novaks Visitenkarte und Virginias Liste mit Käferfakten. Hinter ihm, am anderen Ende des Zimmers, stand ein himmelblaues Planschbecken, dessen Boden mit Eichenrindenmulch bedeckt war. Auf der einen Seite des Beckens befand sich, zum Teil eingegraben und zum Teil zu einem Haufen aufgeschichtet, ein Miniatur-Tassenberg, auf der anderen

Seite lagen klein geschnittene Melonen-, Gurken- und Bananenstücke. Die überlebenden Käfer vom Berg waren emsig am Wühlen und Futtern und richteten sich häuslich ein. An der linken Zimmerwand, wo zuvor das Sofa seinen Platz gehabt hatte, stand Bertolts Werkbank und aufgereiht auf dem Bügelbrett lag sein Werkzeug aus dem Basislager. Über der Werkbank hing an vier Deckenhaken das Planenviereck, an das Bertolt die Kristalle des Kronleuchters genäht hatte, und an jeden Kristall schmiegte sich eine Gruppe schlafender Glühwürmchen.

»Also? Was meinst du?«, fragte Onkel Max.

»Was? Ich – es – es ist fantastisch!«, flüsterte Darkus überwältigt.

Onkel Max nickte und sah sich stolz im Raum um.

»Keine ganz schlechte Umgestaltung, wenn ich das sagen darf! Die Kronleuchterkristalle sauber zu bekommen hat ewig gedauert und natürlich ist es kein Vergleich zu eurem Basislager, aber …«

Darkus warf sich an seinen Onkel, schlang die Arme um ihn und verbarg eine Gesichtshälfte in seinem Tropenhemd.

»UFFF! Immer halblang, Junge!«

»Es ist großartig«, sagte Darkus mit heiserer Stimme. »Es ist wirklich großartig.« Und dann weinte er plötzlich. Leise Schluchzer schüttelten seinen ganzen Körper, die Güte seines Onkels überwältigte ihn. Er weinte Tränen der Trauer um die Käfer, Tränen der Wut auf seinen Vater, Tränen über die Ungerechtigkeit und Hoffnungslosigkeit von allem.

»Gut, gut. Lass es raus.« Onkel Max tätschelte ihm den Kopf. »Mal richtig zu weinen hilft dabei, wieder klar zu denken, und es tut der Seele gut.«

Onkel Max schob sich vorsichtig rückwärts zum Sofa und setzte sich mit Darkus im Arm hin. Er strich ihm übers Haar, während dieser Luft verschluckte und in den Bauch seines Onkels schluchzte. Irgendwann hatte Darkus sich ausgeweint und sein Atem wurde ruhiger. Er lag eine Weile einfach da und lauschte dem Gluckern in Onkel Max' Bauch.

»Besser?«, fragte Onkel Max sanft.

Darkus setzte sich auf. Er wischte sich mit dem Ärmel über das Gesicht. Seine Augen brannten.

»Ja.«

»Gut – dann würde ich mir gern, wenn du einverstanden bist, ein neues Hemd anziehen.« Onkel Max sah zu seinem Bauch hinunter und verzog das Gesicht.

Darkus lachte. Das Hemd war durchweicht und Darkus hatte ein paar unschöne Rotzspuren auf seiner Brust hinterlassen. »Tut mir leid.«

»Das muss es nicht. Wir trinken jetzt eine schöne Tasse Tee mit haufenweise Zucker – das hilft.« Onkel Max stand auf. »Um ehrlich zu sein, hätte ich mir Sorgen gemacht, wenn du *nicht* endlich mal ordentlich geweint hättest. Es ist nicht gesund, alles in sich hineinzufressen. Ich bin gleich wieder da.«

Darkus sah sich im Zimmer um. Onkel Max musste den

ganzen Tag gearbeitet haben, um alles hier heraufzuschaffen. Er ging zu Bertolts Werkbank hinüber und strich über den Lötkolben, dachte daran, wie glücklich Bertolt wäre, den Kolben wiederzusehen. Er hielt sich die Finger vor die Nase, sie rochen nach Lagerfeuer.

Darkus dachte an Bertolt und Virginia und fühlte sich schlecht, weil er sie den ganzen Nachmittag ignoriert hatte. Der Kopf tat ihm weh. Die letzten vierundzwanzig Stunden schienen endlos gewesen zu sein und gleichzeitig waren sie wie der Blitz vergangen. Alles hatte sich vollkommen verändert.

Ein vertrautes Gewicht, das sich auf seine Schulter senkte, verriet ihm, dass Baxter landete. Er seufzte und wandte sich um.

»Hallo, Baxter.« Er streichelte die Elytren des Käfers. Baxters Miene war bedrückt. »Es ist an der Zeit, die Freunde, die wir verloren haben, zu betrauern. Wir werden ihnen eine ordentliche Beerdigung bereiten.«

Baxter kuschelte den Kopf an Darkus' Hals.

»Ich weiß, Baxter. So geht es mir auch.«

Onkel Max kam rückwärts ins Zimmer, ein Tablett mit zuckrigem Tee und einem Teller Vanillekekse in den Händen.

Nachdem er den Tee hinuntergestürzt hatte, fühlte Darkus sich gestärkt und Onkel Max schien mit dem Weinen Recht zu haben. Er sah jetzt klarer. Im Moment war das einzig Wichtige, sich richtig von seinen Käfern zu verabschieden.

Darkus ging nach oben und zog sich eine schwarze Jeans, Turnschuhe und einen schwarzen Pullover an. Als er wieder nach unten kam, trug Onkel Max seinen schwarzen Traueranzug.

»Das Emporium kann man nicht mehr betreten«, sagte Onkel Max. »Durch den Brand ist das Gebäude nicht mehr stabil. Aber ich habe Claire einen Besuch abgestattet, der Frau, die den Laden unten führt, und sie hat ein Einstiegsloch zur Kanalisation in ihrem Lagerraum. Es führt in eine Kammer neben dem Käferberg. Ich war heute Nachmittag dort unten.« Er atmete tief ein. »Ich muss dich warnen, Darkus, es ist kein schöner Anblick.«

»Du warst da unten?«

»Es musste sein«, antwortete Onkel Max. »Ich wusste, dass du da runtermöchtest, also musste ich mich vergewissern, dass es sicher ist.«

»Wenn *du* es dir ansehen kannst, kann *ich* es auch.« Darkus biss die Zähne zusammen. Er merkte, dass seine Nasenflügel bebten, als die Gefühle wieder in ihm aufwallten, aber dieses Mal behielt er sie unter Kontrolle. »Ich *muss* es mir ansehen. Sie waren meine Freunde.«

»Na schön.« Onkel Max nickte.

Darkus legte den Kopf zurück und imitierte den Laut, den Baxter immer machte, wenn er das Hinterbein an seinen Elytren rieb und an seinen Zähnen saugte. Alle Käfer im Raum reagierten auf seinen Ruf. Die, die fliegen konnten, bildeten eine Flotille und jene, die krabbelten, formten einen ordentlichen Zug und marschierten ernst unter ihren fliegenden Brüdern. Die Glühwürmchen glühten nicht.

Onkel Max, Darkus mit Baxter auf der Schulter und die Käfer gingen aus der Wohnung auf die Straße hinaus. Draußen standen Virginia und Bertolt, ebenfalls schwarz gekleidet. Virginia biss sich auf die Lippe und sah aus, als würde sie gleich weinen.

Darkus hatte sie noch nie traurig erlebt. Er lächelte ihr zu, als sie und Bertolt sich hinter Onkel Max einreihten, der sie alle zu Mother Earth und hinunter in die Kanalisation geleitete.

Sie versammelten sich im Haupttunnel vor der Kammer, in der der Käferberg war, und vergewisserten sich, dass alle Käfer bei ihnen waren.

»Ich dachte, wenn ihr mögt, könnten wir mit etwas Musik anfangen?« Onkel Max zog die Augenbrauen hoch und sah Darkus fragend an.

Darkus war ratlos. Er hatte den Käfern einen standesgemäßen Abschied bereiten wollen, aber er hatte sich nicht überlegt, wie man das machte.

»Und dann, dachte ich, können wir eine Zeremonie abhalten, eine Käfer-Zeremonie«, sagte Virginia und nahm ein Stück Papier aus der Hosentasche. »Marvin und ich haben uns was überlegt, wenn das für euch in Ordnung ist?«

»Und natürlich solltest du mit Baxter die Trauerrede halten«, sagte Bertolt, »deshalb dachten Newton und ich, dass wir den Abschluss der Zeremonie übernehmen.«

»Das klingt gut.« Darkus nickte.

Onkel Max holte eine Miniatur-Panflöte aus der Brusttasche seines Jacketts. Er stimmte einen langen, eindringlichen Ton an, der bebte, als ihm die Luft ausging, und dann zu einer melancholischen Melodie überleitete, während Onkel Max feierlich in die Kammer ging, die die Asche ihrer gliederfüßigen Freunde barg.

Bertolt nahm Darkus an der Hand und gemeinsam gingen sie in die Kammer. Virginia folgte ihnen, während die Käfer um ihre Füße schwärmten.

Der Geruch schockierte Darkus. Der Raum stank nach Benzin; die Dämpfe waren so stark, dass ihm schwindelig wurde. Der Käferberg war auf knapp ein Drittel seiner ehemaligen Größe geschrumpft. Einige Tassen waren in der großen Hitze des Feuers gesprungen, aber viele der dickeren Becher waren noch heil. Das schwarze Gerippe des Schmetterlingsflieders ragte aus den Überresten des Berges heraus wie eine Hand, die sich verzweifelt nach Hilfe reckte. Die umgedrehten Körper der größeren Käferarten waren deutlich zu erkennen – Goliath-, Atlas- und Herkuleskäfer –, aber Darkus wusste, dass sich tief in dem schwarzen Haufen Tausende winziger Käfer befanden, unsichtbar in der Dunkelheit. Er fasste nach oben und streichelte Baxter. Das konnte kein einfacher Anblick für einen Käfer sein. Er musste ihm Kraft geben.

Onkel Max beendete seine eindringliche Melodie und trat respektvoll zur Seite. Virginia ging nach vorn und stellte sich an den Fuß des grässlichen Berges aus Asche und Tod. Sie befeuchtete ihre Lippen und schluckte. Aus ihrer Jackentasche nahm sie eine kleine Schachtel und hob den Deckel an. Sie hielt sie vor sich und bot sie dem Berg dar, dann senkte sie den Kopf. Sie kniete sich hin und stellte die Schachtel vor sich auf den Boden. »Was hier geschehen ist«, sagte sie mit bebender Stimme, »war grausam, war Mord, war eine Unterbrechung des Lebenszyklus'. Und es ist unseren lieben Freunden zugestoßen, unseren so besonderen Käfern.« Sie biss sich auf die Lippe. »Aber«, sie griff in die Schachtel und nahm ein winziges blaues Spatzenei heraus, »der Kreislauf des Lebens ist mächtiger als ein paar grausame Menschen.«

Virginia hielt das Ei über ihren Kopf. »Das Ei steht für das Ei des Käfers.« Mit der anderen Hand fasste sie wieder in die Jackentasche und holte ein handflächenförmiges, gummiartiges grünes Blatt heraus, das sie von einer Topfpflanze ihrer Mutter gepflückt hatte. »Das Blatt steht für Lebensraum.« Sie legte es wie eine Decke über die Asche und bettete vorsichtig das Ei darauf. »Aus dem Ei schlüpft die Larve.« Aus ihrer Schachtel nahm sie jetzt einen Stein und hielt ihn in die Höhe. Darkus konnte eine spiralförmige Markierung darauf erkennen. »Dieses Fossil, das Hunderte von Jahren in der Erde lag, steht für die Larve.« Sie legte die Larve neben das Ei auf das Blatt, griff erneut in die Schachtel und nahm einen lilafarbenen Kristall heraus. »Die Larve wird zur Puppe; dieser Kristall ist die Puppe.« Sie legte ihn neben die Larve. »Und aus der Puppe wird der Käfer.« Ihre

Stimme war schwer vor Emotionen, als Marvin sich von ihrem Haar auf das grüne Blatt fallen ließ und sich neben den Kristall stellte.

Virginia breitete die Arme weit aus, als wollte sie den ganzen Berg umarmen. »Diese Käfer werden keine Eier mehr legen«, sagte sie. Ihre Schultern bebten, aber ihre Stimme blieb fest. »Liebste Käfer«, fuhr sie fort, »eure Asche wird in den Boden wandern und zu Futter für Larven werden und an diesem Punkt werdet ihr wieder in den Kreislauf des Lebens eintreten. Nichts stirbt jemals ganz«, sagte sie und senkte den Kopf.

Darkus biss die Zähne zusammen und drängte die Trauer zurück, die ihn zu überwältigen drohte.

Nach einem Moment des Schweigens nahm Virginia Marvin in beide Hände, stand auf und trat zurück neben Bertolt. Darkus nickte ihr zu, versicherte ihr auf diese Weise, dass sie eine gelungene Zeremonie abgehalten hatte, und trat dann selbst vor.

»Meine Freunde.« Er räusperte sich und holte tief Luft, heftete den Blick auf die verkohlten Ränder der Teetassen und die schwarzen Außenskelette, die auf dem Scheiterhaufen verteilt waren. »Es tut uns leid. Es tut uns leid, dass wir nicht mehr tun konnten, um euch zu schützen. Es tut uns leid, dass wir euch nicht retten konnten. Es tut uns leid, dass es Menschen waren, die euch das angetan haben.« Er ließ den Kopf hängen und spürte, wie Baxter sein Horn an seinen Hals schmiegte.

Dann richtete er sich wieder auf. »Aber wir werden euch *nie* vergessen und wir werden *nie* vergessen, was euch angetan wurde.« Er hob die Hand. »Ich schwöre, dass ich, wann immer ich das Gefühl habe, nicht stark genug für den Kampf zu sein, an euch denken werde, und das wird mich stärker machen. Ich schwöre, dass ich mein Leben dem besseren Verständnis und dem Schutz der Natur widmen werde. Ich tue das in eurem Namen, für die Käfer des Käferbergs; meine Retter, meine Lehrer, meine Freunde.« Und dann fügte er mit felsenfester Stimme hinzu: »Aber vor allem schwöre ich, dass ich Lucretia Cutter finden werde und dass ich sie aufhalten werde.«

Virginia trat neben ihn, die Tränen rannen ihr jetzt ungebremst übers Gesicht und sie hob die Hand. »Ich schwöre, dass ich sie aufhalten werde.«

Bertolt begab sich stumm und mit erhobener Hand zu ihnen. »Auch ich werde sie aufhalten.«

Onkel Max stellte sich neben Virginia und hob die Hand. »Ich auch«, flüsterte er mit belegter Stimme.

Newton stieg in die Luft und flog zum Berg, gefolgt von seiner Glühwürmchen-Familie. Und die trauernden Glühwürmchen tanzten in der Luft, ein langsamer, anmutiger, leuchtender Walzer aus kleinen Laternen, die sich hoben und senkten, während sie umkreisten, was von ihren Freunden geblieben war. Die überlebenden Käfer, halb verborgen in den Schatten der Kammer, gaben ein eigentümliches hohes Zirpen von sich, als sie ihre Hinterbeine an den Elytren rieben. Eine Begleitung des Glühwürmchen-Tanzes, die nicht von dieser Welt zu sein schien.

Bertolt wischte sich die Tränen unter der Brille weg und Darkus bemerkte, dass sogar die Augen von Onkel Max feucht schimmerten, aber er selbst hatte seine Augen leer geweint. Übrig geblieben war eine eiserne Entschlossenheit, eine ihn antreibende Bestimmung, die er zum ersten Mal im Leben verstand.

Er war der Käferjunge. Er würde seine Käfer beschützen und Lucretia Cutter vernichten.

20. Kapitel
KÄFERTRAUERFEIER

»Also gut, wer mag ein Stück Schokoladenkuchen?«, fragte Onkel Max, als sie wieder durch die Wohnungstür marschierten. »Ich habe Eis, grellbunte Brausegetränke und einen ganzen Berg Süßigkeiten.« Er hängte seinen Tropenhelm an den Haken neben der Tür. »Da ich noch keiner Käferbeerdigung beigewohnt habe, war ich mir nicht ganz sicher, was geboten ist.«

»Das ist doch keine Party!«, rief Bertolt entgeistert.

»Warst du schon einmal bei einer Beerdigung, Bertolt?«

»Nein.« Bertolt blickte zu Boden. »Das war meine erste.«

»Nun, nach einer Beerdigung gibt es immer eine Trauerfeier. Die Trauerfeier feiert das Leben des Menschen – oder in diesem Fall der Käfer –, der verstorben ist. Es ist wichtig, dass wir uns in Erinnerung rufen, wie wunderbar und tapfer und klug die Käfer waren. Um das zu tun, brauchen wir Leckereien und Lebensfreude. Man kann das Leben nicht feiern, indem man traurig ist.«

»Ich hätte gern etwas Schokokuchen und Eis in einer Schüssel mit Süßigkeiten obendrauf«, sagte Virginia, die für die Idee offensichtlich sofort zu haben war. »Ich bin am Verhungern.«

»Ich auch«, sagte Darkus nickend.

»Okay«, stimmte Bertolt widerstrebend zu. »Ich nehme das Gleiche.«

»Ha! Das klingt schon besser. Ihr geht ins Wohnzimmer. Ich bringe alles nach oben.« Er verschwand in der Küche.

Darkus lächelte Bertolt und Virginia verlegen an. »Tut mir leid, dass ich euch in der Schule angeschrien habe. Ich meine, ich …«

»Schon in Ordnung.« Bertolt schob sich die Brille zurecht. »Ich hätte uns auch angeschrien. Wir waren furchtbar. Es tut uns leid, nicht wahr, Virginia?«

Virginia nickte, sie wirkte allerdings ganz und gar nicht schuldbewusst.

»Ich freue mich, dass ihr zur Beerdigung gekommen seid. Ohne euch wäre sie nicht richtig gewesen«, sagte Darkus. »Virginia, deine Zeremonie war wirklich gut.«

»Findest du?« Virginias Augen weiteten sich vor Erleichterung.

Darkus nickte.

»Ach, da bin ich froh. Ich wollte, dass sie von den Käfern

handelt, weißt du? Etwas mit ihrem Leben zu tun hat. Der übliche Kram über Engel und den Himmel kam mir nicht richtig vor.«

»Sie war genial«, sagte Bertolt nickend.

Darkus drückte die Wohnzimmertür auf, ging zum Planschbecken hinüber und stellte vorsichtig einen Fuß hinein, so dass all die Käfer, die mit ihm aus der Kanalisation gekommen waren, in ihr neues Zuhause zurückkrabbeln konnten.

»Meine Werkbank!«, rief Bertolt. »Oh, und meine Kronleuchterkristalle! Ich glaub's nicht!«

»Das gibt es doch nicht!«, schrie Virginia, stürzte zum Kamin hinüber und hielt sich am Sims fest, während sie all die Hinweise und Informationsschnipsel studierte, die Onkel Max aus dem Basislager geborgen und an die Pinnwand geheftet hatte. »Es ist alles da! Seht mal! Da ist das Foto vom Fabre-Projekt. Ich dachte, wir hätten es ans Feuer verloren.« Sie zog die Nase kraus. »Es riecht ein bisschen angekokelt.« Sie wirbelte herum. »Wann hast du das alles gemacht?«

Darkus schüttelte den Kopf. »Nicht ich, Onkel Max.«

»Wirklich?« Bertolt sah zur Zeltplane auf. »Wie lieb von ihm!«

»Wir können nicht mehr in den Möbelwald zurück. Es ist zu gefährlich«, sagte Darkus.

»Ist das Basislager wirklich ganz zerstört?«, fragte Bertolt niedergeschlagen.

Darkus nickte. »Onkel Max hat gerettet, was ging, und es hier hochgetragen. Der Rest ist verloren.«

»Und das Planschbecken?«, fragte Virginia.

»Da habe ich improvisiert«, antwortete Onkel Max, der mit einem großen Tablett voller Köstlichkeiten durch die Tür kam. »Die Käfer haben sich vor allem dunkle Ecken und weiches Holz gesucht. Ich dachte, ich treibe ihnen besser eine attraktivere Bleibe auf, bevor sie meine Möbel in Sägemehl verwandeln. Diese Schönheit hier« – er zeigte auf das Planschbecken – »war der größte Behälter, den ich im Zeitungsladen von Mr Patel finden konnte. Ich bin ganz angetan davon.«

»Es ist perfekt«, sagte Darkus.

»Danke, Professor«, sagte Bertolt und zeigte auf die Plane, die vom Gewicht der Kristalle und der Glühwürmchen etwas durchhing. »Vor allem dafür, dass sie unser Dach mitgebracht haben. Ich habe ewig gebraucht, um die Kristalle anzunähen, und die Glühwürmchen lieben sie.«

»Es war mir ein Vergnügen.« Onkel Max verneigte sich vor Bertolt. »Ich weiß, es ist nicht das Basislager, aber ich hatte gehofft, es könnte euch als Hauptquartier dienen.«

»Hauptquartier?«, fragte Darkus.

»Setzt euch mal alle hin«, sagte Onkel Max, scheuchte sie zum Sofa und reichte jedem eine große Schüssel, in der sich Schokoladenkuchen und Vanilleeis türmten. »Das ist jetzt meine Sicht der Dinge: Barty ist verschwunden, wir wissen nicht genau, wohin. Lucretia Cutter hat das Haus nebenan in

Brand gesteckt und Tausende unschuldiger Kreaturen getötet. Euer wunderbares Lager ist zerstört worden und an den armen Andrew im Krankenhaus mag ich gar nicht denken. Ich bin nicht gerade streitlustig, aber diese Frau ist zu weit gegangen. Wie sie es wagen kann, sich nach Amerika abzusetzen, um bei diesen Filmpreisen zu feiern, ist mir unbegreiflich!«

»Oh!« Bertolts Hände flogen an seine Wangen. »Mir ist gerade etwas eingefallen, woran ich vor dem Brand gedacht habe!«

»Was?«, fragte Virginia.

»Ich hatte mir den Zeitungsartikel angesehen und es merkwürdig gefunden, dass Lucretia Cutter zur Filmpreisverleihung geht. Sie hat sich noch nie etwas aus Preisverleihungen gemacht – sie verabscheut sie sogar. Früher hat sie den Schauspielerinnen sogar verboten ihre Kleider bei den Galas zu tragen.«

»Vielleicht tut sie es für Novak«, sagte Virginia achselzuckend und sah Darkus an. »Du hast gesagt, Lucretia Cutter hätte den Film finanziert, in dem Novak mitspielt?«

Darkus schüttelte den Kopf. »Sie macht sich überhaupt nichts aus ihrer Tochter.«

Virginia runzelte die Stirn. »Aber warum …?«

»Was, wenn sie sich überhaupt nicht für die Filmpreisverleihung interessiert?«, fragte Bertolt, der aufsprang und sich Kuchen und Eiscreme in den Schoß kippte. »Oh! Ups!«

»Alles gut.« Onkel Max beugte sich hinüber und schaufelte den Kuchen und das Eis wieder in die Schüssel.

»Aber das ergibt doch keinen Sinn«, sagte Virginia. »Warum sollte sie daran teilnehmen, wenn sie sich nichts aus der Preisverleihung macht?«

»Weil«, Darkus fühlte, wie alle Wärme aus seinem Körper wich, »sie bei einer Veranstaltung auf der Bühne stehen will, die live in die ganze Welt übertragen wird. Sie will, dass alle Kameras auf sie gerichtet sind, und dann wird sie es tun.«

»Verflixtes Miststück!« Virginia fiel die Kinnlade runter. »Das ist es!«

»Ja!« Bertolt nickte, während er sich mit einer Serviette das Bein abwischte. »Der zweiundzwanzigste Dezember – an dem Tag wird es passieren.«

»Aber wir wissen nicht, was *es* ist!« Darkus warf frustriert die Hände in die Luft, doch Virginia packte auf halber Höhe seinen Arm.

»Aber wir haben eine Spionin«, sagte sie mit großen Augen. »Wir haben Novak. Mit ihrem Brief hat sie versucht die Käfer zu retten, oder? Sie steht auf unserer Seite. Sie wird uns helfen.«

»Das arme Mädchen.« Onkel Max schüttelte den Kopf.

»Sie wird bei der Preisverleihung sein, Darkus«, sagte Virginia. »Und mit ihrer Hilfe könnten wir es vielleicht irgendwie schaffen, Lucretia Cutter zu stoppen.«

»Wir müssen Kontakt zu ihr bekommen«, sagte Darkus nickend. »Und wir müssen ihr sagen, dass ich am Leben bin.«

»Nun, dann brauchen wir eine Alibi-Geschichte, die es

uns erlaubt, nach Amerika zu reisen, ohne uns verdächtig zu machen.« Onkel Max setzte sich aufrecht hin und kratzte sich am Kinn. »Wie wär's mit einem Weihnachtsbesuch in Disneyland?«

Virginia klatschte. »Ich wollte schon immer mal nach Disneyland!«

»Aber da gehen wir nicht wirklich hin?«, fragte Darkus.

»Nein, wir werden nur allen erzählen, dass wir nach Disneyland wollen, während wir eigentlich nach L. A. zur Filmpreisverleihung fahren, um Novak zu finden.«

»Dann lügen wir?«, fragte Bertolt.

»Ein bisschen«, gab Onkel Max zu.

»Wären wir rechtzeitig zu Weihnachten wieder zurück?« Bertolt rang die Hände. »Ich kann Mum an Weihnachten nicht alleinlassen.«

»Wir werden vor Heiligabend zurück sein«, versicherte ihm Onkel Max.

»Wir werden eine Armee brauchen«, flüsterte Darkus.

»Die Käfer sind tot«, sagte Virginia traurig.

»Nicht alle.« Darkus sah zum Planschbecken hinüber. »Aber drei Kinder, ein Haufen Käfer und ein Archäologe sind nicht genug, um Lucretia Cutter aufzuhalten.«

»Vier Kinder«, sagte Bertolt, »wenn du Novak mitzählst.«

»Ich hab's!« Onkel Max setzte sich wieder auf, die Hände auf den Knien. »Was, wenn wir auf die Dienste eines Wissenschaftlers und Entomologen zurückgreifen, der genauso schlau ist wie Lucretia Cutter? Wir müssten einen Umweg über Grönland machen, aber das könnte uns den entscheidenden Vorteil bringen.«

»Das würde sicher helfen«, sagte Virginia.

»Und wer soll das sein?«, fragte Bertolt.

Darkus sah seinen Onkel an und lächelte. »Dr. Yuki Ishikawa.«

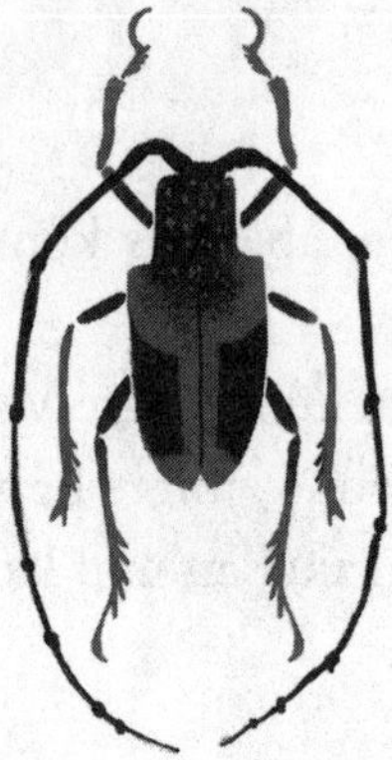

21. Kapitel
MÜTTER, DIE SICH EINMISCHEN

Darkus und Virginia legten vorsichtig den Koffer mit den Käfern in Onkel Max' Kofferraum, als ein Motorrad hinter ihnen heranröhrte und neben ihnen zum Stehen kam. Die Fahrerin nahm den Helm ab und der blonde Bob und das wohlbekannte Gesicht von Emma Lamb, der Fernsehreporterin, kamen zum Vorschein. Sie zwinkerte Darkus zu. »Irgendwelche Entführungen in der letzten Zeit?«

»Was machen Sie denn hier?«, fragte Virginia und starrte voller Bewunderung auf das Motorrad. Sie streckte die Hand aus und strich über den glänzenden roten Benzintank. »Schöne Maschine.«

»Ah, Emma! Schön Sie zu sehen«, sagte Onkel Max, der gerade zwei Reisetaschen zum Wagen trug, gefolgt von Bertolt mit einem kleinen Rollkoffer.

»Ich dachte, ich melde mich mal kurz, bevor ihr euch abmeldet«, entgegnete Emma Lamb. »Die Nase in Lucretia Cutters Angelegenheiten zu stecken ist ziemlich gefährlich.«

»Helfen Sie uns?«, fragte Bertolt.

»Ich habe mit dieser Frau noch meine eigene Rechnung offen«, sagte Emma Lamb und nickte. »Habt ihr's schon gehört? Ich habe meinen Job verloren.«

»Die haben Sie gefeuert?« Virginia war empört.

Emma Lamb beugte sich zu ihr. »Und alle meine Speicherkarten – die mit dem Filmmaterial von Lucretia Cutters seltsamen schwarzen Augen – sind gelöscht worden.«

»Gelöscht?«, japste Bertolt.

»Das ist furchtbar!«, sagte Darkus.

»Tja, nun, aber Lucretia Cutter hat einen Fehler gemacht, als sie beschloss sich mit mir anzulegen«, Emma Lamb schnitt eine Grimasse, »denn ich weiß mich zu wehren.«

»Haben Sie etwas gefunden?«, fragte Onkel Max.

»Ich bin mir nicht sicher«, antwortete Emma Lamb. »Soweit ich sehen kann, ist Lucretia Cutter eine Ein-Frau-Mafia. Unter dem Dach von Cutter Couture versammelt sie eine Reihe von Geschäften. Einige davon sind sauber, einige dubios und ein paar andere sind völlig geheim. Ich habe Gerüchte über Fabriken gehört, in denen Insekten gezüchtet werden.«

»Insekten, die Wälder in Colorado zerstören könnten?«, fragte Darkus.

»Vielleicht.« Sie zuckte die Achseln. »Ich interessiere mich für die vielen Hektar Regenwald am Amazonas, die Lucretia Cutter gekauft hat. Es ist unmöglich, Informationen darüber zu erhalten, was dort vor sich geht. Es gibt keine Satellitenbilder. Nichts. Das Ganze ist praktisch unsichtbar.« Sie hob einen Finger. »Und dort, wo Informationen fehlen, gibt es eine Geschichte.«

»Der Amazonas-Regenwald ist ein perfektes Habitat für die Zucht von Käfern«, sagte Darkus. »Dort leben die besten und größten Arten.«

»Man könnte da alles verstecken.« Bertolt nickte.

»Tja, und genau da will ich hin.« Emma Lamb nahm ihren Helm. »Ich bin vorbeigekommen, um euch das zu sagen«, sie sah Onkel Max an, »für den Fall, dass ich, ihr wisst schon, verschwinde.«

»Sie reisen zum Amazonas?« Virginia machte große Augen.

»In diesem Dschungel verbirgt sich eine saftige Geschichte, die meinen Namen tragen wird.« Sie setzte sich den Helm auf. »Ich werde diese machthungrige Hexe zu Fall bringen und mir gleichzeitig den Pulitzerpreis schnappen.«

»Seien Sie vorsichtig«, warnte Onkel Max.

»Das müssen Sie gerade sagen!« Emma Lamb lachte. »Wenn mich nicht alles täuscht, haben Sie vor, den Tiger am Schwanz zu packen.« Sie zog sich die Handschuhe über. »Viel Glück!« Sie klappte das Visier herunter, drehte den Zündschlüssel, setzte das Motorrad zurück und wartete auf eine Lücke im Verkehr.

»Hey, Moment mal!«, schrie Darkus. Er sprang vor und griff in die Luft, aber wegen des Dröhnens der Maschine hörte Emma Lamb ihn nicht. Das Motorrad machte einen Satz und weg war sie.

»Was ist denn?«, fragte Virginia und trat neben ihn.

Darkus hielt die Faust von sich gestreckt und hob kurz einen Finger an, so dass Virginia einen gelben Marienkäfer aufblitzen sah. »Der saß auf ihrem Rücken. Schnell, hol mal die Pillendose aus meiner Tasche.«

Virginia zog einen Plastikbehälter aus Darkus' Jackentasche und er zwang den zappelnden Käfer hinein.

»Ich gebe ihn zu den anderen ins Glas.«

»Wir müssen uns beeilen, sonst verpassen wir den Flieger.« Onkel Max scheuchte die Kinder ins Auto.

»Ich kann immer noch nicht glauben, dass Sie meine Mum überredet haben Ja zu sagen«, sagte Virginia freudig, als sie aus der Stadt herausfuhren.

»Ich wüsste nicht, warum irgendein Elternteil seinem Kind verweigern sollte am Wochenende vor Weihnachten an einem bereits bezahlten Ausflug nach Disneyland teilzunehmen – ihr etwa?«, sagte Onkel Max lachend.

»Ich habe ein schlechtes Gewissen, weil ich gelogen habe.« Bertolt schüttelte den Kopf. »Ich habe meine Mum noch nie so angelogen.«

»Natürlich nicht«, spottete Virginia. »So etwas hat es ja auch noch nie gegeben. Das hier ist ein Abenteuer hoch tausend.« Sie hüpfte auf dem Rücksitz auf und ab, so dass Bertolt neben ihr unglücklich mithüpfte. »Eines Tages machen die einen Film über *uns*.«

»Solange wir nicht als Kollateralschaden enden«, murmelte Bertolt.

Darkus sah seinen besorgten Freund an. »Wenn du nicht mitkommen möchtest, würden wir das verstehen.«

»Ich *will* ja mitkommen«, antwortete Bertolt. »Ich lüge nur meine Mum nicht gern an.«

»Wir *können* unseren Eltern nicht die Wahrheit sagen.« Virginia warf die Hände in die Luft. »Ich meine, komm schon, wie willst du einen Erwachsenen überhaupt davon überzeugen, dass das hier alles wahr ist? Hast du schon mal versucht mit irgendjemandem über deinen intelligenten Käfer zu reden?«

»Ähem.« Onkel Max räusperte sich demonstrativ. »*Ich* bin ein Erwachsener!« Er machte eine Pause. »Aber ich weiß, was du sagen willst.«

»Und Lucretia Cutter soll nicht erfahren, dass wir kommen«, fügte Darkus hinzu. »Sie hat überall ihre Spione.«

Bertolt seufzte unglücklich und sah aus dem Fenster. »Ich weiß.«

Das Rollfeld machte nicht viel her: ein Stück Land voller Gestrüpp mit Asphaltflecken, die wie Inseln aus Gräsern und Unkraut herausragten. Eine Schotterpiste führte zu zwei baufälligen Gebäuden, die eher wie Kuhställe und nicht wie Flugzeughallen aussahen.

»Bist du sicher, dass wir hier richtig sind?«, fragte Darkus.

»Absolut. Dieser alte Flughafen wurde seit über zwanzig Jahren nicht benutzt, was bedeutet, dass wir sehr wahrscheinlich nicht beobachtet werden.«

Als sie parkten, kam eine Frau heraus, um sie zu begrüßen. Sie war winzig, mit grauem Haar, das zu einem Knoten zusammengezurrt war. Sie hatte ein Gesicht wie eine Bulldogge, die Züge in der Mitte zusammengeknautscht, während ihre Wangen und das Kinn in Falten ausrollten. Eine runde Brille mit Goldrand saß auf ihrer winzigen Stupsnase und rahmte zwei hellbraune Augen, die permanent hin und her schossen und jede Einzelheit aufnahmen.

»Motty, wie wunderbar dich zu sehen.« Onkel Max nahm ihre winzige Hand zwischen seine Hände. »Danke, dass du das hier machst.«

»Das Alter stimmt mich wohl milde«, sagte die Frau lächelnd, »aber ich musste sowieso zurück zu meinem Haus in L. A. und dir kann man nur schwer widerstehen, Maximilian.«

»Ha!« Onkel Max lachte. »Darf ich dir die Kinder vorstellen: Bertolt Roberts, Virginia Wallace und das ist mein Neffe Darkus.«

»Guten Tag, junger Mann.« Sie hielt ihm die Hand hin. »Ich bin Motticilla Braithwaite.« Sie schüttelte Darkus so fest die Hand, dass er das Gleichgewicht verlor. »Nennt mich Motty«, sagte sie, ließ los und griff nach Bertolts Hand. »So nennen mich alle.«

Onkel Max holte die Koffer und Taschen aus dem Auto und sie folgten Motty in die baufälligen Hallen.

»Das ist ja nichts als ein riesiger Schuppen!«, sagte Virginia, als sie durch die Tür marschierten.

»Was braucht man mehr?«, entgegnete Motty.

»Es ist ein bisschen alt«, sagte Virginia und zog die Nase kraus.

»*Ich* bin ein bisschen alt, junges Fräulein«, sagte Motty und linste über den Brillenrand, »aber ich könnte dich beklauen, bevor du dir meinen vollen Namen merken kannst.«

Überrascht von Mottys Antwort blieb Virginia stehen. Darkus musste unwillkürlich grinsen.

»Wir sind dir wirklich dankbar, dass du uns aushilfst«, sagte Onkel Max.

»Wenn alles, was du mir über Lucretia Cutter erzählt hast, stimmt«, sagte Motty, »dann ist es mir eine Freude, euch nach Amerika zu fliegen.«

»Sie sind die Pilotin?« Virginia starrte sie an.

»Nun, ich werde wohl kaum jemand anderen *mein* Flugzeug fliegen lassen, oder?« Mottys Augen funkelten verschlagen. Sie sah Darkus an. »Dein Onkel musste mich mehrmals anrufen, bis ich bereit war ihn als Kopiloten zu akzeptieren.«

Darkus sah Onkel Max an. »Du kannst fliegen?«

»Ich bin etwas aus der Übung«, gab er zu, »aber ich habe eine Lizenz und bislang bin ich noch nicht bei einem Flugzeugabsturz gestorben.«

Motticilla schnaubte. »Kurze Flüge über die Wüste sind etwas anderes, als an die amerikanische Westküste zu fliegen.«

»Na ja, das gibt mir die Gelegenheit herauszufinden, wofür all die Knöpfe und Schalter gut sind«, antwortete Onkel Max.

Motticilla sah die Kinder an. »Macht euch keine Sorgen. Er wird nicht wirklich fliegen. Ein einziger Pilot kann ein Flugzeug fliegen – wir brauchen nur einen zweiten Piloten, falls mir etwas zustößt.«

»Wir werden uns gut um Sie kümmern«, antwortete Bertolt ernsthaft.

»In Narsarsuaq tanken wir«, sagte Onkel Max.

»In Grönland«, fügte Darkus hinzu, »wo wir Dr. Yuki Ishikawa finden werden.«

»Ich hoffe, er ist im Arboretum Groenlandicum«, sagte Onkel Max. »Das Letzte, was man von ihm gehört hat, war, dass er dort den Taumelkäfer erforschte.«

»Er wird uns helfen.« Darkus verspürte einen Kitzel der Aufregung. »Ich weiß, dass er das tun wird, und ich wette, wenn irgendjemand weiß, wie man Lucretia Cutter aufhält, dann er.«

»Also«, Motticilla räusperte sich, »wir haben drei Kinder, einen erwachsenen Kopiloten … und wir nehmen einen weiteren Passagier in Narsarsuaq auf?«

»Vergessen Sie die Käfer nicht«, sagte Darkus und zeigte auf den Koffer, den er hinter sich herzog.

»Käfer?« Motty runzelte die Stirn.

Darkus legte den Koffer vorsichtig auf den Boden, ließ die Verschlüsse aufspringen und hob den Deckel an. Drinnen befand sich eine Wabenkonstruktion aus Plastikbechern, die mit Moos und Zeitungen festgeklemmt und wattiert waren. Aus allen Ecken und Winkeln streckten Käfer unterschiedlicher Größe ihre Köpfe und Fühler hervor. »Es sind einhundertundsiebenundachtzig.«

»Achtundachtzig«, sagte Virginia und hielt die Plastikpillendose mit dem gelben Marienkäfer hoch. Sie kniete sich neben Darkus und hob ein Marmeladenglas mit durchlöchertem Deckel aus einer Tasche vorn im Koffer. Darin befanden sich neun gelbe Marienkäfer; bis auf drei waren alle tot. Die drei lebenden gelben Käfer hatten jeweils elf Punkte auf ihren Elytren.

Darkus schraubte den Deckel ab, hielt ihn aber in Position, bis Virginia ihre Finger über der Kante des Pillendosendeckels hatte. In einer fließenden Bewegung hob er ihn an, als Virginia den gelben Marienkäfer ins Glas warf, dann knallte er ihn wieder aufs Glas und schraubte fest zu.

Motticilla sah Onkel Max an. »Ist das die ›brisante Fracht‹, die du erwähnt hast?«

Onkel Max nickte. »Wir dürfen nicht zulassen, dass irgendjemand die besonderen Talente dieser Käfer erkennt, sonst werden sie beschlagnahmt und getötet. Wir müssen sie nach Amerika hinein- und wieder herausbringen, ohne dass es jemand erfährt.«

»Also gut, dann lassen wir uns lieber nicht erwischen.« Motticilla lächelte. »Wenn wir gefragt werden, seid ihr Familie und Freunde des exzentrischen britischen Millionärs Maximilian Cuttle« – Onkel Max verbeugte sich –, »der euch in seinem Privatflugzeug mit nach Disneyland nimmt. Verstanden?«

»Verstanden!«, riefen sie.

»Gut, dann lasst uns losfliegen.« Motty marschierte auf ein riesiges Doppeltor zur.

Hinter ihnen ertönte ein lautes Poltern, das alle zusammenzucken und herumwirbeln ließ.

»Oh nein!« Bertolt sah aus, als würde er gleich in Ohnmacht fallen.

Zwei Frauen standen in der Eingangstür zur Flugzeughalle.

»MUM! Was machst du denn hier?«, kreischte Virginia.

»Dasselbe könnte ich dich fragen, Virginia«, entgegnete Mrs Wallace, die Hände in die Hüften gestemmt und die Lippen wütend geschürzt.

»Ach, Mrs Wallace …«, setzte Onkel Max entschuldigend an.

»Versuchen Sie nicht, mich mit Ihren Lügen einzuwickeln.« Mrs Wallace hielt eine Hand hoch. »Ich will sie nicht hören. Ich bin hier, um meine Tochter abzuholen und sie nach Hause zu bringen.«

»Mum, *nein*!«, schrie Virginia.

»Bertie«, Calista Blooms Augen wirkten wie die eines verletzten Welpen, »du hast mich belogen.«

»Es tut mir leid.« Bertolt war tiefrot angelaufen.

»Seien Sie nicht zu streng mit Bertolt. Wenn er Iris Crips nicht erzählt hätte, was los ist, hätten wir es nie erfahren«, erinnerte Mrs Wallace Calista Bloom.

Darkus sah Bertolt an. »Du hast es Mrs Crips erzählt?«

Bertolt ließ den Kopf hängen und nickte. »Sie ist so einsam. Ich habe sie öfter besucht«, gab er zu. »Ich wollte es ihr nicht verraten, aber ich habe mir solche Sorgen wegen der Lügen gemacht. Ich dachte, sie könnte Mum alles erklären, wenn, na ja, mir etwas zustoßen sollte.«

»Mrs Crips ist eine Mutter, die weiß, was es heißt, ein Kind zu verlieren«, sagte Barbara Wallace zu Onkel Max. »Natürlich hat sie es uns erzählt. Was haben Sie sich nur dabei gedacht?«

Onkel Max' Gesicht lief rot an. »Sie haben selbstverständlich Recht. Ich habe mich von der Situation mitreißen lassen. Es tut mir leid. Das ist wirklich unverzeihlich von mir. Bitte entschuldigen Sie. Es tut mir schrecklich leid.«

»Sie sind genauso schlimm wie die Kinder«, schalt ihn Barbara Wallace. »Sie sollten hier Verantwortungsbewusstsein zeigen, wie ein Erwachsener.«

»Bertie, mein kleiner Knopf.« Seine Mutter breitete die Arme aus und Bertie eilte zu ihr und ließ sich drücken. Sie sah über seinen Kopf hinweg zu Darkus. »Hat dieser Junge dich auf Abwege geführt?«

»Nein, Mum.« Bertolt schüttelte den Kopf und überrascht sah Darkus, wie er einen Schritt zurück machte und sich aus den Armen seiner Mutter befreite. »Es tut mir leid, dass ich gelogen habe. Wirklich. Aber ich muss das hier tun. Du musst mich gehen lassen. Es geschehen finstere Dinge, Dinge, die uns alle betreffen werden.« Er blinzelte. »Mrs Crips' Sohn wird vermisst, unsere Freundin Novak ist in Gefahr und Darkus' Dad ist fort – wir glauben, er will Lucretia Cutter davon abhalten, bei der Filmpreisverleihung etwas Schreckliches zu tun.«

»Die Filmpreisverleihung?« Bertolts Mutter wirkte erstaunt. »Oh, ich liebe die Filmpreisverleihung!« Sie lächelte strahlend und klatschte in die Hände. »Alle sehen so gut aus – oh, und die Kleider glitzern so schön …«

»Mum.« Bertolt nahm ihre Hand, um ihre Aufmerksamkeit zu gewinnen. »Ich möchte mit, Mum. Ich muss.«

Virginia nickte und trat vor ihre Mutter. »Es tut mir leid, dass ich gelogen habe, Mum.« Die Worte sprudelten nur so aus ihr heraus. »Das habe ich nur getan, weil ich dachte, du würdest mich nicht gehen lassen, und das hier ist die wichtigste Sache meines Lebens. Sie brauchen mich. Ich *muss* mitkommen. Bitte!«

Mrs Wallace sah Darkus an. »Du hast mir erzählt, sein Vater sei im Krankenhaus.«

»Das war gelogen«, gab Virginia zu.

»Hier wurde ganz schön viel gelogen.« Barbara Wallace saugte Luft durch die Zähne, während sie Darkus anstarrte. »Dein Vater hat mir gesagt, dass meine Tochter sich von dir fernhalten solle.«

»Er wollte sie schützen«, entgegnete Darkus und hielt Mrs Wallace' Blick stand. »Er wusste, dass wir versuchen würden Lucretia Cutter zu bekämpfen. Er dachte, wenn er uns den Kontakt verbietet, könnte er uns aufhalten.«

»Klingt so, als hätte er Recht gehabt.« Barbara Wallace schüttelte den Kopf. »Ihr solltet niemanden bekämpfen. Ihr solltet eure Hausaufgaben machen. Ihr seid bloß Kinder.«

»Wir sind nicht *bloß* Kinder«, antwortete Darkus. »Wir sind Kinder mit einhundertundachtundachtzig besonderen Käfern und einem Onkel, der versteht, dass junge Menschen genauso hart kämpfen können wie Erwachsene.«

Mrs Wallace blickte Onkel Max finster an, der zurückschreckte und sich stumm entschuldigte. »Virginia, du glaubst also, dass du es tun musst?«, fragte Barbara Wallace ihre Tochter.

Mit geballten Fäusten und entschlossen geschürzten Lippen nickte Virginia vehement.

Barbara Wallace seufzte und schüttelte den Kopf. »Wenn ich mitkommen könnte, dann vielleicht … aber es ist Weihnachten und jemand muss sich um Keisha und Darnell kümmern.«

»Ich könnte mitkommen«, platzte Bertolts Mum heraus.

»Was?«, quiekte Bertolt.

»Ich könnte mich auf den Weg nach Hollywood machen.« Calista Bloom wirkte überrascht von ihren eigenen Worten. Sie kicherte. »Ich meine, zum Kämpfen tauge ich nicht und ich habe Angst vor Krabbeltierchen, aber ich könnte sicherstellen, dass die Kinder vernünftig essen, und sie abends mit einer schönen Tasse Kakao ins Bett bringen.«

»Aber was ist mit dem Weihnachtsstück?«, fragte Bertolt heftig blinzelnd. »Du kannst nicht einfach wegbleiben – du bist die Gute Fee.«

Calista Bloom verdrehte die Augen. »Oh, die Rolle spiele ich jedes Weihnachten. Soll die Zweitbesetzung mal einspringen. Das hier ist so viel aufregender!« Sie wirbelte herum. »Ich habe immer davon geträumt, an der Filmpreisverleihung teilzunehmen. Ich werde mir ein Kleid und Schuhe und eine Handtasche kaufen müssen.«

»Würdest du wirklich mitkommen, Calista?«, fragte Barbara Wallace. »Da würde mir ein Stein vom Herzen fallen.«

»Moment!« Virginia wirkte verwirrt. »Du lässt mich also fliegen?«

»Du warst schon immer eine gute Kämpferin.« Barbara Wallace lächelte Virginia stolz an. »Wenn du dir in den Kopf gesetzt hast diese schlimme Frau zu bekämpfen, wie könnte ich dir das verbieten? Ich will nur, dass du in Sicherheit bist, Töchterchen, und Calista wird dafür sorgen – sie ist eine Mutter, genau wie ich.« Sie sah Onkel Max an und zeigte drohend auf ihn. »Aber niemand wird meiner Tochter wehtun, der nicht zuvor Ihnen wehgetan hat, verstehen Sie mich?«

»N-n-natürlich!«, stotterte Onkel Max. »Keine Frage.«

Darkus konnte nicht anders, als Barbara Wallace neidisch anzusehen. Er wünschte, sein Dad würde so an ihn glauben wie sie an Virginia.

»Du behältst ihn im Auge«, sagte Barbara Wallace zu Calista Bloom und zeigte auf Onkel Max.

»A-a-aber, aber …«, stammelte Bertolt. »Mum, du hast keinen Pass dabei.«

Calista Blooms Augen strahlten. »Genau genommen doch.« Sie wühlte in ihrer türkisfarbenen Handtasche herum und zog einen Pass heraus, wobei ein Lippenstift und ihre Schlüssel zu Boden fielen. »Ups!« Sie ging in die Knie und hob alles auf. »Ich habe ihn immer dabei, falls Hollywood anruft.« Sie kicherte.

»Na, dann wäre das ja geklärt!« Onkel Max klatschte in die Hände. »Wir setzen Mrs Bloom auf die Passagierliste.«

»Miss«, korrigierte ihn Calista Bloom.

»Ich bitte um Verzeihung, *Miss* Bloom.« Onkel Max verneigte sich.

Bertolts Mum wandte sich zu ihren Sohn um und fuchtelte mit den Händen. »Ist das nicht aufregend, Bertie?«

Bertolt nickte und lächelte gequält.

»Wir müssen in die Luft«, unterbrach Motticilla sie, »oder wir schaffen es vor Tagesende nicht mehr nach Narsarsuaq.« Sie zog das riesige Tor auf.

Fünfzig Meter von ihnen entfernt stand im strahlenden Wintersonnenschein ein kleines weißes Flugzeug mit roten Verzierungen auf dem Rollfeld. Seine beiden Propeller ragten von den Flügeln vor, auf einer Linie mit dem Cockpit, das sich weit oben in der spitzen Nase befand.

»Das ist Bernadette, sie ist eine Beechcraft 90«, sagte Motticilla und stiefelte aus der Halle. Darkus sah, dass *Bernadette* in geschwungenen roten Lettern auf der Heckflosse stand.

»Wird es während des Flugs einen Imbiss geben?«, fragte Calista Bloom. »Ich habe noch nicht gefrühstückt.«

»Wir haben ein Picknick eingepackt«, beruhigte Onkel Max sie.

Bertolt nahm Darkus' Hand. Sein bleiches Gesicht war voller Sorge. »Hast du Angst vorm Fliegen?«, fragte Darkus.

»Nein.« Bertolt schüttelte den Kopf. »Wenn man die Funktionsweise eines Flugzeugs versteht, ist es unmöglich, Angst zu haben. Fliegen ist die sicherste Beförderungsart, die es gibt.« Er hielt inne. »Es ist nur, nun, das ist eine große Sache, die wir da vorhaben.«

»Ja.« Darkus nickte. »Das stimmt.«

»Und ich fürchte, wenn irgendwer es vermasseln oder sich verletzen könnte ...«, Bertolt runzelte die Stirn, »... dann meine Mum.«

22. Kapitel
NARSARSUAQ

»Das wird unser größtes Abenteuer«, sagte Virginia, als die beiden Propeller stotternd zum Leben erwachten. Sie lehnte sich vor, klemmte das Gesicht zwischen Bertolts und Darkus' Sitze und grinste sie an. »Ich hätte wetten können, dass meine Mum mich zwingt wieder mit nach Hause zu kommen. Kannst du glauben, dass *deine* Mum mitkommt?«

Darkus blickte zu Calista Bloom, die vorne saß und sich mit Onkel Max unterhielt. Sie sah angespannt aus und zerknautschte beim Reden ihren bunt gemusterten Rock.

»Mir ist schlecht«, sagte Bertolt, der Darkus' Blickrichtung gefolgt war. »Ich hätte jetzt lieber kein Abenteuer.«

»Nicht dein Ernst!«, sagte Virginia.

»Doch. Ich wünschte, es gäbe Lucretia Cutter nicht und alles wäre normal.«

»Nun ja, für manche Menschen ist ›normal‹ nicht so ein Spaß.« Virginia wandte den Kopf zum Fenster. »›Normal‹ bedeutet unsichtbar sein.« Sie winkte hinaus zu ihrer Mutter, die auf dem Rollfeld stand.

»Niemand könnte *dich* unsichtbar nennen!«, wandte Darkus ein.

»Was? Weil ich *Bibo* bin?«, blaffte Virginia.

»Hey, Virginia«, mahnte Bertolt sie. »Das ist nicht fair! So hat er das nicht gemeint.«

»Ich meinte, du hast Mumm«, Darkus sah ihr in die Augen, »und ein loses Mundwerk, weshalb man dich nur schwer ignorieren kann.«

Virginia verzog ihren Schmollmund zu einem schiefen Lächeln. Darkus war nicht bewusst gewesen, dass ihr Spitzname aus der Schule sie so störte. Er hatte immer gedacht, dass es ihr egal war, wie andere sie nannten.

»Ich will kein gewöhnliches Leben führen. Das liegt mir nicht«, grollte sie. »Abenteuer sind hart, aber darum geht es ja, oder?«

»Was wir hier vorhaben, ist ein bisschen heftiger als hart«, gab Bertolt zu bedenken.

»Wir haben schon einmal gegen Lucretia Cutter gekämpft und gewonnen«, rief Virginia ihm in Erinnerung.

»Aber am Ende hat sie die Käfer doch bekommen, oder etwa nicht?«, sagte Darkus und sah aus dem Flugzeugfenster auf Barbara Wallace, die die Arme vor der Brust verschränkt hatte und mit düsterer Miene dastand.

»Nicht alle«, sagte Virginia.

»Ich werde nicht zulassen, dass sie auch nur einem weiteren etwas antut«, sagte Darkus, »oder Novak oder Dad oder sonst wem.«

»Sie hat die Macht, das Geld und das Wissen.« Bertolt blinzelte Darkus durch seine große Brille an. »Wie gedenkst du sie zu stoppen?«

»Ich weiß es nicht«, sagte Darkus. »Aber ich *werde* sie stoppen, und diesmal endgültig.«

»Das ist die richtige Einstellung.« Virginia knuffte Darkus anerkennend in den Arm.

Calista Bloom kam den Gang entlanggeschwankt. »Darkus«, sagte sie zuckersüß. »Würde es dir etwas ausmachen, wenn ich neben meinem kleinen Bertielein sitze?«

Darkus versuchte sich ein Lächeln zu verkneifen, als er sich an dem errötenden Bertolt vorbeischob, um Calista Bloom neben ihrem Sohn Platz zu machen. Er ließ sich auf den Sitz neben Virginia fallen und sie grinsten einander an, als die Maschinen des Flugzeugs zu dröhnen begannen.

»Schnallt euch bitte an, Kinder«, sagte Calista Bloom mit ihrer glockenhellen Stimme und schloss ihren eigenen Gurt.

Die Beechcraft 90 beschleunigte, und als Bernadette steil in den Himmel aufstieg, spürte Darkus, wie sein Magen gegen das Rückgrat und sein Kopf gegen die Kopfstütze gedrückt wurden.

Sobald das Zeichen für den Anschnallgurt erloschen war, sprang Virginia auf. »Ich gehe ins Cockpit. Kommst du mit?«

Sie wartete Darkus' Antwort nicht ab und kletterte einfach über ihn hinweg.

Darkus beugte sich vor und tippte Bertolt an. »Willst du mitkommen?«

»Ich bleibe bei Mum«, sagte er kopfschüttelnd und formte lautlos mit den Lippen: »Fliegen ist nicht so ihr Ding.«

Darkus blickte zu Calista Bloom. Sie hatte die Augen zugekniffen und krallte sich an die Armlehnen. Er nickte und folgte Virginia.

Als er den Vorhang zwischen Cockpit und Kabine zur Seite zog, sah er Virginia auf dem Kopilotenplatz sitzen und die Instrumente beäugen, während Motty beschrieb, wofür die Schalter und Knöpfe da waren. Zwei Steuerknüppel ragten aus dem Bedienfeld heraus, und als Motty nickte, griff Virginia ehrfürchtig einen davon.

»Sie hat mir den Job weggeschnappt«, sagte Onkel Max, der hinter dem Kopilotenplatz die Stellung hielt.

Darkus sah durch die Frontscheibe. Sie waren jetzt über den Wolken; der Horizont war von reinem Blau. Er stellte sich die Billionen von Käfern vor, die über die Oberfläche des Planeten unter ihm krabbelten. Wenn das hier vorbei war, würde er sein Leben dem Studium dieser Wirbellosen widmen. Je mehr er darüber nachdachte, desto überzeugter war er davon, dass die Idee hinter dem Fabre-Projekt gut war. Käfer konnten tatsächlich zur Heilung der Umwelt eingesetzt werden. Er sah Käfer auf Mülldeponien vor sich, die den Abfall abbauten. Und er stellte sich Insektenfarmen vor, deren

Tiere bei der Schädlingskontrolle und der Bestäubung halfen. Er dachte über Professor Appleyards Buch nach und über eine Welt, in der Menschen Insekten statt Rinder züchteten. Das wäre eine gute Welt, etwas, wofür es sich zu kämpfen lohnte.

Wieder einmal grübelte er über Lucretia Cutters transgene Käfer und etwas, was sein Vater gesagt hatte, hallte in seinem Kopf wider: *Eine Kraft, die für Gutes geschaffen wurde, kann auch für das Böse genutzt werden. Wer diese Kraft kontrolliert, hat die Macht zu entscheiden.*

Wer wusste schon, welche Art von Insekten Lucretia Cutter in ihren Laboratorien schuf oder was sie mit ihnen vorhatte. Aber sie hatte auch die Kreaturen geschaffen, die Darkus' Freunde geworden waren und die den Käferberg errichtet hatten, was bedeutete, dass Käfer, die für Böses bestimmt waren, auch gut sein konnten.

Seine Hand wanderte zu Baxter oben auf seiner Schulter. Der Nashornkäfer war der lebende Beweis, dass aus dem, was Lucretia Cutter tat, etwas Gutes entstehen konnte. Darkus wünschte, sein Vater könnte das sehen. Beim Gedanken an seinen Dad wurde ihm schwer ums Herz. Wo war er? War er bei Lucretia Cutter? Kämpfte er gegen sie oder arbeitete er für sie?

Baxter schnüffelte an seinem Finger.

»Hast du Hunger, Baxter?« Darkus schob sich aus dem Cockpit heraus und ging durch den Gang zum Ende der Kabine, wo er den Koffer mit den Käfern auf einen Sitzplatz geschnallt hatte. Er öffnete den Gurt, zog den Reißverschluss auf und hob den Deckel an. Manche der Käfer scheuten vor dem plötzlichen Licht zurück und verkrochen sich im Rindenmulch, der zwischen die Teebecher gestopft war, andere stellten sich auf die Hinterbeine und winkten Darkus mit den Vorderbeinen zu.

»Hallo.« Darkus griff in die vordere Tasche des Koffers und zog zwei Tüten heraus – eine, die Bananen- und Melonenstücke enthielt, und eine mit kleinen Marmeladentöpfchen. »Baxter sagt, es ist Zeit fürs Abendessen.«

Er platzierte die Marmeladentöpfchen und die Obststücke überall im Koffer, damit die Käfer leicht etwas zu fressen fanden, und legte sich dann ein Stück Banane auf die Schulter. Baxter stellte sofort die Vorderbeine darauf und begann daran zu knabbern.

»Ich werde euch jetzt wieder einschließen müssen«, sagte er zu den Käfern. »Ich kann euch nicht im Flugzeug herumstreifen lassen. Denn ich werde jeden Einzelnen von euch brauchen, wenn wir es mit Lucretia Cutter aufnehmen.«

Er setzte sich auf den Platz neben dem Koffer, während Baxter seine Banane aß. Bertolts Mum betrachtete Baxter von der anderen Gangseite aus.

»Er ist ganz schön groß, oder?« Sie zog die Nase kraus, während sie den Nashornkäfer aus sicherer Entfernung musterte. »Ich verstehe nicht so recht, warum ihr Kinder so besessen von Käfern seid.« Sie schüttelte den Kopf und ihre langen, blond gefärbten Ringellocken hüpften. »Ich durfte Bertie immer die Haare bürsten, aber seit dieses Glühwürmchendings beschlossen hat darin zu wohnen, lässt er mich nicht mehr an seinen Kopf. Das macht doch alles schmutzig!«

»Ohne Käfer würdest du bis zu den Knien in Kot stecken, Mum«, antwortete Bertolt.

»Oh, Bertielein, wie widerlich!« Sie drehte sich um und sah ihren Sohn ärgerlich an. »Aa ist wohl kaum ein angemessenes Thema für eine Unterhaltung, oder?«

»Mum!« Bertolt kniff das Gesicht zusammen. »Ich habe es dir schon tausendmal gesagt. Hör auf mich so zu nennen.«

»Käfer leisten noch mehr, als ... Kot zu beseitigen«, sagte Darkus lächelnd. »Sie sind ein wichtiger Bestandteil der Nahrungskette für Vögel und kleine Säugetiere und sie bestäuben alle möglichen Pflanzenarten.«

»Ich dachte, das tun die Bienen.« Calista Bloom machte einen Schmollmund. »Ich mag Bienen. Sie machen Honig.«

»Bienen bestäuben Pflanzen ja auch«, antwortete Darkus, »aber Käfer ebenfalls.« Er strich über Baxters Elytren und wandte den Blick zum Fenster, während der Nashornkäfer sein Abendessen vertilgte.

Darkus wurde von dumpfen Schritten geweckt, als Onkel Max Virginia durch den Gang zu ihnen brachte und Mottys Stimme über die Lautsprecher erklang. »Verstaut eure Käfer und nehmt Platz, Leute. Wir nähern uns Narsarsuaq.«

»Ich muss zurück ins Cockpit und bei der Landung helfen«, sagte Onkel Max entschuldigend, als er davoneilte.

»Das wollte *ich* machen«, grummelte Virginia, »aber sie lassen mich nicht. Ich kann nichts dafür, dass ich den Autopiloten ausgeschaltet habe.«

»Nimm vielleicht erst mal ein paar Flugstunden, bevor du versuchst ein Flugzeug zu landen«, schlug Darkus vor, während Virginia ihm half den Käferkoffer festzuschnallen. Dann eilten sie wieder zu ihren Plätzen.

Als das Flugzeug über der pechschwarzen See in den Landeanflug ging, sah Darkus weiße Eisberge aus dem Wasser ragen wie die Gipfel eines versinkenden Gebirges. Die See endete unvermittelt und ein Asphaltstreifen mit weißen Markierungen erhob sich aus dem Wasser und wies den Weg ins Landesinnere zum Flughafen von Narsarsuaq, einst bekannt unter dem Namen Bluie West One.

Das Flugzeug fuhr das Fahrwerk aus, setzte stabil auf der Landebahn auf und rollte langsam aus.

»Saubere Landung, Motty!«, schrie Virginia, die Hände wie einen Trichter um den Mund gelegt, damit sie zu hören war.

»Hier spricht eure Kapitänin«, ertönte Mottys Stimme über die Lautsprecher. »Ihr dürft nun die Anschnallgurte lösen und das Flugzeug verlassen.«

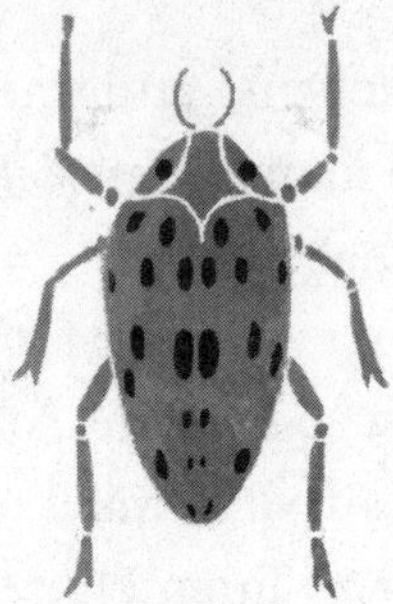

23. Kapitel

DR. YUKI ISHIKAWA

Ein Mann in Uniform erwartete sie auf der Landebahn.

Onkel Max reichte den Kindern Daunenjacken mit fellbesetzten Kapuzen und gab Calista Bloom seine eigene Jacke. Er öffnete die Tür, sprang hinaus und wechselte ein paar Worte mit dem Mann in Uniform, der hinten an seinen Laster ging und eine Jacke mit Kapuze herausholte. Onkel Max schlüpfte dankbar hinein, während die Kinder ihre Übernachtungstaschen und den Koffer mit den Käfern herausreichten.

Darkus' Atem bildete einen dichten weißen Nebel, der an der Oberlippe stechend schmerzte. Es war bitterkalt, selbst mit der Jacke.

Der Mann in Uniform wies auf einen Minibus mit laufendem Motor. Bertolt und Virginia stapelten ihre Taschen auf dem Rücksitz und setzten sich. Darkus hob den Käferkoffer hinein und setzte sich daneben. Motty blieb beim Flugzeug, um es für die zweite Etappe ihrer Reise aufzutanken.

Es war erst vier Uhr nachmittags hier in Grönland, aber schon so dunkel wie um Mitternacht. Onkel Max erklärte ihnen, dass es so weit im Norden im Winter nur wenige Stunden Tageslicht gab.

Der Bus fuhr eine geräumte Straße hinunter und passierte eine Reihe einstöckiger, rot gestrichener Blockhäuser, die in gut einem Meter Schnee steckten. Der Fahrer berichtete, dass Narsarsuaq nur 160 Einwohner habe, eine Zahl, die sich verdoppelte, wenn die Abenteuertouristen eintrafen oder die Wissenschaftler in die Stadt einfielen. Er sagte, dass die Temperaturen im Winter zwar weit unter den Gefrierpunkt fielen, aber die langen, dunklen Nächte den Ort perfekt machten, um die Aurora borealis – das Nordlicht – zu erleben.

»Dieser Ort, an den wir fahren«, flüsterte Virginia Darkus zu, »das Ar-bo-re-tum. Was ist das?«

»Das ist eine Baumsammlung«, antwortete Bertolt, der vor Kälte schlotterte.

»Die Universität Kopenhagen betreibt das grönländische Arboretum«, erklärte Onkel Max. »Die Fläche ist gut sechzig Hektar groß. Darauf befindet sich auch eine Klimastation, die Temperaturdaten erhebt sowie Bodeneigenschaften und andere Dinge erfasst, die uns Aufschluss über den Klimawandel geben können.«

»Und dort hoffen wir Dr. Yuki Ishikawa zu finden«, sagte Darkus zitternd.

Der Bus kam zum Stehen. »Bus wartet hier«, sagte der Fahrer. »Will nicht im Schnee stecken bleiben.«

»Da geht es mir wie dem Bus«, sagte Calista Bloom zähneklappernd.

Darkus, Bertolt und Virginia machten sich auf den Weg und stapften entschlossen eine Schotterstraße hinauf, die durch eine leichte Schneedecke weicher wurde. Die Scheinwerfer des Busses beleuchteten den Weg. Links befand sich ein Fjord, dessen Wasser in der Dunkelheit schwarz wirkte und von geisterhaften Eisbergen durchsetzt war. Rechts der Straße sah man den felsigen Fuß eines Berges, der sich weiter oben im weißen Dunst verlor.

»Oje«, klagte Calista Bloom von hinten. »Ich trage wirklich nicht die richtigen Schuhe für dieses Wetter.«

Darkus drehte sich um und unterdrückte ein Prusten, als er sah, wie die roten, mit pinkfarbenen Herzchen verzierten Stöckelschuhe von Bertolts Mum im Schnee versanken. Ihre Knie schlugen gegeneinander, sie waren vor der Kälte nur dürftig durch eine dünne Nylonstrumpfhose geschützt.

Bertolt seufzte und ging zurück zu seiner Mutter. Er hielt ihre Hand, während sie sich durch den Schnee kämpfte.

»Seht mal!«, rief Darkus, als er vor ihnen ein Licht entdeckte. »Das Arboretum.«

»Hoffentlich ist Dr. Ishikawa da und hat Zeit für uns«, sagte Onkel Max.

»*Hoffentlich?*«, heulte Calista Bloom. »Bitte erzählt mir nicht, dass wir den ganzen Weg in den eisigen Schnee von Grönland zurückgelegt haben, um jemandem einen Überraschungsbesuch abzustatten, der vielleicht gar nicht da ist?«

»Du hast ihm doch gesagt, dass wir kommen, oder?«, fragte Darkus Onkel Max.

»Ich hab's versucht«, sagte Onkel Max entschuldigend. »Ich habe im Vorfeld eine Nachricht an den Forsttechniker geschickt. Darin habe ich erwähnt, dass wir auf der Durchreise hier vorbeikämen und dass wir, wenn Dr. Ishikawa bereit zu einem Treffen wäre, uns gern mit ihm unterhalten würden.«

»Hätten Sie ihn nicht einfach anrufen können?« Virginia wirkte unbeeindruckt.

»Er hat kein Telefon«, antwortete Onkel Max. »Wie ich aus zuverlässiger Quelle weiß, findet man ihn nur, wenn er gefunden werden will.«

»Warum so geheimnisvoll?«, fragte Darkus.

»Dr. Ishikawa zieht die Gesellschaft von Insekten der von Menschen vor«, sagte Onkel Max. »Er ist ein Einsiedler und lebt ganz allein irgendwo im Arboretum. Er hält einzig durch die Universität Kontakt zur Außenwelt.«

»Was macht ein Mikrobiologe eigentlich genau?«, fragte Bertolt.

»Sie sind die Meister des Mikroskops«, antwortete Onkel Max. »Sie identifizieren Krankheiten, testen Medikamente und untersuchen Mikroorganismen – Dr. Ishikawas Spezialgebiet ist der Einsatz von Mikroorganismen, die giftige Stoffe abbauen. Er hat mehrere natürliche Methoden entdeckt, um gegen Umweltverschmutzung vorzugehen.«

»Warum war er Teil des Fabre-Projekts?«, fragte Darkus.

»Damals konzentrierte sich Dr. Ishikawa in seiner Arbeit auf Ernährung. Er hat Nahrung auf Bakterien, Viren und Gifte untersucht. Dr. Ishikawa wollte beweisen, dass Entomophagie ungefährlich ist. Das bedeutet –«

»Käfer essen«, platzte Virginia dazwischen. »Ja. Wissen wir.«

Onkel Max zog die Augenbrauen hoch. »Dr. Ishikawa hat eng mit deiner Mutter zusammengearbeitet, Darkus.«

»Wirklich?« Darkus spürte einen Stich im Magen. »Dann hoffe ich, dass er da ist.«

Ein langes rechteckiges Gebäude mit einer Reihe quadratischer Fenster tauchte aus der Dunkelheit auf. Es war im gleichen Rot gestrichen wie die Gebäude im Ort.

»Da wären wir. Das Institut für Geowissenschaften und Ressourcenmanagement.« Onkel Max hob die Faust und klopfte an. Die Tür wurde von einem großen, bärtigen Mann in dickem blauem Pullover geöffnet.

»Herzlich willkommen, Professor Cuttle.« Er schüttelte Onkel Max energisch die Hand. »Ich bin Viggo. Ich habe Sie schon erwartet.«

Onkel Max trat ein und stellte die Mitglieder ihrer Gruppe nacheinander vor, als sie über die Schwelle drängten, um aus der eisigen Nacht in die Wärme zu kommen.

Viggo führte sie durch einen Flur in einen zentralen Raum mit Holzofen und Küchenzeile und stellte sich als Forsttechniker vor. »In den Wintermonaten bekommen wir normalerweise keinen Besuch«, sagte er.

»Wir hoffen mit Dr. Yuki Ishikawa sprechen zu können«, sagte Onkel Max.

Viggo zog die Augenbrauen hoch. »Da müssen Sie möglicherweise lange warten. Kann ich Ihnen eine Tasse Kaffee machen?«

»T-t-t-tee. Tee? Haben Sie Tee?« Calista Blooms gesamter Körper schlotterte. »Ich brauche eine Tasse Tee. Ich glaube, ich leide an Unterkühlung. Ist meine Haut blau?«

Viggo sah auf ihre Schuhe. »Hätten Sie gern ein Paar Pantoffeln?«

»Ich möchte keine Umstände machen.« Calista Bloom sah den Forsttechniker mit klimpernden Wimpern an und gab ein Wimmern von sich.

Bertolt trat vor seine Mutter. »Die Pantoffeln wären toll, vielen Dank, und eine Jogginghose, wenn Sie eine übrig haben, und vielleicht eine Decke?« Er führte seine Mutter zum Holzofen und setzte sie dort hin, zog ihr die hochhackigen Schuhe aus und rieb ihr die Füße, bis Viggo mit einem Arm voller Kleidungsstücke wiederkam.

Onkel Max setzte Wasser auf und durchsuchte die Schränke, bis er Tassen fand.

Virginia sah Darkus an. »Glaubst du, dass Yuki sich blickenlässt?«

»Ich habe keine Ahnung«, sagte er achselzuckend, »aber ich mache mir größere Sorgen um Baxter. Guck mal.« Darkus hob die Hand, um Virginia den Nashornkäfer zu zeigen. »Es sieht aus, als würde er schlafen, aber das tut er nicht.« Er strich mit dem Finger unter dem Kopf des Käfers entlang, eine Geste, die ihn normalerweise aufweckte. »Geht es Marvin gut?«

Virginia nahm ihre Kapuze ab und neigte den Kopf, so dass der Zopf, an den sich Marvin klammerte, herunterhing. Sie fuhr mit Daumen und Zeigefinger den Zopf entlang und hielt die andere Hand darunter. Marvin fiel auf ihre Handfläche. Er wirkte ein bisschen benommen, aber wacher als Baxter.

»Bertolt.« Darkus rief ihn zu sich. »Geht es Newton gut? Baxter ist ganz schläfrig und Marvin wirkt ein bisschen langsam.«

»Newton?«, flüsterte Bertolt zu seinem weißen Lockenkopf hinauf. »Wach auf.«

Ein stotterndes Summen erklang, als das Glühwürmchen in die Luft stieg, plötzlich absackte und schwerfällig wieder aufstieg. Bertolt streckte die Hände aus, um den Käfer aufzufangen.

Darkus sah zu seinem reglosen Nashornkäfer hinunter, den er so innig liebte. »Ich verstehe nicht, was ihm fehlt.«

»Ihnen ist kalt«, flüsterte eine unbekannte Stimme aus der Finsternis des Flurs.

Darkus sah auf. Er konnte den Umriss eines Mannes erkennen.

»Kalt?«, wiederholte er.

»Ja. Überleg mal. Wo kommen eure Wirbellosen her? Nicht aus Ländern mit Eis und Schnee.«

Der Mann trug eine dicke Jacke und war nicht viel größer als Darkus.

»Eure Käfer kommen aus Ländern, in denen es sehr heiß ist und wo die Luft viel Feuchtigkeit enthält.«

Darkus blickte nach unten zu Baxter. »Ihm ist kalt?«

»Und er hat Durst.«

»Was soll ich machen?«

Der Mann winkte Darkus in den Flur. Virginia und Bertolt folgten ihm, unsicher, was sie von dem Fremden halten sollten. Der Mann öffnete die Knebelknöpfe seiner Jacke und den Reißverschluss der zweiten wärmenden Jacke darunter. Um seinen Hals hing an einer feinen Kette ein filigraner Gitterkäfig von der Größe eines Federmäppchens. Auf dem Boden des Käfigs lag der Stiel einer Grünpflanze und in den Boden eingelassen war ein Fingerhut mit Wasser. Im Käfig befand sich die hübscheste Gottesanbeterin, die Darkus je gesehen hatte.

»Das ist *Idolomantis diabolica*, die Große Teufelsblume. Ich habe dieses Männchen Akio genannt. Er kommt aus Äthiopien und mag keine Kälte, deshalb muss ich ihn hier in meiner Jacke warm halten, direkt neben meinem Herzen.«

Darkus sah dem Mann in die Augen. Sie waren dunkel und ruhig. Das Wetter hatte seine Gesichtshaut gegerbt und seine Augenbrauen waren grau. Wenn er lächelte, zeigten sich um seine Augen freundlich wirkende Fältchen. »Hast du einen Käfig für deinen *Chalcosoma*?«

Darkus schüttelte den Kopf. »Baxter ist gern frei.«

»Lieber warm und bequem im Käfig als in Freiheit erfroren. Meinst du nicht?«

Darkus nickte.

»Wir finden bestimmt etwas für deinen Freund.« Er fasste in seine Tasche und zog einen kleinen Korb aus geflochtenen Binsen heraus. Er hob den Deckel an und Darkus erkannte, dass es ein Brillenetui war. Aus der anderen Tasche holte der Mann eine Sicherheitsnadel. Er fasste das Etui am Deckel, bedeutete Darkus, die Jacke zu öffnen, und befestigte den Binsenkorb geschickt am Innenfutter der Jacke, auf Höhe des Herzens. Er zeigte auf Baxter. »Setz deinen Freund in den Korb und halte die Jacke geschlossen, wenn du draußen bist.«

»Sie sind Dr. Yuki Ishikawa, nicht wahr?«, fragte Darkus, während er Baxter in sein neues Bett setzte und die Jacke zuzog.

Der Mann legte die Handflächen aneinander und neigte den Kopf. »Und du bist der Nachkomme des bedeutenden Dr. Cuttle und der höchst bewunderungswürdigen Frau Dr. Martín-Piera?«

Darkus verneigte sich in dem Bemühen, es Dr. Yuki Ishikawa gleichzutun. »Ich heiße Darkus.«

Virginia und Bertolt traten vor.

»Sind Sie gekommen, um uns zu helfen?«, fragte Bertolt.

»Habt ihr auch kalte Käfer?« Dr. Yuki Ishikawas Augenbrauen hoben sich.

»Ja – aber«, setzte Virginia an, »wir brauchen Ihre Hilfe auch, um Lucretia Cutter aufzuhalten.«

»Lucretia Cutter aufhalten?« Yuki Ishikawa legte den Kopf schief. »Was hat das zu bedeuten?«

»Lucy Johnstone ist Lucretia Cutter. Sie hat Menschen entführt – einen Jungen namens Spencer und meinen Dad – und sie züchtet transgene Käfer«, sagte Darkus.

»Sie hat irgendetwas Schlimmes vor – im Fernsehen, vor aller Welt, bei der Filmpreisverleihung«, fügte Bertolt hinzu.

»Kinder, ich bin Wissenschaftler.« Dr. Yuki Ishikawa legte die Stirn in Falten. »Meine Forschung ist wichtig.« Er schüttelte den Kopf. »Ich kann meine Arbeit nicht für Entführungen und Fernsehen unterbrechen. Das Klima wandelt sich, und zwar schnell.« Er neigte den Kopf und trat einen Schritt zurück. »Es war mir ein Vergnügen, dich kennenzulernen, Darkus Cuttle. Ich empfinde große Zuneigung und großen Respekt für deine Mutter. Passt gut auf eure Käfer auf.«

»Warten Sie!«, rief Darkus. »Mein Dad versucht Lucretia Cutter davon abzuhalten, etwas Schreckliches zu tun. Er kann nicht allein gegen sie kämpfen. Sie *müssen* ihm helfen.«

»Dein Vater ist bei Lucy Johnstone?« Dr. Yuki Ishikawas Augenbrauen hoben sich erneut.

Darkus nickte.

Dr. Yuki Ishikawa schüttelte den Kopf. »Ich kämpfe nicht. Ich habe kein Talent dafür.« Er tätschelte sich den Bauch und kicherte. »Schon meine Figur sollte dir das verraten. Nein, mein Interesse gilt der Beobachtung der Natur in ihren winzigsten Erscheinungsformen. Wenn ich auf ein von Menschen gemachtes Ungleichgewicht stoße, suche ich nach einem natürlichen Gegengewicht.«

»Aber Sie *müssen* uns helfen.« Darkus fühlte sich aller Hoffnung beraubt. »Onkel Max sagt, dass Lucretia Cutter vor Ihnen Angst hat.«

»Ha! Das Kompliment verdiene ich nicht.« Er lächelte.

»Aber Sie sind alles, was wir haben.« Darkus wurde ganz schwer ums Herz. »Professor Appleyard liegt im Koma, seit ihn einer ihrer Käfer gebissen hat, und Dad ist verschwunden.« Seine Stimme bebte. »Menschen, die mir am Herzen liegen, kommen zu Schaden. Sie können sich nicht einfach zurücklehnen und nichts tun.«

»Was soll ich denn deiner Meinung nach tun, Master Cuttle?«

»Ich weiß es nicht«, gab Darkus zu. »Es ist nur ... sie ist kein Mensch.«

»Wir bestehen alle aus Fleisch und Knochen.«

»Nein!« Darkus schüttelte den Kopf. »Lucretia Cutter ist halb Käfer.«

Dr. Yuki Ishikawas Kopf zuckte zurück. »Halb Käfer?«

»Sie hat Facettenaugen«, sagte Virginia mit energischem Nicken.

»Und bedornte Chitin-Beine, mit Krallen statt Füßen«, fügte Bertolt hinzu.

Dr. Yuki Ishikawa riss die Augen auf. »Das habt ihr selbst gesehen?«

Die drei Kinder nickten.

»Sich selbst in ein Insekt zu verwandeln …« Seine Augenbrauen hoben sich. »… eine Metamorphose der menschlichen Gestalt …« Er schüttelte den Kopf. »Das würde höchst komplexe Wissenschaft erfordern.«

»Wir lügen nicht«, insistierte Darkus.

Dr. Yuki Ishikawa lächelte. »Eine Lüge dieses Ausmaßes zu erfinden wäre dumm. Eine Lüge muss zumindest glaubwürdig sein. Wie viele Menschen glauben euch, wenn ihr ihnen erzählt, was ihr gesehen habt?«

»Überhaupt keine«, gab Darkus zu.

»Was genau der Grund ist, warum ich glaube, dass es stimmt … aber dennoch, ich kann euch nicht helfen.« Er legte Darkus eine Hand auf die Schulter. »Die größte Waffe, die dir zur Verfügung steht, ist Wissen. Denk nach, Darkus. Du weißt, was sie ist. Jede Kreatur hat ihren Jäger. So bleibt alles im Gleichgewicht.«

»Wir bleiben heute Nacht in Bluie West One«, erklärte Onkel Max' Stimme hinter ihnen. Darkus wandte sich um und sah ihn in respektvoller Entfernung dastehen. »Im alten Luftstützpunkt. Sollten Sie es sich anders überlegen – wir fliegen morgen früh nach Los Angeles«, fügte er hinzu.

»Es tut mir leid.« Dr. Yuki Ishikawa sah die drei Kinder

an. »Ich bin nicht der Krieger, nach dem ihr sucht.« Er zeigte auf Darkus' Herz. »Eure Käfer mögen das Klima in Grönland nicht, haltet sie warm.«

Er verneigte sich und verschwand.

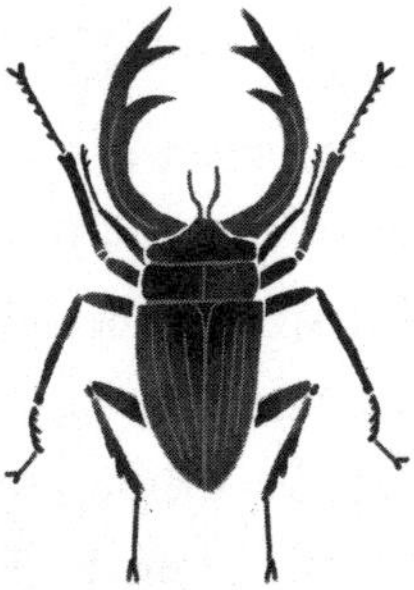

24. Kapitel

HÖRT DER ENGEL GROSSE FREUD

L. A. war ein einziger Widerspruch – mit Kunstschnee bedeckt und triefend vor Glitzer bei warmem Wetter und blauem Himmel. Unglaubliche Weihnachtsinstallationen und funkelnde Dekorationen zierten die Vorplätze von Restaurants und die Dächer von Gebäuden. Ein Durcheinander von Weihnachtsliedern tönte aus Läden und Cafés und klang durch die geöffneten Wagenfenster herein, als Onkel Max sie vom Flughafen in die Stadt fuhr. Bertolts Mum summte fröhlich jedes Lied mit und sprang während der Fahrt von einem zum nächsten. »Liebt ihr Weihnachtslieder auch so? Bertolt und ich gehen Heiligabend immer zum Singen in den Gottesdienst.« Sie seufzte. »Es ist einfach magisch.«

Sie fuhren stadteinwärts, zum Hollywood Theater, um sich den Ort anzusehen, an dem die Filmpreisverleihung stattfinden würde. Motty saß vorn bei Onkel Max und Calista Bloom saß eingeklemmt zwischen Darkus und Bertolt auf der Rückbank. Bertolt und Virginia hängten wie Hunde die Köpfe aus den Fenstern, als sie die palmengesäumte Straße am Meer entlangfuhren.

»Wir sind nicht mehr im alten, grauen, verregneten England!«, johlte Virginia mit glänzenden Augen und breitem Lächeln. »L. A. ist großartig. Es ist, als würde man alles durch einen gelben Filter sehen.«

Darkus lächelte matt, er konnte Virginias Begeisterung nicht teilen. Seit Dr. Yuki Ishikawa sich geweigert hatte ihnen zu helfen, machte er sich Sorgen wegen der Filmpreisverleihung. Er war sich so sicher gewesen, dass der Wissenschaftler alle Antworten wissen würde, dass er ihre Geheimwaffe wäre. Aber jetzt, das wurde Darkus nun klar, lag es an ihnen und den Käfern.

Mrs Wallace' Worte – *Ihr seid bloß Kinder* – suchten ihn immer wieder heim, genau wie die seines Vaters – *Du und deine Freunde haltet das Ganze für irgendein kindisches Detektivspiel*. Es war schlimm für Darkus, dass er immer noch nicht wusste, wo sein Dad war oder wie er ihm helfen sollte. Er wusste nicht, was Lucretia Cutter plante, und seine markigen Worte darüber, dass sie für den Feuertod der Käfer büßen müsse, fühlten sich leer und bedeutungslos an.

Vor dem Hollywood Theater wurde gerade ein Gerüst errichtet, eine riesige goldene Fassade, die die prominenten Gäste auf dem roten Teppich empfangen sollte. Unzählige

Männer in schwarzen Anzügen mit Walkie-Talkies in den Händen und Knöpfen im Ohr standen wachsam auf dem Gelände, während Scharen von Touristen Bilder machten.

»Wie sollen wir da ohne Einladung reinkommen?«, fragte sich Darkus laut.

»Wir werden Novaks Hilfe brauchen«, entgegnete Bertolt.

»Und absurd viel Glück«, sagte Virginia nickend.

»Ich könnte sie mit meinem Talent blenden!«, sagte Calista Bloom, schob sich die blonden Locken zurecht und schürzte die Lippen.

»Ähm, ich glaube nicht, dass das funktioniert«, murmelte Bertolt.

»Vielleicht werde ich von einem Hollywood-Agenten entdeckt und er lädt mich ein, ihn als sein Gast zur Preisverleihung zu begleiten!«, keuchte Calista, die sich offenbar den Augenblick ausmalte und dabei eine Reihe von Gesichtern aufsetzte.

»Ich dachte, wir seien hier, um Darkus' Dad zu finden und ihm beim Kampf gegen Lucretia Cutter zu helfen«, sagte Motty freiheraus.

»Oh ja, natürlich«, antwortete Calista. »Was ich meinte, war bloß, falls ein Agent mich bemerken sollte … Ich meine, natürlich würden wir erst mal das mit dem Retten und Kämpfen machen … aber vielleicht könnte ich hinterher, wenn noch Zeit sein sollte, an ein paar Castings teilnehmen …« Ihre Stimme verstummte, als sie Mottys missbilligenden Blick sah.

»Ich habe es schon so oft im Fernsehen gesehen«, sagte Bertolt, der aus dem Fenster auf das Theater blickte. »In echt wirkt es viel kleiner.«

Sie starrten das Hollywood Theater an und wurden sich der Aufgabe bewusst, die sie sich selbst auferlegt hatten. Sie notierten sich die Einzelheiten des Gebäudes und dann erklärte Motty, dass es an der Zeit war aufzubrechen. Sie hatten einen langen Tag hinter sich.

Mottys Haus befand sich auf der anderen Seite der Stadt, in Lincoln Heights, einem alten Vorort von Los Angeles, der nördlich des gleichnamigen Parks lag. Die Mozart Street zeichnete sich durch eine Handvoll viktorianischer Villen aus, die zwischen stattlichen einstöckigen Häusern verteilt waren. »Das ist es.« Motty zeigte auf ein himmelblaues Haus mit Holzverschalung und einer Treppe, die zur Haustür hochführte. An manchen Stellen blätterte die Farbe ab und die eine oder andere Dachschindel war lose, aber das Haus sah einladend aus.

Onkel Max parkte am Straßenrand und sie drängten aus dem Wagen, steif und erschöpft von der Reise. Darkus half seinem Onkel, die Taschen auszuladen, und nahm den Käferkoffer in seine Obhut.

»Leben Sie hier?«, fragte Bertolt, als Motticilla ein Schlüsselbund aus ihrer Tasche nahm und die Haustür aufschloss.

»Nein«, entgegnete Motty. »Ich lebe in Kairo. Ich habe dieses Haus gekauft, als ich für das Naturhistorische Museum von Los Angeles gearbeitet habe. Meistens vermiete ich es, ich selbst war schon eine Weile nicht mehr hier. Meine Nachbarin Valentina behält es für mich im Auge, wenn es leer steht.« Sie spazierte in den offenen Wohnbereich und zog die Vorhänge auf, was den Staub aufwirbelte.

Bertolt hustete. »Wie lang ist *eine Weile*?«

»Drei Jahre.«

»Na, ist das nicht hübsch hier?«, sagte Onkel Max und setzte die Taschen ab.

»Es ist super«, stimmte Virginia zu und sah sich in dem kahlen Haus um.

»Es ist schmutzig«, sagte Calista Bloom, krempelte die Ärmel hoch und ging zum Spülbecken, um einen Lappen zu suchen.

Motty verdrehte die Augen und schob sich ihre runde Brille die Nase hoch. »Die Kinder und die Käfer können das große Schlafzimmer haben. Max, du nimmst das Sofa und Calista kann sich bei mir einquartieren.«

»Einquartieren?« Calista drehte sich um.

»Sie können sich das Bett mit mir teilen.«

»Oh, ich verstehe«, sagte Calista und sah nicht glücklich aus. »Danke.«

»Wunderbar.« Onkel Max klatschte in die Hände. »Also, sollen wir uns Kaffee zum Mitnehmen besorgen? Ich kippe gleich aus den Latschen, so müde bin ich.«

Darkus setzte sich im Schneidersitz mitten auf den Boden und öffnete den Koffer. Systematisch überprüfte er, ob es allen Käfern nach der langen Reise gut ging. Virginia und Bertolt setzten sich neben ihn, während Bertolts Mum sämtliche Oberflächen im Raum abwischte und sich über den Staub mokierte.

»Sind sie alle in Ordnung?«, fragte Bertolt und beugte sich über den Koffer.

Darkus nickte. »Alle anwesend und unversehrt.«

»Was ist los?« Virginia legte den Kopf schief. »Du hast kaum was gesagt, seit wir in Grönland losgeflogen sind.«

»Ich mache mir Sorgen wegen Dad«, gab Darkus zu. »Was, wenn wir den ganzen Weg auf uns genommen haben und es dann nicht ins Theater schaffen – oder«, er hielt inne, »was, wenn er böse ist uns zu sehen?«

»Darkus«, Virginia senkte den Kopf, so dass sie ihm in die Augen sehen konnte, »dein Dad kann es mit Lucretia Cutters Käfern nicht aufnehmen. Kein Mensch kann das. Wir müssen gleich und gleich einander gegenüberstellen. Käfer gegen Käfer.« Sie zeigte auf den Koffer. »Abgesehen von Lucretia Cutter bist du der Einzige mit einer Armee aus Käfern. Er wird deine Hilfe brauchen.«

»Und Novak wird uns helfen ins Theater zu kommen. Ich weiß es.« Bertolt nickte. »Wir müssen sie nur noch finden.«

»Aber die Gala ist in zwei Tagen und wir wissen noch nicht einmal, wo Lucretia Cutters Haus ist. Wie sollen wir Novak finden?«

»Ich weiß, wo Lucretia Cutter wohnt«, sagte Bertolts Mum strahlend.

»Tatsächlich?« Bertolt runzelte die Stirn und sie blickten alle mit überraschten Mienen zu ihr auf.

»Natürlich. Lucretia Cutter gehört das Haus Hillcrest Nr. 227. Sie hat es vor sieben Jahren von Tom Shanks übernommen, der es wegen seiner Scheidung von Fay Peters verkaufen musste. Stand alles in der *Sizzle.*«

»Mum, du bist umwerfend.« Bertolt lächelte seine Mutter an, die vor Freude rot wurde und sich wieder ans Staubwischen machte, wobei sie vergnügt *Hört der Engel große Freud* summte.

»Das ist es! Ich hatte gerade eine Idee.« Virginia schlug mit den Händen vor sich auf den Boden. Sie sah Darkus und Bertolt mit einem spitzbübischen Funkeln in den Augen an. »Ich weiß, wie wir es zu Novak schaffen, aber dafür brauchen wir Verkleidungen.«

»Oh! Oh! Ich! Ich!« Bertolts Mum sprang auf und ab. »Tut mir leid, ich habe wirklich nicht gelauscht – na ja, vielleicht ein bisschen, aber *dabei* kann ich behilflich sein.« Sie drehte sich auf der Stelle. »Mit Kostümen kenne ich mich super aus. Theater sind voll davon.«

»Verkleidungen«, korrigierte Virginia sie.

»Ja, natürlich, Verkleidungen«, sagte Calista Bloom und kicherte.

25. Kapitel

HOSANNA IN EX-DARKUS

»Das ist unsere Chance. *SCHNELL!*«, zischte Darkus, als ein Lieferwagen ans Tor heranfuhr. Ein junger Mann lehnte sich aus dem Fenster und drückte auf die Sprechanlage.

Die drei hatten sich in einer Baumgruppe auf der anderen Straßenseite der Hillcrest Nr. 227 versteckt und in ihren Verkleidungen über eine Stunde gewartet. Darkus trug eine Baseballkappe, Bertolts übergroße Brille und eine Tarnjacke mit aufgestelltem Kragen, um so viel wie möglich von seinem Gesicht zu verbergen, da man ihn am ehesten wiedererkennen würde. Virginia hatte sich als Junge verkleidet und trug ein großes kurzärmliges Skater-T-Shirt über einem langärmligen Shirt, eine Beanie-Mütze und Jeans. Bertolts Mum hatte sein Haar an den Seiten mit Gel zurückgestrichen und ihm Surfshorts und ein Hawaiihemd verpasst, das viel zu groß war.

Sie flitzten zwischen den Bäumen hervor zum Heck des Lieferwagens, hinter dem sie durch das Tor schlüpften, während es sich schon wieder schloss. Vorsichtig gingen sie eine lange geschwungene Einfahrt hinauf, die um das palastähnliche Haus herumführte, und nahmen den übermäßig herausgeputzten Garten mit den gestutzten Buchsbaumhecken wahr, die in wirbelnden Mustern protzige Springbrunnen umgaben.

»Seht euch den Swimmingpool an«, sagte Virginia mit einem anerkennenden Pfeifen und zeigte auf den türkisfarbenen Pool, der sich auf der entfernten Seite des Hauses befand und endlos zu sein schien.

»Ich habe Angst«, murmelte Bertolt.

»Angst haben ist nicht verkehrt«, sagte Virginia und stopfte einen losen Zopf wieder unter die Beanie-Mütze. »Dann rennt man schneller.«

Der Mann, der offensichtlich Lebensmittel anlieferte, war hinter dem Haus verschwunden, niemand sonst schien da zu sein. »Und was machen wir jetzt?«, flüsterte Bertolt.

»Ich würde sagen, wir gehen zur Haustür und klingeln«, sagte Darkus.

»Gute Idee.« Virginia nickte.

»Was, wenn sie Kampfhunde hat?«, fragte Bertolt und zog nervös an seinem Hawaiihemd, »oder Kampf*käfer*?«

»Dann gilt, je schneller wir zur Haustür kommen, desto besser«, antwortete Darkus. Er zog sich Bertolts Brille auf die Nasenspitze hinunter und die Kappe über die Augen. »Es ist an der Zeit, im Cutter-Palast ein bisschen festliche Stimmung zu verbreiten.« Er grinste, stopfte die Hände in die Hosentaschen und zog die Schultern bis zu den Ohren hoch.

Novak spürte, wie ihr ein Schweißtropfen den Haaransatz hinunterlief; die Nachmittagshitze wurde von der Gefahr hier im Raum noch größer. Sie hockte mit ausdrucksloser Miene auf der Ecke eines riesigen schwarzen Ledersofas.

In Amerika fühlte Novak sich klein. Alles war so groß: Die Straßen waren breiter, die Zimmer größer, sogar die Möbel waren riesig. Sie sehnte sich verzweifelt nach der Sicherheit des farblosen Zimmers im Ostflügel, das ihr Schlafzimmer war, aber Mater hatte darauf bestanden, dass sie vor dem Abendessen einen Drink nahmen.

»Du bist sicher aufgeregt wegen der Filmpreisverleihung, oder?«, fragte Darkus' Dad. »Als beste Schauspielerin nominiert zu werden ist etwas ganz Besonderes.«

Novak fühlte, wie ihre Wangen glühten, und nickte.

»Der Film ist schwülstiges, sentimentales Gewäsch«, sagte Mater und schenkte ihm aus einer Kristallkaraffe nach. »Die Nominierung kam zu Stande, weil ich die richtigen Leute geschmiert habe.«

»Oh!«, sagte Novak enttäuscht. »Ich dachte, es läge daran, dass ich gut spiele.«

Lucretia Cutter lachte. »Kind, du kannst von Glück sagen, dass du dir damit niemals deinen Lebensunterhalt verdienen musst.«

Darkus' Dad blickte in sein Glas, als fände er die Eiswürfel am Boden außerordentlich interessant. »Ich weiß nicht, was du bei dieser Preisverleihung willst, Lucy«, gab er zu. »Du hast doch schon immer jede Art von Gala gehasst. Könnten wir sie nicht ausfallen lassen und uns direkt in dein Biom begeben?« Er sah auf und lächelte sie einnehmend an. »Du hast tatsächlich nie erwähnt, wo es ist?«

»Nein«, Lucretia Cutter fuhr mit einer Fingerspitze den Glasrand entlang, »und du wirst es auch nie erfahren, weil du mit verbundenen Augen dorthin gebracht wirst, nach der Preisverleihung.«

»Verstehe.« Bartholomew Cuttle lachte unsicher. »Findest du nicht, dass wir für Partyspiele ein bisschen alt sind?«

»Ich will doch nicht, dass alle Welt weiß, wo ich meine Geheimnisse bewahre, nicht wahr?«

»Vermutlich nicht.« Er zog eine Augenbraue hoch. »Dann erklär mir wenigstens, was es mit der Filmpreisverleihung auf sich hat.«

»Für große Auftritte hattest du noch nie viel übrig, Bartholomew«, antwortete Lucretia Cutter, »aber ich verstehe die Macht von Prunk und Protz. Große Könige und Königinnen behaupten damit ihre Autorität. Die Filmpreisverleihung ist der Moment, den ich mir auserkoren habe, um auf die Weltbühne zu treten« – sie warf ihre diamantbeladene Hand in die Luft – »als eine neue Art von Führerin.«

Dann herrschte Schweigen und Novak starrte zu Boden; sie fühlte sich schrecklich unwohl.

»Ich will ja kein Spielverderber sein«, sagte Bartholomew Cuttle, »aber was lässt dich glauben, dass es irgendjemanden interessieren wird?«

»Oh, es *wird* sie interessieren.« Lucretia Cutter richtete sich auf. »Die Welt wird vor mir auf die Knie fallen und erzittern.«

»Okay. Verstehe.« Er zuckte leicht die Achseln. »Ich hätte da noch eine Frage.«

»Ja?«, bellte Mater, irritiert davon, dass er nicht beeindruckter war.

»Wann kommen wir endlich ins Labor?« Darkus' Dad setzte sein Glas ab. »All die Fliegerei in Learjets, die Treffen mit berühmten Schauspielerinnen in Hotelzimmern, die Pläne für die Weltherrschaft sind ja schön und gut, aber das bin nicht ich. Du hast mir versprochen, dass ich an der neuesten Forschung zu transgenen Käfern arbeiten würde. Deshalb bin ich hier. Es brennt mir unter den Nägeln, endlich anzufangen, und ich muss zugeben«, er sah sich im Zimmer um, als wäre er auf der Suche nach einem Schachbrett oder irgendetwas, womit er sich beschäftigen könnte, »dass mir langsam langweilig wird.«

Novak konnte sich gerade noch verkneifen über Maters Miene zu lachen.

»Langweilig?«, stieß sie hervor.

»Nun, ja«, sagte Darkus' Dad nickend. »Aber nur ein bisschen.«

Lucretia Cutter war plötzlich aufgesprungen. »Also, das

geht natürlich nicht«, blaffte sie. »Lass mich dir meinen fliegenden *Sitophilus granarius* vorstellen.«

»Was?« Bartholomew stand auf. »Kornkäfer können nicht fliegen!«

»Oh, meine schon«, sagte Lucretia Cutter und stakste aus dem Raum. »Und sie mögen ihren Weizen am liebsten frisch.«

Darkus' Dad folgte ihr und Novak fand sich plötzlich alleine wieder. Sie saß eine Minute reglos da, um sich zu vergewissern, dass niemand zurückkehrte, dann beugte sie sich über ihr Handgelenk.

»Hepburn«, flüsterte sie und hob den Deckel des Geheimfachs in ihrem Armreif an. »Alles in Ordnung?«

Ein Paar zarter Fühler winkte ihr zu und Novak fühlte, wie die Erleichterung sie warm durchflutete.

»Komm, wir besorgen dir was zum Abendessen.«

Darkus zog an der Klingelschnur und ein fernes Bimmeln war zu hören. Ob sein Dad wohl irgendwo in diesem Haus war? Er schloss die Augen und wünschte sich mit aller Macht, dass Novak die Tür öffnete.

Die Tür ging auf. Es war Gerard. Darkus hielt den Kopf gesenkt, damit der Butler sein Gesicht nicht sah.

»Ja?« Der Butler starrte die drei Kinder an. »Wie kann ich euch helfen?«

»WE WISH YOU A MERRY CHRISTMAS ...«, sang Darkus oder brüllte es vielmehr.

Virginia und Bertolt stimmten aus vollem Hals ein. »WE WISH YOU A MERRY CHRISTMAS, WE WISH YOU A MERRY CHRISTMAS AND A *DARKUS* NEW YEAR!«

»Guten Tag, Sir«, sagte Virginia, ergriff die Hand des Butlers und schüttelte sie. »Wir sammeln für die, äh, die …«

»Die Stiftung der Waisen von Los Angeles«, sagte Bertolt mit perfektem amerikanischem Akzent. »Wir hoffen, dass Sie im Austausch für eine festliche Melodie eine großzügige Spende tätigen mögen, um den armen Waisen in der Weihnachtszeit zu helfen.«

»STILLE NACHT«, jaulte Darkus, »*DARKUS'* NACHT, ALLES SCHLÄFT, EINSAM WACHT …«

»Ja, ja, ja, DARKUS!«, schrie Virginia, sprang herum und versuchte einen Rapper zu verkörpern.

»Kinder, bitte«, unterbrach sie Gerard. »Das ist ja ein schrecklicher Lärm. Es mag Weihnachten sein, aber ich fürchte, ich kann euch nicht helfen. Wir spenden nichts.«

»Aber sehen Sie sich Ihre Bude an!«, rief Virginia, die Bertolts Vorgabe folgte und langsam in ihre Rolle hineinfand. »Die besteht von vorne bis hinten aus Dollars, Mann.« Sie pfiff durch die Zähne, als sie über die Schwelle und zurück hüpfte.

Gerard scheuchte sie hinaus und Darkus fing wieder an zu singen, so laut er nur konnte. Sie waren darauf angewiesen, dass Novak sie hörte. »GOD REST YE MERRY GENTLEMEN LET NOTHING YOU DISMAY, COS *DARKUS* HAS A MESSAGE FOR YOU THIS CHRISTMAS DAY.«

Bertolt holte tief Luft und heulte: »GLOOOO-OOOOO-OOOO-OOOOOOO-OOOOOOOOO-OOOOOORIA, HOSANNA IN EX-*DARKUS!*«

»Schluss jetzt!«, schrie Gerard. »Ich rufe die Polizei, wenn ihr nicht verschwindet!«

»Alter!«, rief Bertolt aus. »Die Polizei rufen? Was wollen Sie denen sagen, Sir? Dass drei Kinder für Sie singen, um den Bedürftigen zu helfen? Das ist ja wohl weder Mord noch Raub, oder? Wir sind mit nichts anderem bewaffnet als mit unseren Stimmen und einer guten Sache. Ich bin mir sicher, die Polizei wird Ihnen raten, in dieser besinnlichen Jahreszeit einfach für die armen Waisen von Los Angeles zu spenden.«

Darkus starrte Bertolt an, überrascht, welch guter Schauspieler er war. Aus dem Augenwinkel sah er Novak in einer Tür auftauchen. Er winkte ihr, nahm die Brille ab und hob die Kappe an.

Sie schrie auf.

Darkus setzte Kappe und Brille wieder auf und sprang auf der Stelle, während er rappte: »ONCE IN ROYAL *DARKUS'* CITY STOOD A LOWLY BEETLE SHED. AH! HAH! AH! HAH! GANZ GENAU, *ICH BIN NICHT TOT.*«

»*ARRÊTEZ!*« Gerard hob die Hände. »STOPP! GENUG! HÖRT AUF! Ihr macht der Dame des Hauses Angst.«

»Mir machen sie keine Angst, Gerard«, sagte Novak und eilte herbei. »Ich war nur überrascht, das ist alles.«

»Wir sammeln Geld für die Waisen von Los Angeles«,

sagte Bertolt. »Damit sie Weihnachten auch Geschenke bekommen.«

»Oh, nun, das klingt nach einer wirklich guten Sache«, sagte Novak lächelnd. »Ich würde liebend gern etwas spenden.«

»Mademoiselle«, sagte Gerard mit leiser Stimme. »Ihre Mutter wird nicht erfreut sein, wenn sie diese Kinder hier sieht.«

»Ja, ich weiß«, sagte Novak nickend. »Ich bringe sie zum Tor und gebe ihnen dort eine Spende.«

»Nein, das werde *ich* tun.«

»Oh, Gerard«, Novak blickte mit klimpernden Wimpern zu ihm auf, »*ich* möchte gern. Ich sehe nicht oft Kinder meines Alters.«

»Wie Sie wünschen, Mademoiselle. Aber –«, Gerard neigte den Kopf, »lassen Sie sich nicht von Madame erwischen.«

»Danke«, stieß Novak aus und wandte sich mit leuchtenden Augen wieder an Darkus. »Folgt mir«, sagte sie und ging an ihm vorbei.

Darkus ging hinter ihr her und sah sich kurz um. Gerard beobachtete sie.

»Ich dachte, du wärst tot!«, zischte Novak. »Mater hat gesagt, sie hätte auf dich geschossen, aber du lebst! *Du lebst!* Wie konntest du mich glauben lassen, du wärst tot? Weißt du, wie furchtbar das war? Ich habe geweint und geweint. Ich weiß, dass du nicht einfach zu Besuch kommen kannst, aber es ist fast zwei Monate her. *Zwei Monate!* Du hättest doch wenigstens eine Nachricht schicken können.«

Der Butler konnte sie nicht hören, aber er beobachtete sie immer noch.

»Sie hat tatsächlich auf mich geschossen«, sagte Darkus, »und mich an der Schulter getroffen. Ein glatter Durchschuss.«

»Oh.« Novaks Schritte wurden langsamer, aber sie ging weiter. »Das tut mir leid.«

»Nein, *mir* tut es leid. Du hast Recht. Ich hätte dir eine Nachricht schicken sollen, nachdem ich aus dem Krankenhaus entlassen wurde. Aber ich wollte dich nicht in Schwierigkeiten bringen«, sagte Darkus und riskierte es, sie anzusehen und zu lächeln. »Novak, hast du meinen Dad gesehen? Ich muss ihn finden.«

»Natürlich, ja, er ist hier. Aber –«, Novak hielt inne, »er arbeitet mit Mater.«

»Oh! Richtig!«, sagte Darkus und sah, wie Virginia Bertolt einen Blick zuwarf, »dann geht es ihm also gut?«

»Ja, Mater verehrt ihn«, sagte Novak nickend. »Er darf ihr sogar widersprechen!«

Darkus wusste nicht, was er sagen sollte. Ihm war schlecht.

An dieser Stelle wand sich die Auffahrt um den Rasen mit den Buchsbaumhecken und sie waren endlich außer Sichtweite. Bertolt huschte vor, nahm seine Brille von Darkus' Gesicht, damit er wieder sehen konnte, und ergriff Novaks Hand, die er wild schüttelte.

»Es ist mir eine Freude, dich zu treffen«, sagte er und ließ nicht los. »Ich finde dich wunderbar. Ich bin Bertolt. Darkus' Freund. Ich sehe normalerweise nicht so aus. Ich bin normalerweise viel besser angezogen. Ist das Chanel, was du da trägst? Du siehst fantastisch aus.«

»Hi, Bertolt«, sagte Novak und kicherte, als sie ihre Hand wegzog. »Darkus hat mir viel von dir erzählt, aber er hat mir nicht erzählt, dass du so einen ausgezeichneten amerikanischen Akzent hinbekommst.«

»Das wusste ich auch nicht«, sagte Darkus.

»Danke.« Bertolt wurde vor Freude rot. »Ich helfe meiner Mum, wenn sie für Castings übt, aber ich bin kein echtes Talent, nicht wie du.«

»Oh, ich habe kein Talent«, antwortete Novak und ließ den Kopf hängen. »Nicht wirklich.«

»Sag das nicht«, stieß Bertolt aus. »Sieh doch, wie du Darkus geholfen hast. Mensch, du musst wahrscheinlich jeden einzelnen Tag wie verrückt schauspielern, nur um nicht in Schwierigkeiten zu kommen.«

»Er hat Recht«, sagte Virginia, machte einen Schritt vor und nickte. »Du musst ziemlich gut sein. Hi, ich bin Virginia.«

Novak strahlte. »Ich freue mich euch kennenzulernen.« Sie sah Darkus an. »Aber was macht ihr hier, in Amerika? Hat dein Onkel meinen Brief bekommen? Geht es den Käfern gut?«

»Wir haben deinen Brief bekommen«, sagte Darkus.

»Oh, Gott sei Dank!« Novak klatschte in die Hände. »Habt ihr den Käferberg gerettet?«

Darkus schüttelte den Kopf und ein schreckliches Schweigen stellte sich ein.

Novak ließ die Hände sinken. »Oh nein.«

»Sie sind nicht alle gestorben«, sagte Bertolt. »Wir konnten ein paar von ihnen retten.«

»Es tut mir leid.« Novaks Unterlippe zitterte. »Ich, ich habe versucht ...«

»Es ist nicht deine Schuld«, sagte Darkus. »Wenn wir deinen Brief nicht bekommen hätten, wäre es noch viel schlimmer ausgegangen.«

»Du hast mir das Leben gerettet«, sagte Bertolt nickend. »Ich hätte verbrennen können.«

»Novak«, sagte Darkus, »wir wissen, dass Lucretia Cutter etwas Schreckliches bei der Filmpreisverleihung vorhat. Weißt du, was es sein könnte?«

»Oje.« Novak biss sich auf die Unterlippe. »Na ja, ich habe gehört, wie sie deinem Vater etwas über Prunk und Führerschaft erzählt hat, aber ich habe nicht richtig verstanden, was sie damit meinte.«

»Was hat Dad gemacht?«, fragte Darkus und lehnte sich vor.

»Es war komisch«, Novak kicherte, »er schien gelangweilt von Maters Plänen und hat gefragt, wann sie sich endlich an die Forschungsarbeit machen würden, die sie ihm versprochen hat.«

»Er hat nicht versucht sie aufzuhalten?« Darkus war schockiert.

»Ähm, nein.« Novak schüttelte den Kopf. »Am meisten schien er sich darüber zu ärgern, dass sie einen Kornkäfer geschaffen hat, der fliegen kann.«

Darkus runzelte die Stirn. Was tat Dad da? Konnte es wirklich sein, dass er mit Lucretia Cutter zusammenarbeitete?

»Weißt du, wie Lucretia Cutter die Preisverleihung an sich reißen will?«, fragte Virginia.

»Nein, aber ich weiß, dass sie die Kleider für die Schauspielerinnen in meiner Kategorie gemacht hat. Ich habe meins noch nicht gesehen, aber Stella Mannings Kleid ist mit grünen Eichenprachtkäfern bedeckt. Eine Art, die ich noch nie gesehen habe, wie eine Kreuzung mit Sandlaufkäfern.«

»Du bist Stella Manning begegnet?«, kreischte Bertolt.

Novak nickte. »Für ihr Kleid würde ich sterben.«

»Ich kann's nicht erwarten, es zu sehen.« Bertolt klatschte in die Hände. »Oh, ich habe etwas für dich.« Er durchsuchte seine Taschen und holte ein Stück Papier heraus. »Das sind Morsezeichen. Wir haben sie unseren Käfern beigebracht. Wenn du sie Hepburn beibringst, kann sie uns Nachrichten übermitteln.«

Novak klappte den Deckel ihres Armreifs hoch und Hepburn kam herausgeflogen. Sie drehte eine Schleife und setzte sich auf Novaks Hand.

»Du hast auch einen Käfer?«, fragte sie Bertolt.

»Ja«, Bertolt blickte nach oben. »Newton, komm mal raus und sag Hallo.«

Newton hüpfte aus Bertolts Schopf und ließ seinen Bauch vor Novak aufleuchten.

»Oh, das ist wunderschön!«, staunte sie.

»Nachts ist es noch besser, wenn es dunkel ist.«

»Novak, ich weiß, dass die Filmpreisverleihung schon morgen ist, aber meinst du, du könntest uns irgendwie ins Theater hineinbekommen?«, fragte Darkus. »Was auch immer Lucretia Cutter vorhat, wir wollen da sein, um Dad helfen zu können, wenn er versucht sie aufzuhalten.«

»Er wird sie aufhalten?«, fragte Novak überrascht.

»Da bin ich mir sicher«, sagte Darkus nickend.

Eine kahlköpfige, muskelbepackte Silhouette betrat den Rasen vor Lucretia Cutters Haus.

»Das ist Mawling!« Novak wirkte verängstigt. »Überlasst das mir. Ich verschaffe euch irgendwie Zugang zur Preisverleihung«, versprach sie und machte einen Schritt rückwärts. »Kommt so nah ans Theater heran wie möglich und ich werde Hepburn mit einer Nachricht zu euch schicken.« Sie sah zu Mawling hinüber.

»Wir sind zu sechst«, sagte Darkus. »Wir und drei Erwachsene.«

»Es tut mir leid. Ich muss gehen.« Sie drehte sich um und ging weg, aber blickte dann noch einmal über ihre Schulter. »Danke, dass ihr gekommen seid«, sagte sie. »Ich dachte, ich wäre ganz allein.«

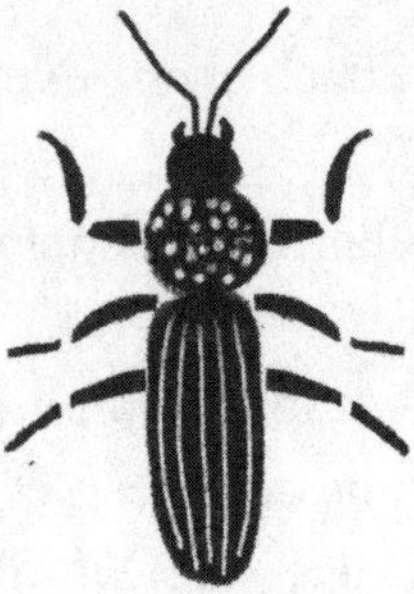

26. Kapitel
GEPÄCK

Humphrey Gamble ignorierte die Blicke der Leute, als er durch den Flughafen von Los Angeles stapfte und nach Hinweisschildern für die Gepäckausgabe Ausschau hielt. Er trug eine wilde Zusammenstellung schlecht sitzender Kleidungsstücke, die er und Pickering in einem Altkleidercontainer neben dem Flughafenparkplatz in London gefunden hatten. Jedes einzelne Teil war ihm zu klein. Eine leuchtend bunte Paisley-Krawatte wand sich durch die Gürtelschlaufen seiner Hose, nicht um sie oben zu halten, sondern um sie zusammenzuhalten, da der Reißverschluss sich nicht schließen ließ. Die grüne Schlaghose reichte ihm nur bis zu den Schienbeinen und das grelle, pink-gelb gestreifte Hemd erwürgte ihn fast, obwohl die obersten beiden Knöpfe offen waren. Er trug ein riesengroßes rotbraunes Tanktop, um zu verbergen, dass das Hemd seinen Bauch nicht bedeckte.

Als er die runden Förderbänder entdeckte, steuerte er das Band an, das sich unter der Nummer des Fluges von London nach Los Angeles befand. Er suchte nach einem großen, dunkelblauen Koffer und stellte bestürzt fest, dass viele der Koffer auf dem Förderband blau waren. Seiner war ein ramponiertes, geschwärztes Exemplar, das er aus den verkohlten Trümmern hinter dem Emporium gezogen hatte. Er starrte wie hypnotisiert auf das quadratische Loch mit den herabhängenden Plastikstreifen, während Koffer um Koffer auf das Förderband fiel.

»Hast du das gehört?«, sagte eine Frau zu ihrem Mann. »Aus dem Koffer da ist irgendein Geräusch gekommen!«

Humphrey sah, dass es sein Koffer war, auf den die Frau zeigte. Er schubste die Leute beiseite, um ans Band zu gelangen. Dann schnappte er nach dem Griff und hievte den Koffer auf den Boden.

»Autsch!«, quiekte der Koffer. »Vorsicht!«

»Da!« Die Frau griff nach dem Arm ihres Mannes. »Schon wieder.«

»Klappe!«, zischte Humphrey den Koffer an. »Die Leute können dich hören.« Hastig zerrte er den Koffer über den Boden, weg von den Blicken der Menge.

»Versuch lieber mich nicht so rumzustoßen!«, zischte Pickering zurück. »Das tut weh.«

Humphrey ignorierte es und zerrte den Koffer in Richtung

des Schildes ZOLLFREIE GÜTER. Er hielt den Blick auf das Ausgangsschild geheftet, während er durch den weißen Gang voranstürmte.

»Entschuldigung, Sir.« Ein amerikanischer Zollbeamter in einer schicken Uniform trat mit erhobener Hand vor ihn. »Wir möchten Ihr Gepäck überprüfen und Ihnen einige Fragen zu Ihrem Besuch in den Vereinigten Staaten stellen.«

»Ähm, natürlich, ja. Ich will hier Urlaub machen.« Humphrey sah sich um. Zwei weitere Beamte standen links und rechts von der Tür zu einem Seitenraum. »Und mein Koffer ist voll mit Kleidung.«

»Hier entlang, bitte.« Der Beamte führte ihn auf den Raum zu.

»Oh, sicher.« Schweißperlen rannen Humphrey die Stirn hinunter und liefen ihm in die Augen. Er blinzelte und versuchte charmant zu lächeln. »Gibt es ein Problem, wenn ich fragen darf?«

»Ganz und gar nicht, Sir, das ist reine Routine«, versicherte ihm der Beamte.

Humphrey trat von seinem Koffer weg.

»Bringen Sie bitte Ihren Koffer mit, Sir.«

Humphrey nickte und zog ihn hinter sich in den Raum, der nur mit einem Tisch und einem Stuhl möbliert war.

»Würden Sie Ihren Koffer bitte auf den Tisch legen und ihn für uns öffnen«, wies ihn der Beamte an.

Humphrey blickte zu den anderen beiden Beamten, einem Mann und einer Frau. Sie waren nicht sehr groß. Er hievte den Koffer hoch und knallte ihn auf den Tisch, wobei er laut hustete, um mögliche Laute Pickerings zu übertönen.

»Würden Sie bitte den Reißverschluss öffnen und dann mit dem Gesicht zur Wand beiseitetreten?«

Humphrey bemerkte, dass alle drei Beamte Pistolen in Gürtelhalftern bei sich trugen. Er beugte sich hinunter und öffnete langsam den Reißverschluss, dann trat er vom Tisch weg und drehte das Gesicht zur Wand.

Einer der Beamten legte ihm eine Hand auf die Schulter. »Grätschen Sie die Beine.«

Es gab ein schreckliches reißendes Geräusch, als Humphrey der Anordnung folgte und seine Hose platzte. Er blickte gerade über die Schulter, als die Beamtin den Kofferdeckel aufklappte.

»Hallo, Leute!«, kreischte Pickering, sprang mit einer Dose Pfefferspray in jeder Hand auf und sprühte es den Beamten ins Gesicht.

Die Zollbeamten heulten auf und stolperten rückwärts. Der Beamte, der Humphrey bewachte, wirbelte herum und griff nach seiner Waffe. Humphrey ließ seine Faust auf den Kopf des Beamten niedersausen und schlug ihn bewusstlos.

»LAUF! LAUF! LAUF!«, schrie Pickering, als er mit dem Gesicht voraus vom Tisch auf den Boden stürzte.

Humphrey packte seinen Cousin unter den Achseln und warf ihn sich über die Schulter, dann rannte er zur Tür. Er stürmte durch den Gang der Zollkontrolle und platzte draußen in die Schlange am Taxistand. Ein älteres Paar reichte gerade einem Taxifahrer die Koffer, der sie im Kofferraum verstauen wollte. Humphrey drängte sich an dem älteren Herrn vorbei, warf ihn um und rannte zur offenstehenden Fahrertür. Der Zündschlüssel steckte und der Motor lief. Humphrey warf Pickering auf den Beifahrersitz. Pickering jaulte auf, als sein Kopf gegen das Handschuhfach knallte.

Humphrey sprang auf den Fahrersitz und zog die Tür zu.

Der Taxifahrer kam auf ihn zugerannt und schrie ihn an, aus seinem Wagen zu steigen.

Humphreys Faust schoss aus dem offenen Fenster und knipste dem Taxifahrer das Licht aus.

Er legte den Gang ein, trat das Gaspedal durch und der Wagen schoss in den Verkehr, der vom Flughafen wegführte. Er sah in den Rückspiegel – der Kofferraum war noch offen. Er raste über eine Bremsschwelle und der Kofferraumdeckel knallte zu. Im Rückspiegel sah er Polizisten und Flughafenpersonal um das ältere Paar und den bewusstlosen Taxifahrer herumschwirren.

Pickering richtete sich auf, sah aus dem Fenster und winkte. »Tschüüü-hüüüüs!«

»Wir müssen so schnell wie möglich dieses Auto loswerden und uns neue Klamotten besorgen«, sagte Humphrey. »Und wir müssen irgendwohin, wo viele Leute sind, damit wir uns verstecken können.«

»Jiiiippiiiieh!« Pickering klatschte in die Hände. »Wir haben's geschafft! Wir sind in Amerika!«

»Halt die Klappe und hol die Karte raus.« Humphrey

konnte das entfernte Heulen von Sirenen hören. »Ich bin nicht so weit gereist, um wieder im Gefängnis zu landen.«

Sie hatten einen Stadtplan von Los Angeles dabei. Mit einem großen roten X hatten sie den Veranstaltungsort der Filmpreisverleihung markiert, das Hollywood Theater. Die Preisverleihung sollte am nächsten Tag stattfinden, also mussten sie sich eine Bleibe für die Nacht suchen; am nächsten Morgen würden sie dann auf Lucretia Cutter warten.

»Wir müssen so nah wie möglich ans Hollywood Theater heran, bevor wir das Auto aufgeben.«

»Dann tritt mal lieber aufs Gas, Humpty!«, sagte Pickering gackernd. »Denn sie sind hinter uns her!«

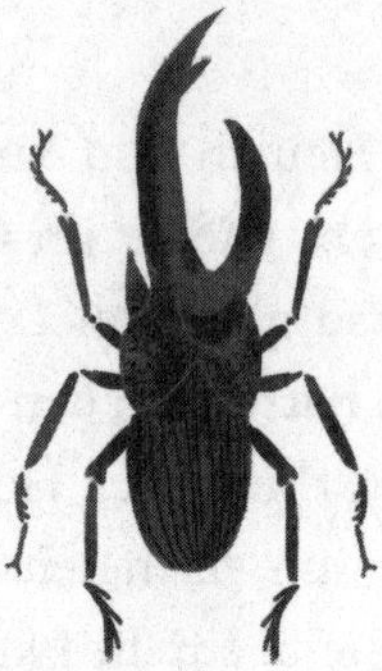

27. Kapitel

EINSTEINS WERKSTATT

Darkus, Virginia und Bertolt waren von Novaks Versprechen beflügelt, ihnen Einlass ins Hollywood Theater zu verschaffen. Sie verbrachten den Abend vor der Preisverleihung mit Onkel Max und Motticilla und durchwühlten Mottys Garage nach allem, was ihnen im Kampf gegen Lucretia Cutter helfen könnte. Der Boden war mit Kartons und Tüten übersät, in denen verschiedene Dinge lagerten, die aus dem Haus geräumt worden waren, als Motty es erstmals gemietet hatte.

»Was ist das?« Bertolt holte einen durchsichtigen Plastikzylinder aus einem der Kartons. Zwei Schläuche ragten daraus hervor.

»Das ist ein Exhaustor«, antwortete Onkel Max. Er sah Darkus an. »Dein Dad hat eine ganze Truhe davon, in allen möglichen Größen.«

»Wofür ist der?«

»Zum Sammeln von Käfern.« Onkel Max zeigte auf einen der Schläuche. »Man saugt an diesem Schlauch, damit hier ein Vakuum entsteht.« Er bewegte den Finger zum Zylinder. »Dann richtet man den anderen Schlauch auf den Käfer, den man aufsammeln möchte, das Vakuum saugt ihn in den Schlauch und fängt ihn im Zylinder. Dieses kleine Netz hier verhindert, dass man den Käfer verschluckt.« Er lächelte. »Um die Käfer herauszuholen, schraubt man den Deckel ab.«

»Cool.« Bertolt blinzelte hektisch, als er den Exhaustor anstarrte.

»Warum haben Sie so einen?«, fragte Darkus Motty.

»Ich habe ihn von einem Mann namens Smithers, ein Entomologe, der einmal zu einer Konferenz ins Museum gekommen war«, sagte Motty, während sie verschiedene Sachen aus einem großen Karton holte. »Ich hatte ihm gestanden, dass ich kein großer Spinnenfan bin.«

»Sie haben Angst vor Spinnen?«, fragte Virginia ungläubig.

Motty nickte. »Er gab ihn mir, damit ich sie einsammeln und nach draußen bringen kann, aber das ist schrecklich umständlich. Es ist leichter, ein Glas und ein Stück Pappe zu nehmen.«

»Kann ich ihn haben?«, fragte Bertolt.

»Ja«, sagte sie nickend. »Ich benutze ihn nie.«

»Danke.« Bertolt drückte den Exhaustor an seine Brust.

»Was willst du damit machen?«, fragte Darkus.

»Ihn auseinandernehmen«, antwortete er.

»Wir müssen uns bewaffnen«, sagte Virginia, nahm einen Leuchter und schwang ihn wie eine Axt. »Wir können da nicht unbewaffnet reingehen, nicht gegen Lucretia Cutter.«

»Aber die lassen uns niemals rein, wenn wir einen Haufen Waffen dabeihaben«, gab Darkus zu bedenken.

»Also der Plan für morgen ist, dass wir zum Hollywood Theater gehen und auf Hepburn warten, die uns die Nachricht übermitteln wird, wie wir reinkommen – aber wenn wir einmal drin sind, was genau sollen *wir* tun?« Onkel Max zeigte auf sich und Motticilla.

Darkus überlegte einen Augenblick. »Unsere besten Waffen sind unsere Käfer vom Basislager. Wir nutzen sie, um Lucretia Cutter und die Käfer, die sie bei sich hat, ins Visier zu nehmen.« Er sah von Onkel Max zu Motticilla. »Aber sie hat Leibwächter, mindestens vier. Craven, Dankish, Mawling und Ling Ling.«

»Überlass das uns«, sagte Motticilla. »Wir kümmern uns um die Menschen.«

»Wir müssen die Käfer irgendwie ins Theater schmuggeln«, sagte Darkus.

»Darüber habe ich mir Gedanken gemacht«, entgegnete Bertolt. »Wir brauchen etwas, was keine Aufmerksamkeit auf uns lenkt, und was haben wir alle immer dabei, egal wohin wir gehen?«

»Kaugummi?«, riet Virginia und stellte den Leuchter ab.

»Rucksäcke«, sagte Bertolt und zeigte auf seinen.

»Du willst, dass wir die Käfer in unsere Rucksäcke stecken?«, fragte Darkus.

»Nein, ich werde unsere Rucksäcke in Maschinen verwandeln.« Er lächelte.

»Was für Maschinen?«, fragte Virginia mit einem Mal interessiert.

»Käferfangende Maschinen«, sagte Bertolt und hielt seinen Exhaustor in die Höhe. »Ich möchte riesige Exhaustoren bauen.«

»Oh, oh.« Virginia stupste Darkus an. »Einstein hat wieder diesen Blick.«

»Ich brauche drei leere Kanister, wie man sie für Wasserspender verwendet, drei batteriebetriebene Luftpumpen und drei Heulschläuche«, sagte er mit Blick auf Onkel Max.

»Heulschläuche?« Virginia zog eine Augenbraue hoch.

»Ja.« Bertolt nickte entschieden. »Oder einen Staubsaugerschlauch oder einen Abflussschlauch. Irgendwas in der Art. Und Klebeband.«

»Gut«, sagte Onkel Max und ließ die Autoschlüssel um seinen Finger kreisen. »Ich bin ratzfatz wieder da.«

»Ich komme mit.« Virginia folgte ihm aus der Garage hinaus. »Ich liebe amerikanische Läden.«

»Und bringt noch drei Werkzeuggürtel mit«, rief Bertolt ihnen nach.

»Verstanden.« Virginia salutierte.

»Wo ist Mum?«, fragte Bertolt und sah Darkus an.

»Ähem!« Motty zog den Kopf zurück, was ihr Dreifachkinn und einen missbilligenden Blick offenbarte. »Sie ist oben und probiert ihr neues Kleid an.« Sie zog eine Augenbraue hoch. »Anscheinend glitzert es wie Sternenstaub.«

»Oh!« Bertolt lief rot an.

»Ich werde mich ans Abendessen machen«, sagte Motty und ging zur Haustür. »Nehmt euch, was immer euch hilft, und ruft, wenn ihr mich braucht.«

»Mum ist wohl tatsächlich nur mitgekommen, um zur Filmpreisverleihung zu gehen, oder?«, sagte Bertolt mit zuckenden Mundwinkeln.

Darkus setzte sich neben ihn. »Wenn sie nicht mitgekommen wäre, wärt du und Virginia immer noch in London und ich wäre auf mich allein gestellt.«

»Schätze ja«, sagte Bertolt nickend.

»Wenigstens wissen wir, warum deine Mum hier ist.« Darkus stützte das Kinn auf die Knie. »Ich habe nicht die geringste Ahnung, was mein Dad vorhat. Ich glaube, dass er Lucretia Cutter aufhalten will, aber was ist, wenn ich mich irre?«

»Was meinst du?«

»Du hast gehört, was Novak gesagt hat. Was, wenn Dad wirklich für sie arbeitet? Was, wenn er auf ihrer Seite steht?«

»Darkus, dein Dad würde nie auf der Seite von jemandem stehen, der Hunderttausende unschuldige Käfer in Brand gesteckt hat. Du hast mir selbst gesagt, dass er nichts davon hält, Lebewesen zu töten, egal wie klein.«

»Das stimmt«, sagte Darkus.

»Ich glaube, du solltest ihm vertrauen.« Bertolt blinzelte.

»Ich wünschte, ich könnte vor morgen mit ihm reden«, sagte Darkus seufzend.

Bertolt klopfte ihm auf den Rücken. »Alles, was wir tun können, ist für unsere Überzeugungen zu kämpfen.«

Darkus nickte und lächelte seinen Freund an. »Na dann los, wie bauen wir einen riesigen Exhaustor?«

28. Kapitel
KLEOPATRAS TOCHTER

Es klopfte. Gerard.

»Wachen Sie auf, Mademoiselle.«

Novaks Lider flatterten, sie öffnete die Augen.

»Es ist Morgen.« Gerard kam näher und stellte sich neben ihr Bett. »Zeit, sich anzuziehen. Ich habe Ihr Frühstück mitgebracht.«

»Anziehen?«

»Ja. Sie können doch nicht vergessen haben, dass heute die Filmpreisverleihung ist.« Gerard öffnete die Vorhänge und ließ die kalifornische Sonne in den Raum fluten. »Es ist zwar noch früh, aber es gibt viel zu tun. Nach dem Frühstück haben Sie eine Gesichtsbehandlung, dann werden Ihre Füße losgebunden – die Podologin ist schon hier. Die Friseurin und die Stylistin kommen um elf. Ihre Grundierung wird vor einem leichten Mittagessen aufgetragen, der Rest folgt danach, aber als Erstes möchte Ihre Mutter, dass Sie zu ihr kommen und Ihr Kleid anprobieren.«

»Mmm-hm.«

»Hören Sie mir zu?«

»Ich bin wach«, stöhnte Novak. »Geben Sie mir fünf Minuten.«

Gerard verbeugte sich und schlüpfte lautlos aus dem Raum.

Novak blinzelte und wartete ab, um sicherzugehen, dass er nicht zurückkehrte. Dann fasste sie in die Blumenvase neben ihrem Bett und holte Hepburn aus der tiefen trichterförmigen Blüte einer weißen Calla-Lilie.

»Es ist so weit, Hepburn.« Ihr Herz tanzte, als sie sich im Bett aufsetzte. Sie hatten den Großteil der Nacht damit verbracht, Morsezeichen zu lernen und den Plan durchzugehen. Zu wissen, dass Darkus am Leben war, hatte ihr Mut gemacht. Sie war auf eine Idee gekommen, wie sie Darkus und seinen Freunden Zugang zum Hollywood Theater verschaffen konnte – und wenn sie ihn dieses Mal sah, würde sie ihn bitten sie mitzunehmen, zurück nach England und fort von Mater.

»Heute ist der große Tag.« Sie drückte Hepburn an ihre Brust.

Gerard klopfte mit Nachdruck.

»Ich komme!«, brüllte Novak, setzte Hepburn wieder in die Lilie und schob die Füße in ihre Pantoffeln. Sie hüpfte hinter Gerard her, als er sie in den Teil des Hauses führte, der ihr normalerweise verboten war. Er gab einen Code in ein Schloss ein und ging weiter einen Korridor entlang, dann hielt er einen Finger im weißen Handschuh in die Höhe und klopfte mit dem Knöchel seines Zeigefingers gegen eine Tür.

»Ja.« Es war Lucretia Cutters Stimme.

Gerard öffnete die Tür und führte Novak hinein.

»Ich habe Mademoiselle Novak für die Anprobe hergebracht.«

Novak trat durch die Tür. Selbst wenn man sie in diesen Raum hineingebeamt hätte, hätte sie gewusst, dass er Maters Schlafzimmer war. Es war dunkel und die Einrichtung war schwarz und mit Gold eingefasst. Der Boden war aus schwarzem Marmor und vor dem Fußende des Bettes lag ein dickes schwarzes Bärenfell. Ein reich verzierter schwarzgoldener japanischer Wandschirm stand am entfernten Ende des Raums.

Maters Stimme erklang hinter dem Schirm. »Ihr Kleid hängt an der Stange.«

Die Kleiderstange war leer, abgesehen von einem schwarzen Kleid an einem goldenen Kleiderbügel, eine elfenhafte, bodenlange Robe aus Millionen winziger gezackter Federn. Sie war wunderschön.

»Ich dachte, ich könnte mein rosa Lieblingskleid zur Preisverleihung tragen«, sagte Novak tapfer. »Ich habe es extra mitgebracht.«

Lucretia Cutters Kopf schoss über dem Wandschirm in die Höhe. Sie trug sogar in diesem dunklen Zimmer ihre Sonnenbrille.

»Nein«, kam es aus den goldenen Lippen gefaucht, »du wirst das Kleid tragen, das ich für dich gemacht habe. Hundert indische Kinder haben jede dieser Fassungen handgestickt und sie erwarten, ihre Handarbeit auf dem roten Teppich zu sehen. Du willst ihnen diesen Augenblick doch nicht verwehren, oder?«

»Nein. Es ist nur …«

»Alle drei nominierten Schauspielerinnen werden die Kleider tragen, die ich für sie geschaffen habe.«

»Ja, Mater.«

»Willst du sehen, was ich tragen werde?« Maters Stimme triefte vor Belustigung.

»Ähm, ja«, murmelte Novak. »Das wäre schön.«

Lucretia Cutter kam hinter dem Schirm hervorstolziert.

Novak runzelte die Stirn. Maters Kleid sah merkwürdig aus. Ein bodenlanges Abendkleid mit hochgeschlossenem Kragen, einer Wespentaille und übertrieben ausladenden Hüften. Das Kleid wirkte, als wäre es aus Luftpolsterfolie gemacht, nur dass die Bläschen sich nicht vorwölbten, sondern nach innen krümmten, in Lutschbonbon-großen Dellen. Gerard brachte einen Ganzkörperspiegel, damit sie sich sehen konnte.

»Ja.« Lucretia Cutter nickte ihrem Spiegelbild zu. »Das ist perfekt.«

»Oh! Es ist entzückend«, sagte Novak verwirrt. »Wirklich.«

»Das ist ein Unterkleid, du dummes Ding«, blaffte Lucretia Cutter.

Novak sah sich um. An der Kleiderstange hing kein anderes Kleid außer ihrem.

Die Tür öffnete sich. Mawling rollte einen hohen Schrank auf Rädern herein.

»Stell ihn da ab.« Mater zeigte vor sich auf den Boden. »Und dann verschwinde.«

Mawling tat wie geheißen und verließ das Zimmer. Gerard trat vor und öffnete die Schranktür. Darin befand sich eine Reihe von Schubladen für entomologische Präparate. Gerard zog die erste auf. Sie war mit runden goldenen Blatthornkäfern gefüllt.

Lucretia Cutter erzeugte tief in der Kehle ein beunruhigendes Klicken.

Novak spürte, wie Gänsehaut ihre Arme überzog, als sich die goldenen Blatthornkäfer in ihren Schubladen rührten.

In keinem der Käfer steckten Nadeln. Als sie sich aufrichteten, öffneten alle Käfer, die von dem fremdartigen Geräusch gerufen wurden, die Elytren, erhoben sich in die Luft und flogen zu einer der Dellen in Lucretia Cutters Unterkleid. Gerard zog Schublade um Schublade auf und Hunderte lebendiger goldener Skarabäen flogen zu Lucretia Cutter und füllten das Kleid vom Boden bis zum Hals mit dem unglaublich reichen Gold ihrer Deckflügel. Binnen Sekunden stand

Mater in einer wunderschönen goldenen Robe vor ihr und glänzte mehr als jede Filmpreistrophäe.

Lucretia Cutter drehte sich langsam, damit Novak ihren Rücken sehen konnte. Weit oben, wo ihre Schulterblätter hätten sein sollen, befanden sich zwei goldene Deckflügel. Novak betrachtete mit Grauen, wie sie sich teilten und anhoben, und schnappte nach Luft, als sich unter den riesigen goldenen Elytren ein Paar schwarze Flügel entfalteten.

»Gerard, ich glaube, wir sollten das Diadem ausprobieren.«

Der Butler ging zum Frisiertisch, holte einen Schlüssel aus der Tasche und öffnete die tiefe Schublade, aus der er einen Reif aus schwerem Gold nahm. In seiner Mitte befand sich ein goldener Skarabäus, dessen Außenskelett mit Hieroglyphen versehen war.

»Dieses Diadem gehörte Kleopatra«, sagte Lucretia Cutter und nahm Gerard den Reif ab. »Ich habe es optimiert. Kleopatra mochte Nattern. Hier war eine Schlange.« Sie zeigte auf die Stelle. »Ich habe die Natter durch den goldenen Skarabäus ersetzt, der den Sarkophag von Königin Nofretete bewachte.«

»Es ist wunderschön«, flüsterte Novak.

»Wusstest du, dass die Ägypter Käfer angebetet haben? Sie glaubten, der Sonnengott sei ein Mistkäfer, der die Sonne über den Himmel rollt.« Sie hob das Diadem über ihren Kopf. »Und jetzt wird die Welt mich anbeten.« Sie setzte es sich auf den Kopf.

»Dich anbeten?« Novaks Kehle war trocken.

Lucretia Cutter wandte sich zu ihr und Novak blieb die Luft weg.

Unfassbar groß, in Gold gekleidet, die Skarabäus-Krone auf der Stirn, die schwarzen Flügel weit ausgebreitet wie ein entsetzlicher Engel, nahm Lucretia Cutter die Sonnenbrille ab und starrte mit ihren schwarzen, lidlosen Augen auf sie hinunter. »Ja. Mich anbeten.«

Novak blickte zu Boden. Ihr gesamter Körper bebte vor Angst. Plante Mater, sich bei der Filmpreisverleihung vor den Augen der Welt zur Göttin zu erklären?

»Nun zieh dein Kleid an«, befahl Lucretia Cutter.

Novak ging zur Kleiderstange hinüber. Gerard trat an ihre Seite und half ihr, aus ihrem Nachthemd und in das schwarze Kleid zu steigen. *»Sois courageuse«*, flüsterte er.

»Wir werden dir schwarzen Lidschatten auftragen und goldenen Lippenstift«, sagte Lucretia Cutter, als Gerard ein zweites, kleineres Diadem mit einem kleinen goldenen Herzskarabäus in der Mitte aus der Schublade nahm. »Du wirst das perfekte Accessoire sein.«

Gerard setzte ihr die goldene Krone auf den Kopf und Novak blickte in den Spiegel, entsetzt von dem, was sie sah. Die schwarzen Quasten, die sie für Federn gehalten hatte, waren baumelnde Beine, Mundwerkzeuge und Fühler riesiger Bombardierkäfer.

Lucretia Cutter stellte sich neben sie.

Novak war den Tränen nahe. Maters Nähe und die

schwarzen Tiefen ihrer Facettenaugen versetzten sie in Angst und Schrecken.

»Sieh dir das an«, sagte Lucretia Cutter zum Spiegel. Sie bewegte ihren Kopf in einer seltsamen, schlangengleichen Bewegung von Seite zu Seite, erzeugte tief in der Kehle das Klicken und Novak spürte, wie ihr Kleid erzitterte. Die schwarzen Käferbeine gehörten zu lebenden Insekten – und sie bewegten sich. Sie ließen ihre Beine in einem eigenartigen Tanz kreisen und das Kleid erwachte zum Leben. Es bewegte sich, als befände Novak sich unter Wasser oder im schwerelosen Raum. Die Wirkung war hypnotisierend.

»Wunderschön«, murmelte Lucretia Cutter zu sich selbst. Sie blickte zu ihrer Tochter hinunter. »Es ist an der Zeit, die Welt sehen zu lassen, wer du wirklich bist, Novak.«

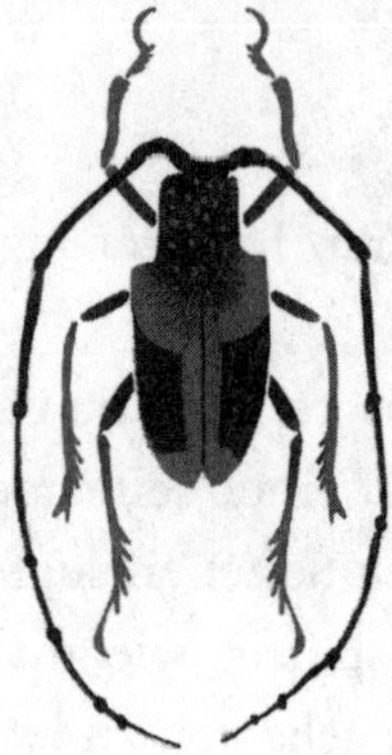

29. Kapitel

DAS MÜLLCONTAINERMOTEL

Humphrey hob mit dem Kopf den Deckel des Müllcontainers an. Er spähte die Gasse auf und ab, niemand war zu sehen. »Die Luft ist rein«, knurrte er seinem Cousin zu, dessen rattengleiches Gesicht an seinem Ellbogen auftauchte und sich ebenfalls prüfend umsah.

Sie hatten das gestohlene Taxi ein paar Blocks entfernt stehen gelassen und waren weggelaufen, nur wenige Minuten bevor die Polizei beim Wagen eintraf. In einer Gasse neben einem chinesischen Restaurant stand eine Reihe Müllcontainer, sie hatten sich in einen davon hineingeworfen und darin versteckt, bis die Polizei verschwunden war.

Zuerst staunte Humphrey über die Menge an Essen, die er im Container vorfand; dann freute er sich. Er fand Frühlingsrollen, eine halb volle Schale mit scharfen Nudeln und eine halbe knusprige Ente. Chinesisches Essen mochte er am liebsten. Gierig verschlang er alles.

Es war Pickering, der darauf hingewiesen hatte, dass die schwarzen Müllbeutel ein relativ weiches Bett ergaben. Da sie kein Geld hatten, solange sie Lucretia Cutter nicht aufspürten, hatten die beiden die Müllbeutel so bequem wie möglich zurechtgerückt und zuvor alles Essbare geborgen. Sie verspeisten die Reste, dann schliefen sie ein.

Jetzt studierten sie den Stadtplan. Sie waren nur einen Block vom Hollywood Theater entfernt.

Humphrey kletterte aus dem Container und klopfte sich ab.

»Pickers, reich mir mal den Koffer.«

In einer spontanen Eingebung hatte Humphrey sich einen Koffer aus dem Kofferraum des Taxis geschnappt, bevor sie weggerannt waren. Er wusste, dass sie sich bei der Preisverleihung nicht in zerrissenen Secondhand-Klamotten mit Müllgestank blickenlassen konnten. Lucretia Cutter würde niemals mit ihnen reden. Er hoffte, dass im Koffer saubere Kleidung für sie war.

Pickering hob den Koffer aus dem Container. Er fiel zu Boden und sprang auf. Humphrey fing an darin herumzuwühlen – es gab nur wenig für einen Mann seiner Größe, aber immerhin fand er einen schwarzen Abendanzug. Er nahm die Hose heraus und hängte sie über die unterste Sprosse einer Feuerleiter. Dann zog er sich das weiße Hemd über. Nur ein Knopf ließ sich schließen und die Manschetten schlabberten offen an seinen speckigen Handgelenken. Kein Manschettenknopf wäre lang genug gewesen, um sie zu schließen. Das Jackett war eng und zog ihm die Arme nach hinten, aber immerhin zerriss es nicht beim Anziehen. Der Besitzer des Anzugs war zwar klein gewesen, aber sein Leibesumfang beachtlich. Als die Hose an der Reihe war, konnte Humphrey sie nach einem tiefen Atemzug gerade eben zumachen, obwohl sie nicht über seine Waden reichte. Bauchfrei und mit nackten Knöcheln und Handgelenken, nickte er dennoch zufrieden.

»Wie sehe ich aus?«

»Wie der kranke Cousin vom unglaublichen Hulk«, stieß Pickerung hervor. Er mühte sich damit ab, den Deckel anzuheben und gleichzeitig aus dem Container herauszuklettern.

Humphrey schnaubte und hielt den Containerdeckel hoch. Pickering ließ sich auf den Boden fallen. »Du wirst das hier tragen müssen!«

»Was!« Pickering sprang auf. »Das zieh ich nicht an, das ist ja lächerlich.«

»Aber es gibt nur noch das«, sagte Humphrey grinsend.

»Da muss noch etwas anderes sein.« Pickering zog Unterhosen heraus, einen Badeanzug, Handtücher und Toilettenartikel. »Warum kann *ich* nicht den Anzug tragen?«

»Weil es das Einzige ist, in das ich hineinkomme«, wieherte Humphrey.

»Schön.« Pickering riss ihm das Kleidungsstück aus der Hand. »Dann dreh dich um, während ich mich anziehe.«

Obwohl sie bei Sonnenaufgang aufgestanden waren und nur einen Block laufen mussten, stellten Pickering und Humphrey fest, dass es viele Menschen gab, die die ganze Nacht wach geblieben waren oder auf dem Gehweg geschlafen hatten, um einen guten Platz vor dem Hollywood Theater zu ergattern. Eine Menschenmenge hatte sich hinter der Absperrung am roten Teppich versammelt und wartete darauf, ihre Filmidole zu sehen – vielleicht sogar kennenzulernen – und all die glamourösen Kleider und eleganten Anzüge bestaunen zu können. Der Eingang zum Theater war von Kameras und Fotografen mit langen Teleobjektiven umgeben, manche standen nur auf den Füßen, andere auf Stühlen und Leitern.

Humphrey drängelte und schubste und versuchte sich durch die Menge zu kämpfen, aber er musste feststellen, dass die Amerikaner nicht wie die Briten waren; sie nahmen es nicht freundlich auf, wenn man sie herumschubste, und stießen ihn direkt zurück. Die Menschen starrten Pickering an, der den Rock seines rosa Blümchenkleids hochhielt, weil er sich ständig mit den Füßen darin verheddert hatte. Er hatte eine Hand auf dem Kopf, mit der er einen weichen Strohhut festhielt, und den Rock so hochgezerrt, dass seine behaarten Knie zu sehen waren.

»In welcher Kategorie bist du denn nominiert?«, brüllte jemand. »Hässlichster Kerl in einem Kleid?«

Die Menge brach in schallendes Gelächter aus.

Als schließlich die ersten Limousinen eintrafen, steckten Humphrey und Pickering mitten in der Menge fest – es gab kein Vor und kein Zurück. Jedes Mal, wenn ein langer schwarzer Wagen am Ende des roten Teppichs vorfuhr, reckte Humphrey den Hals, um zu sehen, ob Lucretia Cutter ausstieg. Ganz berauscht von der Atmosphäre plapperte Pickering aufgeregt vor sich hin und Humphrey hatte sich zur Seite abgewandt, um sich von seinem dürren Cousin zu distanzieren. Pickering fing an mit sich selbst zu reden, gelegentlich kicherte er und winkte mit seiner Rotzfahne wie mit einem feinen Damentaschentuch den ersten Gästen zu.

Die Cousins waren baff angesichts der wohlgeformten, herausgeputzten, zuchthengstartigen Männer, die in perfekt sitzenden Anzügen an ihnen vorbeischritten, posierten und den Damen Luftküsse zuwarfen. Eine solche Ansammlung menschlicher Liebesgötter hatten sie noch nie gesehen. »Ihre Zähne«, japste Pickering und grabschte Humphrey an den Arm. »Die sind so gerade! Und so weiß!«

Humphrey wurde beim Anblick der Frauen ganz verlegen, so schön waren sie. Sie flatterten und schwebten vorbei, glitzerten und lächelten wie ätherische Wesen, elegant und bezaubernd.

Plötzlich schnappte die Menge nach Luft und drängte vorwärts. Humphrey und Pickering verrenkten sich, um zu sehen, was alle anstarrten.

»Es ist *Schneewittchen*!«, kreischte eine begeisterte Frau und die Menge wiederholte es.

»Schneewittchen! Schneewittchen! Schneewittchen!«

Eine zierliche Frau mit platinblondem Haar, das in Schmachtlocken um ihr sinnliches Gesicht festgesteckt war, und kirschroten Lippen, als hätte Amor sie geküsst, nahm die dargebotene Hand eines Gentleman im Anzug und stieg aus einer schwarzen Limousine.

»Ruby! Ruby! Hier drüben!«, riefen die Fotografen.

»Zeig uns ein Lächeln, Ruby!«

Ein Blitzlichtgewitter setzte ein und die Menge rang um Luft, als das Licht von Ruby Hisolo Jr.s Kleid zurückgeworfen wurde. Sie strahlte so hell, dass es Humphrey beinahe blendete, und dennoch war er nicht in der Lage, den Blick abzuwenden. Er konnte sich lediglich auf das tiefe Rot ihrer perfekten Lippen konzentrieren. Sie war ein wandelndes Prisma reinen Lichts.

Die Menge war so überwältigt, als wäre ein Engel vom Himmel gefallen.

Und dann war sie fort. Verschwunden im Hollywood Theater, und die Welt war wieder grau wie zuvor. Humphrey wünschte sich sehnlichst, dass sie wieder herauskam.

Andere Schauspielerinnen erschienen, aber die Leute schenkten ihnen wenig Beachtung. Die blendende Erscheinung von Ruby Hisolo Jr. hatte sich eingebrannt, sie sprachen über nichts anderes.

Humphrey wurde allmählich ungeduldig. Er war nicht gern in der Menge gefangen und er hatte Hunger.

»Wo ist sie? Bist du dir sicher, dass sie kommt?«, grollte er.

»Ja, ja. Es stand in allen Zeitungen. Sie geht nie zu Preisverleihungen. Diese hier wird die erste sein.« Pickering nickte wie wild. »Sie kommt. Ich weiß es. Ich kann es *spüren*.«

Humphrey verdrehte die Augen.

Eine weitere Limousine traf ein.

»Wer?«, fragte Humphrey mehrere Leute in seiner Nähe. »Wer ist angekommen?«

»Das ist Stella Manning«, antwortete eine Frau, die so aufgeregt war, dass sie sich nicht einmal umdrehte, um zu sehen, mit wem sie da sprach. »Sie ist die größte Schauspielerin aller Zeiten.« Dann fing sie begeistert an zu kreischen und umklammerte ihre Hände vor der Brust. »Sie ist ein Chamäleon, sie wirkt Wunder. Ich liebe sie!«

Humphrey stieß einen frustrierten Schnaufer aus. Es war nicht Lucretia Cutter, aber er konnte sich »die größte Schauspielerin aller Zeiten« ja wenigstens mal ansehen.

Ein waldgrüner Rock ergoss sich aus der Wagentür, dann richtete sich eine majestätische Frau auf. Sie trug ein Diadem aus poliertem Gold und ihre dicken roten Locken fielen ihr bis zur Hüfte.

»Lady Macbeth!«, keuchte ein junger Mann mit den Händen auf den Wangen. »Oh mein Gott! Es ist umwerfend!« Er tat so, als würde er ohnmächtig werden.

»Aber Sie haben doch gesagt, das sei Stella Manning«, sagte Humphrey zu der Frau, die jetzt verzweifelt ein Autogrammheft und einen Stift reckte.

»Ist sie auch. Das Kleid heißt *Lady Macbeth*, Lucretia Cutter hat es entworfen.«

»Lucretia Cutter? Wo?«

»Das Kleid, sie hat es entworfen.«

Humphrey runzelte die Stirn. Warum sollte jemand einem Kleid einen Namen geben? Er sah zu Stella Manning, die majestätisch über den roten Teppich auf ihn zustolzierte. Das Kleid war faszinierend. Es bestand aus einem maßgeschneiderten hauchzarten puderfarbenen Unterkleid, das jede Rundung und Kontur von Stella Mannings Körper betonte und ihr gleichzeitig die Aura einer schottischen Stammesfürstin verlieh. Die waldgrüne oberste Stoffschicht war bodenlang und mit hübschen grünen Muscheln verziert. Sie schimmerten farbig und verliehen der Robe eine königliche Note. Humphrey musste zugeben, dass Lucretia Cutter ziemlich gute Kleider entwarf.

Wieder blitzten die Fotografen und Stella Manning blieb stehen, um mit einer Journalistin mit Mikrofon zu sprechen.

»Wo ist sie?« Pickering hüpfte wie ein Kind, das zu viele Süßigkeiten gegessen hat.

Und dann traf er ein, der Wagen, den Humphrey zum ersten Mal vor ihrer Wohnung in der Nelson Parade gesehen hatte; stilvoller als jede Limousine – eine zeitlose, klassische Form, die einen starken Motor in sich barg. Als er Lucretia Cutter zum letzten Mal getroffen hatte, lag sie zusammengekrümmt in diesem Wagen und war von ihrer Chauffeurin weggebracht worden. Er fragte sich, wie sie ihn nach Amerika geschafft hatte – vielleicht besaß sie ja eine ganze Flotte davon.

Die Chauffeurin ging um das schimmernde Auto herum zur hinteren Tür und öffnete sie. Humphrey beugte sich vor und leckte sich erwartungsvoll die Lippen. Eine zierliche schwarze Kralle mit hakenförmigen Nägeln erschien und trat auf den roten Teppich. Blitze flammten auf, als ein winziges Mädchen aus dem Auto stieg. Ihre Augen waren mit einem schwarzen Streifen versehen und ihre Lippen schillerten golden, aber es waren die verrückten Schuhe, die Humphrey fesselten. Sie sahen exakt wie schwarze Krallen aus, so dass ihm schleierhaft war, wie dort ein Fuß hineinpassen konnte.

Jetzt trat ein größeres, gefährlicher aussehendes Paar Krallen auf den roten Teppich. Lucretia Cutter stieg aus dem Wagen, gestützt von einem attraktiven Mann in einem petrolblauen Anzug.

Die Menge holte Luft – dann brach tobender Applaus los.

Lucretia Cutter war von Kopf bis Fuß in Gold gewandet. Sie richtete sich auf, war ungeheuer groß, thronte über dem Mann, auf dessen Arm ihre Hand ruhte. Ihre Gehstöcke und ihr Laborkittel waren fort, aber die typische Sonnenbrille und den schwarzen Bob hatte sie behalten. Und auf ihrem Kopf saß eine schwere Krone. Sie blickte weder nach links noch nach rechts und ein ergriffenes Schweigen senkte sich über die Menge, als sie den roten Teppich entlangschwebte, mit ihrer Tochter an der Seite.

»Wuu-huuu!«, kreischte Pickering aus vollem Hals mitten in die Stille. »Lucretia, Liebes, ich bin's. Pickering!«

»Und ich!«, bellte Humphrey. »Hier drüben!«

»Lucretia!«, schrie Pickering. »Meine Süße, ich liebe dich!«

Für eine Tausendstelsekunde meinte Humphrey bei Lucretia Cutter eine Spur von Gereiztheit zu sehen, aber sie ging einfach weiter geradeaus und blickte nicht in ihre Richtung.

»Oi!«, grölte er. »Wir wollen unser Geld!« Aber jetzt schrien auch alle Fotografen. »GIB UNS UNSER GELD! DU HAST UNSER HAUS ABGEFACKELT!«, schrie Humphrey, aber niemand hörte ihn.

Lucretia Cutter gab kein einziges Autogramm, kein einziges Interview.

»Hat sie uns wirklich nicht gehört?«, fragte Pickering verzweifelt. »Sie hätte mir wenigstens einen Kuss zuwerfen können.«

»Lass stecken.« Humphrey wandte dem roten Teppich den Rücken zu. »Ich habe genug vom Rumstehen. Lass uns da reingehen und unser Geld zurückholen.«

»Aber wie denn?«, jammerte Pickering und trippelte hinter Humphrey her.

»Dieser Laden ist ein Theater«, sagte Humphrey, als sie zur Ecke gingen. »Also muss es auch Türen geben.« Sie sahen die Gasse hinunter, die zum Bühneneingang führte. Sie war von Sicherheitskräften in schwarzen Anzügen gesäumt.

Ein Mann, der einen Rollwagen schob, auf dem sich goldene Käfige voller bunter, kreischender Vögel stapelten, ging gerade durch den Bühneneingang.

»Da kommen wir nie rein«, jammerte Pickering.

»Dann müssen wir eben einen anderen Weg finden«, sagte Humphrey und blickte nach oben.

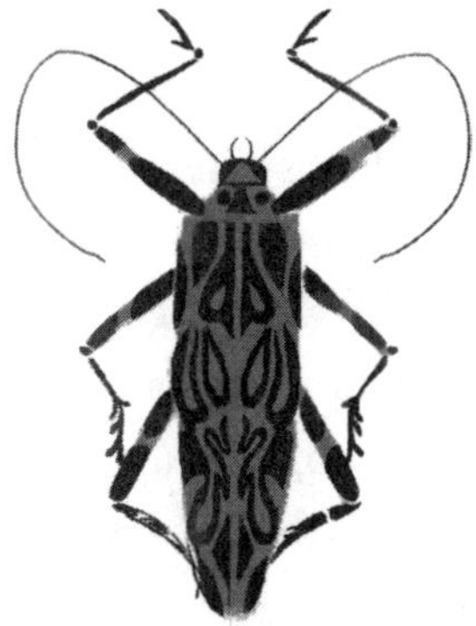

30. Kapitel
BÜHNENEINGANG

Novak rang vor Freude nach Luft, als sie den Zuschauersaal betraten. Im Inneren war das Hollywood Theater ein üppig ausgestatteter Palast, mit rotem Samt, Kronleuchtern und einer glänzenden goldenen Bordüre. Sie stand in einem der berühmtesten Theater der Welt. Eine Welle der Entschlossenheit überkam sie; das Gebäude verlieh ihr Stärke. Es war an der Zeit für die beste Schauspielkunst ihres Lebens.

Sie überkreuzte die Beine und fing an auf der Stelle herumzutänzeln.

»Ich muss auf Toilette.«

Mater ignorierte sie, deshalb sah sie Bartholomew Cuttle mit flehendem Blick an. »Bitte. Ich muss wirklich.« Sie kniff das Gesicht zusammen.

»Das ist wahrscheinlich die Aufregung«, sagte Darkus'

Dad zu Mater. »Du solltest sie schnell gehen lassen, bevor es losgeht.«

»Sieh zu, dass du rechtzeitig auf deinem Platz bist. Die nominierten Schauspielerinnen sitzen alle in der ersten Reihe«, blaffte Mater und trat vor, um die angedeuteten Wangenküsse und überschwängliche Dankbarkeit Stella Mannings für ihr Kleid zu empfangen.

Novak verbeugte sich und rannte zurück ins Foyer, wo sie verzweifelt nach Hilfe suchte.

»Entschuldigen Sie, Sir.«

Der ältere Saaldiener sah zu ihr hinunter und lächelte freundlich.

»Wie kann ich Ihnen behilflich sein, Miss Cutter?«

»Sie wissen, wie ich heiße!« Novak klimperte mit den Wimpern und gab sich schüchtern erfreut.

»Nun, alle kennen Ihren Namen, Missy. Sie sind nominiert.«

»Ich weiß!« Novak umklammerte ihre Hände. »Ich kann's nicht glauben. Mein Traum wird wahr.« Sie lächelte zu ihm hoch. »Ich habe mich nur gefragt, ob Sie mir vielleicht bei etwas helfen könnten?«

»Ich werde mein Bestes tun.« Er beugte sich vor, so dass sein Kopf auf ihrer Höhe war. »Was darf ich Ihnen bringen? Vielleicht etwas Eiscreme?«

»Nein, Sir. Sehen Sie, die Sache ist die: Ich mache Wohltätigkeitsarbeit für die Waisen von Los Angeles und, na ja, diese Waisen, verstehen Sie, sind wirklich arm. Sie können nie zu Preisverleihungen gehen oder sie wenigstens im Fernsehen sehen, so arm sind sie.«

»Nun, das ist wirklich sehr wohltätig von Ihnen.«

»Ja, nur habe ich einigen dieser Waisen, den wirklich Ärmsten, versprochen, dass sie die Preisverleihung von der Bühnenseite aus verfolgen dürfen. Ich weiß, das hätte ich nicht tun sollen, aber sie waren so begeistert, als ich ihnen erzählt habe, dass ich nominiert bin, und«, sie biss sich auf die Lippe und sah einen langen Augenblick zu Boden, bevor sie den alten Mann mit großen, traurigen Augen fixierte, »ich kann es nicht ertragen, sie zu enttäuschen. Sie wurden bisher noch von jedem enttäuscht, von ihren Mummys und Daddys. Sie bekommen nicht mal Schokolade.«

»Oje.« Der Saaldiener kratzte sich am Kopf. »Ich fürchte, die Sicherheitsvorkehrungen sind hier strenger als im Weißen Haus am Wahltag.«

»Ich weiß.« Novak blinzelte Tränen hervor. »Ich bin so dumm. Ich habe nicht begriffen, wie aussichtslos es sein würde, bis ich hier eingetroffen bin und die ganzen Sicherheitsleute gesehen habe.« Sie schniefte. »Die Waisen kommen hierher, weil ich es ihnen gesagt habe, und jetzt weiß ich nicht, was ich machen soll.« Ihre Lippe zitterte und eine einsame Träne rann ihr die Wange hinunter.

»Oh, bitte, nicht weinen. Sie dürfen Ihr Make-up nicht ruinieren.«

»Mein Make-up ist mir egal«, schluchzte Novak, »selbst diese Preisverleihung ist mir egal, ich wollte diesen armen

Kindern nur etwas Unglaubliches ermöglichen, an das sie sich für den Rest ihres Lebens erinnern, und jetzt werden sie sich nur daran erinnern, wie bedrohliche Wachmänner sie abgewiesen haben und wie schrecklich ich bin!«

»Aber, aber.« Der ältere Saaldiener holte ein Taschentuch aus seiner Westentasche. »Trocknen Sie sich die Augen. Warum folgen Sie mir nicht und wir schauen mal, ob wir mit meinem Neffen reden können.«

Novak hickste. »Ihr Neffe?«

»Er hat Wachdienst am Bühneneingang.« Der Saaldiener zwinkerte.

Novak folgte ihm zu einer Tür, die hinter einem Vorhang verborgen war, und wartete, während er einen Zugangscode eingab. Dann gingen sie durch einen leeren Umkleideraum, durch eine weitere Tür und einen Gang entlang, bis sie zu einer Lobby kamen. Dort stand ein Empfangstisch, dahinter saß eine Frau, die eine Patience legte.

»Hallo, Nancy, das hier ist Novak Cutter.«

Novak lächelte lieb und winkte. »Hi.«

»Ist Daniel da?«

Nancy blickte nicht von ihrem Spiel auf. »Er ist draußen.«

»Miss Cutter wird Ihnen die Namen von einigen Waisen aus dem Waisenhaus von Los Angeles nennen.« Er zwinkerte ihr zu. »Das gehört zu einer Wohltätigkeitsaktion, die heute stattfindet. Die Waisen erhalten Einlass, um die Gala von der Bühnenseite aus zu verfolgen. Daniel wird sich darum kümmern.«

Nancy warf einen Stift auf ein offenes Buch und wandte sich wieder ihren Karten zu. »Schreiben Sie die Namen da hinein.«

Novak sah den Saaldiener mit großen Augen an. »Wirklich?«

»Ich werde nur kurz meinen Neffen informieren, dass er sie durch die Tür an der Bühnenseite geleiten soll«, antwortete der freundliche Saaldiener mit funkelnden Augen.

»Vielen Dank«, sagte Novak. »Es sind drei Kinder – ein Mädchen und zwei Jungen – und drei Betreuer.«

»Gut, ich gebe Daniel Bescheid. Notieren Sie ihre Namen in dem Buch. Nancy wird sich um sie kümmern.«

Novak nickte und nahm den Stift. Aufgeregt schrieb sie Darkus', Bertolts und Virginias Namen auf, aber dann hielt sie inne. Sie kannte nur Maximilian Cuttles Namen, nicht die der beiden anderen, also schrieb sie *Max, Baxter und Hepburn*.

Der freundliche Saaldiener kehrte fünf Minuten später mit Daniel zurück. Er sah aus wie alle Wachmänner: schwarzer Anzug, weißes Hemd, schwarze Krawatte und Sonnenbrille.

»Daniel wird an der Ecke auf die Waisenkinder warten.«

»Okay, aber woher wissen sie, an wen sie sich wenden sollen?« Novak öffnete ihre Handtasche und wühlte darin herum, bis sie ein schmales rosa Haarband fand. »Daniel, wären Sie so freundlich sich hinzuknien?«, fragte sie höflich und klimperte mit den Wimpern.

Daniel lachte, ging auf ein Knie und schob die Sonnenbrille hoch. Novak sah, dass er die gleichen freundlichen Augen hatte wie sein Onkel. Sie schlang das rosa Band um den obersten Knopf seines Jacketts und machte eine Schleife.

»Sie tun etwas Wunderbares, Daniel«, sagte sie zu ihm, »und ich danke Ihnen aus tiefstem Herzen.«

»Es ist mir ein Vergnügen, Miss Cutter«, sagte Daniel nickend und stand auf.

»Darkus wird Sie an dem rosa Band erkennen«, sagte sie und eine Welle der Erleichterung und des Stolzes überkam sie.

»Machen Sie sich keine Sorgen«, sagte Daniel. »Ich kümmere mich um die Kinder.«

»Danke.« Novak wandte sich an den freundlichen Saaldiener. »Und ich danke Ihnen, Sir.« Sie schlang die Arme um ihn. »Danke, danke, danke.«

»Aber, aber, Miss Cutter, das ist doch nicht nötig.« Er befreite sich lächelnd. »Wir müssen zurück zu Ihrem Platz, bevor die Gala anfängt.«

»Könnten Sie mir bitte erst noch zeigen, wo die Toiletten sind?« Novak tat ihr Bestes, um peinlich berührt auszusehen. »Es ist wirklich dringend.«

»Natürlich. Folgen Sie mir.«

Novak winkte Daniel zum Abschied noch einmal zu und der freundliche Saaldiener brachte sie ins Vorderhaus des Theaters, wo sich die Toiletten befanden. Novak bedankte sich, eilte hinein und verriegelte die Tür. Schnell holte sie ein kleines Mäppchen aus ihrer Handtasche, öffnete den Reißverschluss und hob Hepburn heraus.

»Alles in Ordnung?«, flüsterte sie.

Hepburn nickte mit ihrem kleinen Bommelkopf.

»Okay. Hier ist die Nachricht: *Geht zum Bühneneingang. Findet rosa Band. 3 Kinder. 3 Erwachsene namens Max, Baxter, Hepburn.*«

Hepburns Elytren sprangen auf wie flackernde Regenbogen, und indem sie eine Folge langer und kurzer Blitze erzeugte, wiederholte sie die Nachricht in Morsezeichen.

»Oh, du kluges, kluges Mädchen.« Novak küsste ihren kleinen Finger und berührte damit Hepburns Brust. »Jetzt finde Darkus und Baxter. Übermittle ihnen die Nachricht und pass gut auf dich auf.«

Im Theater erklang dreimal der Gong – in fünf Minuten begann die Preisverleihung.

Novak hob ihre Hand an die Lüftungsschlitze über dem versperrten Fenster.

»Sag ihnen, sie sollen sich beeilen, Hepburn.«

Der hübsche Eichenprachtkäfer hüpfte in die Luft, flog fort vom Theater und ließ Novak allein zurück.

31. Kapitel
KÄFERAUFSTAND

Gerade als die Lichter im Zuschauerraum erloschen, nahm Novak ihren Platz in der Mitte der ersten Reihe ein, zwischen Stella Manning und Mater. Ihr hüpfte das Herz, als ein magischer Harfenwirbel erklang und Scheinwerferlichter an der Decke kreisten. Der Vorhang hob sich und die Scheinwerfer zielten auf einen Punkt im Zentrum der Bühne, wo die Auszeichnungen vergeben werden würden. Es gab zwei Treppen, die vom Zuschauerraum auf die Bühne führten, eine links und eine rechts, und das Bühnenportal war mit funkelnden Lichterketten dekoriert, die Novak an Glühwürmchen erinnerten. Sie dachte an Newton, Bertolt und Darkus und hoffte innig, dass Hepburn sie gleich finden würde.

Eine Stimme erklang aus den Lautsprechern: »Guten

Abend, meine Damen und Herren. Willkommen zur 92. Filmpreisverleihung. Es wird ein aufregender Abend, also lassen Sie uns beginnen und Ihre Gastgeberin auf der Bühne willkommen heißen, Leonora Lavish!«

Das Orchester spielte einen Tusch und die funkelnden Lichter blinkten, als das Publikum dem Auftritt eines schönen großen Mannes mit Bart und in einem edlen, strassbesetzten Kleid applaudierte. Er hob zu einem Monolog an, der alle Erwachsenen zum Lachen brachte, aber Novak war zu nervös, um richtig zuzuhören. Dann fing er an zu singen, ein Lied über alle nominierten Filme, und seine Stimme war warm und kraftvoll. Novak wurde rot und kicherte ein bisschen, als Leonora vorgab sie zu sein und sich mit einem riesigen Drachen anzufreunden, der sie dann verspeiste. Eine Kamera fuhr auf einer Schiene seitlich an der Bühne entlang und Novak wurde klar, dass sie gefilmt wurde, dass die ganze Welt sie sehen konnte. Ihr Magen verkrampfte sich. *Das ist es, was Mater will!*

Sie blickte verstohlen nach rechts, wo Mater vollkommen reglos dasaß und mit der Intensität einer zusammengerollten Schlange, die gleich zubeißen wird, auf die Bühne starrte. Darkus' Dad saß neben ihr und gab vor über Leonora Lavish zu lachen, aber er wirkte besorgt, sein Körper sah angespannt aus. Novak fragte sich, ob sie versuchen sollte ihm zu sagen, dass Darkus kommen würde, aber das ging nicht. Mater ließ ihn nicht aus den Augen.

Während eine Auszeichnung auf die andere folgte, wurde

Novak immer nervöser. Die Musik und die Witze wirkten zunehmend geschmacklos und unlustig. Die Preise für den besten Schauspieler und die beste Schauspielerin gehörten zu den Höhepunkten und wurden erst gegen Ende der Gala verliehen. Das Warten war unerträglich. Novak beugte sich immer wieder vor und spähte in die Seitenflügel. Sie hoffte Darkus zu entdecken. Ein paarmal blickte sie verstohlen zu Bartholomew Cuttle, aber seine Miene war ausdruckslos. Welche Rolle spielte er hier?

Jetzt ertönte eine Fanfare. »Bitte begrüßen Sie auf der Bühne: Billy Vanity.«

Die Menschen standen auf und applaudierten dem Mann, der im Jahr zuvor als bester Schauspieler ausgezeichnet worden war. Er hielt eine Filmpreistrophäe aus reinem Gold und einen Umschlag in den Händen. Novak sog die Luft ein. Das war's. Was immer passieren würde, würde *jetzt* passieren. Sie schloss die Augen und dachte an Darkus.

Billy Vanity trat ans Mikrofon.

»Lassen Sie uns gleich zur Sache kommen«, sagte er und lächelte in die Kamera. »Nominiert in der Kategorie Beste Schauspielerin sind: Ruby Hisolo Jr. für die Darstellung der Sarah Lane in *Eine Brücke über dein Herz*, der tragischen Geschichte einer unerwiderten Liebe in der Welt des Brückenbaus im 18. Jahrhundert.« Er hielt inne, um den Applaus abzuwarten. »Stella Manning für die Darstellung der Hedda Tesman in *Hedda Gabler*, einer filmischen Bearbeitung von Ibsens Klassiker über eine leidenschaftliche Frau, die sich von den Fesseln des Ehelebens befreit.« Wieder hielt er inne, als tobender Applaus erklang. »Und Novak Cutter für die Darstellung der Lyla in *Des Drachen Zähmung*, einem Fantasyepos über ein blindes Mädchen und ihren zahmen Drachen.« Er hielt inne. Vereinzelt war höfliches Klatschen zu hören. »Und die Gewinnerin ist …« Er riss den Umschlag auf. »Novak Cutter für Lyla in *Des Drachen Zähmung*.«

Einen Augenblick konnte man die überraschte Stille fast hören, dann setzte plätschernder Applaus ein.

Novak stand mechanisch auf. Lucretia Cutter erhob sich neben ihr, nahm ihre Hand und geleitete sie auf die Bühne.

Billy Vanity konnte seine Überraschung nicht verbergen, als er Novak Cutter den Filmpreis überreichte.

»Es tut mir leid«, flüsterte Novak, als sie ihn entgegennahm. Er verneigte sich vor ihr und trat zur Seite.

In der Mitte der Bühne beugte sich Lucretia Cutter über das Mikrofon und lächelte.

»Ich bin mir sicher, dass sich viele von Ihnen fragen, warum wir hier oben stehen. Schließlich ist *Des Drachen Zähmung* ein geistloser Fantasyfilm und dieses Kind eine schreckliche Schauspielerin.« Sie lachte.

Novak erstarrte innerlich zu Eis. Sie hatte Angst.

»Ich habe gut dafür bezahlt, um die Gelegenheit zu erhalten, heute hier zu stehen, wenn jeder Bildschirm auf der Welt diese Bühne zeigt. Deshalb möchte ich für meinen Teil diesen Preis den gierigen und beeinflussbaren Dummköpfen widmen, die für *Des Drachen Zähmung* gestimmt haben.«

Aus dem Publikum war betretenes Murmeln zu hören, dann dröhnte laute Musik aus der Lautsprecheranlage.

»Ihr könnt mich NICHT zum Schweigen bringen!« Lucretia Cutter schüttelte den Kopf und machte tss tss tss. »Dankish! Sei so gut und kümmere dich um den Tontechniker.«

Es gab einen Schrei, dann hörte die Musik abrupt auf. Nun wogte besorgtes Murmeln durch den Zuschauerraum.

»So ist es besser. Also, wo waren wir?«

Zwei Wachmänner kamen auf die Bühne gerannt. Mawling trat aus dem schweren roten Vorhang hervor und streckte die beiden mit einem Faustschlag nieder. Dann zog er eine Waffe und richtete sie auf die versammelten Filmstars. Billy Vanity schob sich mit panischer Miene rückwärts von der Bühne.

»Ling Ling, hast du dich um die Sicherheitsleute gekümmert?«

Die Chauffeurin stand zu Füßen Lucretia Cutters, ohne Mütze, die Handflächen aneinandergepresst und mit geneigtem Kopf.

»Gut. Dann gibt es keine Unterbrechungen mehr.« Sie zeigte aufs Publikum. »Ihr seid nicht der Grund, warum ich hier bin, aber wenn sich irgendwer von euch bewegt, wird Mawling sie oder ihn erschießen.« Sie blickte nach unten zu der Kamera mit dem roten Licht. »Hallo, Welt. Bonjour, Hola, Hej, Nín hăo, Merhaba, Konichiwa. Tut mir leid, dass ich das hohle Vergnügen der jährlichen Filmpreisverleihung unterbrechen muss, aber ich bin mit einer Liveübertragung hier, in der Geschichte geschrieben wird.« Sie warf die Arme in die Luft und der rote Vorhang hinter ihr öffnete sich und gab eine riesige Leinwand frei. »Dieser Film wird euer elendes Leben verändern.«

Das Bild einer sanften Hügellandschaft mit Weizenfeldern erschien auf der Leinwand.

»Ist das nicht wunderschön?« Sie zeigte darauf. »Das ist die Weizenernte für das nächste Jahr. Daraus wird das Brot gemacht werden, das ihr esst, genau wie eure Nudeln, eure Hamburger, eure Bagels.« Sie zog ein Telefon aus einer versteckten Tasche. »Es mag euch nicht bewusst sein, aber es gibt eine Macht, die größer ist als Geld.« Sie legte den Kopf an das Telefon. »Craven, kannst du mich hören? Wink den Menschen der Welt.« Cravens grinsendes Gesicht kam ins Bild, er winkte in die Kamera. »Craven ist in Texas, dem Getreidegürtel von Amerika. Wusstet ihr, dass die USA der drittgrößte Weizenproduzent der Welt sind? Die Industrie wird auf einen Wert von neun Milliarden Dollar geschätzt.« Sie hob das Telefon. »Craven? Lass die Käfer frei.«

Die Kamera zoomte heraus und zeigte, dass Craven auf dem Rücken eines zylindrischen Tanks auf einem Lkw stand. Er legte einen Hebel um und der Tank sprang auf. Ein lautes Summen ertönte, als sich die Luft mit Millionen kleiner schwarzer Käfer füllte, die die Kamera und die Sicht auf die Felder verdeckten.

Im Zuschauerraum schnappten die Leute nach Luft und schrien entsetzt auf.

»Live-Fernsehen, liebe Leute!« Lucretia Cutter zeigte auf die Leinwand und klatschte anerkennend. »Oje, meine Käfer scheinen Hunger zu haben.« Die Kamera zoomte dicht an eine Kornähre heran, die gerade von einer Horde Käfer vernichtet wurde. »Ich schätze, einige von euch werden nächstes Jahr keinen Toast zum Frühstück essen. Brot wird teuer werden.« Ihr Lachen war tief und kehlig. »Ich hoffe sehr, dass die Obsternte in Florida gut ausfällt. Käfer lieben Früchte.« Sie legte in spöttischer Besorgnis einen Finger an die goldenen Lippen, bevor sie ihn in einer dramatischen Geste nach oben riss. »Und ich wette, dass ihr euch noch nie die Zeit genommen habt, den bescheidenen Käfer kennenzulernen. Wusstet ihr, dass Käfer die erfolgreichsten, widerstandsfähigsten und evolutionär höchstentwickelten Kreaturen des Planeten sind? Nein? Es gibt mehr Käferarten auf der Erde, als wir zählen können. Sie können in den lebensfeindlichsten Habitaten existieren, an Land und im Wasser, und sie sind uns zahlenmäßig weit überlegen.« Lucretia Cutter lächelte. »Aber was ihnen bisher gefehlt hat, ist ein Führer. Tja, das wird sich jetzt ändern.« Die Leinwand hinter ihr zeigte das einst goldene Weizenfeld, das nun schwarz vor Käfern war. »Der heutige Tag markiert das Ende des menschlichen Zeitalters und den Anfang der Ära der Käfer.«

Im Publikum lachte jemand.

»Das Lachen wird euch noch vergehen«, knurrte Lucretia Cutter. »Die Revolution ist in vollem Gang, aber sie vollzieht sich im winzig Kleinen, so dass ihr sie gar nicht wahrnehmt. Eure Ernten fallen aus und eure Bäume sterben. Auf meinen Befehl hin haben sich die Mistkäfer freigenommen und eure Viehweiden werden sich mit Tierkot füllen, der Krankheiten übertragen wird. In wenigen Monaten werdet ihr aufeinander losgehen und um das noch verbleibende Essen kämpfen, und während ihr verhungert und Menschen sterben, werdet ihr einsehen, dass ich Recht hatte.« Ihre Stimme wurde lauter, sie musste das ängstliche Murmeln im Publikum übertönen. »DIE KÄFER ERHEBEN SICH!«

Ihr Kleid wogte und schwankte und fing das Licht ein, als es auseinanderfiel. Ordentliche Reihen goldener Blatthornkäfer erhoben sich in die Luft und legten Lucretia Cutters vier schwarze Käferbeine und ihren schwarzen Hinterleib frei. Sie wölbte sich vor, als zwei goldene Elytren aufklappten und ihre beiden schwarzen Flügel sich entfalteten, flatterten und sie vom Boden hochhoben. Ihre menschlichen Unterarme fassten nach oben und hoben ihre Krone an, sie schüttelte den Kopf und warf Perücke und Sonnenbrille ab. Dann setzte sie sich die Krone wieder auf den blanken schwarzen Schädel, aus dem zwei Fühler aufragten, und ihre Facettenaugen glänzten, als sie sich die Kinnprothese abriss und ihre schwarzen Mundwerkzeuge freilegte.

»ICH BIN DIE KÄFER-QUEEN. MIR WERDET IHR EUCH ALLE UNTERWERFEN.«

32. Kapitel

DIE SCHLACHT DER BALLKLEIDER

Darkus riss sich los vom grauenhaften Anblick der schwebenden Lucretia Cutter. Seine Füße fühlten sich an, als wären sie an der Bühne festgeschweißt, aber alles in seinem Körper schrie nach Flucht. Er griff Virginias und Bertolts Hände und sie sahen ihn mit aufgerissenen, angsterfüllten Augen an. Von ihrer Position neben der Bühne konnten sie das Publikum nicht sehen, aber sie konnten das verwirrte Japsen und die unterdrückten Schreie hören. Ein Mann, der das Ganze für einen Teil der Show hielt, applaudierte und rief: »Umwerfendes Kostüm! Seht euch die Prothesen an!«, bis Mawling einen Warnschuss auf ihn abfeuerte.

»Jetzt oder nie«, flüsterte Darkus.

»Jetzt«, sagte Virginia und Bertolt nickte.

»Lasst euch nicht von ihren Käfern beißen«, sagte er. »Denkt an die gelben Marienkäfer.«

Und dann rannte er flankiert von seinen Freunden auf die Bühne.

»NEIN!«, schrie Darkus, so laut er konnte. »Wir werden uns dir NIE unterwerfen!«

Lucretia Cutter wandte den Kopf, den schwarzen Mund weit geöffnet. »Du!«, stieß sie aus. »Ich dachte, du wärst tot!«

»Darkus!«

Sein Dad stand mitten in der ersten Zuschauerreihe, in einem schicken petrolblauen Smoking, glatt rasiert und mit zurückgegeltem Haar.

»Geh weg von ihr!«

»Dad!« Darkus zögerte.

»Ich werde dich noch einmal töten müssen.« Lucretia Cutter wandte sich an die Zuschauer. »Lasst euch das eine Warnung sein.« Und an die Kamera gewandt: »euch allen.« Sie riss den Kopf zurück und gab ein schreckliches scharrendes Geräusch von sich.

»NEIN!«, schrie Bartholomew Cuttle.

Novak kreischte, als ihr Kleid vibrierte und in Tausende schwebende schwarze Perlen explodierte, so dass sie in ihrem schwarzen Ganzkörperanzug dastand.

Jetzt gab Lucretia Cutter eine Reihe klickender Laute von sich. Darkus erkannte sie wieder und die Bombardierkäfer, die Novak umhüllt hatten, flogen ihm direkt ins Gesicht.

»Darkus!«, hörte er seinen Vater schreien. *»Lauf!«*

Es war zu viel für die Gäste der Gala, die die Angst bis jetzt an ihre Plätze gefesselt hatte; sie schrien auf und packten einander.

Darkus ging in die Hocke, schnappte sich den Schlauch, der seitlich an seinen Rucksack gebunden war, legte einen Schalter um und richtete den Schlauch auf die Bombardierkäfer, die unablässig auf ihn zurasten.

»Virginia!«, rief er. »Bertolt!«

»Hier!«, riefen sie gleichzeitig und rannten mit eingeschalteten Rucksack-Exhaustoren vor.

Baxter richtete sich auf Darkus' Schulter auf, bereit jeden Bombardierkäfer aufzuspießen, der es an Darkus' Schlauch vorbeischaffte. Binnen Sekunden hatte Darkus die angreifenden Käfer eingesaugt und stand wieder auf. Er sah sich um, weil er Sorge hatte, dass die Säure der Käfer sich durch den Behälter fressen würde, aber sobald die Käfer drinnen waren und Lucretia Cutters Befehle nicht mehr hörten, beruhigten sie sich und benahmen sich wie normale Käfer.

»Wachleute!«, schrie ein Mann. »Worauf wartet ihr? *Schnappt sie euch! Schnappt euch Lucretia Cutter!*«

Eine Frau schrie und sprang auf. Der Schrei war berühmt, er war schon in Kinos auf der ganzen Welt zu hören gewesen und die Luft über den Theaterstühlen war plötzlich erfüllt von schimmernden weißen Käfern.

Alle starrten ungläubig auf die mit einem Mal splitternackte Ruby Hisolo Jr., während sich über ihrem Kopf ein

Pulk Käfer versammelte. Ihr Kleid hatte sich in ein Bataillon schwebender Insekten aufgelöst.

Ein weiterer Schrei, eine tiefere, vollere Stimme erklang, und eine bedrohliche Schar smaragdgrüner Eichenprachtkäfer sauste in die Höhe und vereinte sich mit den *Cyphochilus*, während Stella Manning in nichts außer figurformender Unterwäsche und einem Korsett neben Ruby Hisolo Jr. stand und versuchte sich die Käfer aus dem Gesicht zu schlagen.

Die Kameras, die schon darauf ausgerichtet waren, die Freude oder Enttäuschung auf den Gesichtern der berühmten Schauspielerinnen einzufangen, wenn die Gewinnerin verkündet würde, übertrugen jetzt den nackten Hintern von Ruby Hisolo Jr. und Stella Mannings Panik in alle Welt, während der Schwarm aus weißen, grünen und goldenen Käfern über den Köpfen der Zuschauer plötzlich nach unten sauste und die Film- und Bühnenstars mit Bissen und Kratzern attackierte. Eine Mischung aus Geschrei und Gekreische wurde vom summenden Flattern Tausender Käferflügel begleitet. Darkus sah, dass die Eichenprachtkäfer von Stella Mannings Kleid die Kiefer und Zähne von Sandlaufkäfern hatten und dass ihre Bisse bis aufs Blut gingen.

»Dad!«, rief Darkus. Er verlor seinen Vater aus dem Blick, als die vielen Menschen auf einmal losrannten. Eine Panik brach aus, sie schubsten sich gegenseitig um und kletterten über die Sitze. Manche versuchten sich zur Bühne vorzukämpfen, um an Lucretia Cutter heranzukommen, während andere durch die rückwärtigen Türen entkommen wollten. Die nackte hysterische Ruby Hisolo Jr. lief den Gang auf und ab und versuchte Leuten die Kleider vom Rücken zu reißen, um ihren Körper damit zu bedecken. Etliche Gelegenheitsfotografen überschlugen sich in dem Bemühen, Bilder von ihr zu machen.

Eine Frau zog eine Pistole aus ihrem Strumpfhalter und feuerte einen Schuss ab. Einen Moment lang herrschte fassungslose Stille. Alle in der Menge drehten sich zu der schwebenden Käferfrau um. War sie niedergestreckt worden? Aber die Kugel prallte von Lucretia Cutters Außenskelett ab und flog nach hinten, dabei durchtrennte sie ein Drahtseil, an dem die eine Seite der riesigen Leinwand mit der vernichteten Weizenernte befestigt war. Eine Ecke stürzte auf den Boden und senkte sich nach vorn. Dahinter kam eine Pyramide aus goldenen Vogelkäfigen mit exotischen Sittichen zum Vorschein, die in ihren Käfigen krächzten und um sich schlugen, um herauszukommen.

Lucretia Cutter lachte – ein grauenhafter, kehliger Mix aus Gurgeln und Zischen. Sie genoss das Chaos. Weitere Schüsse fielen. Ein Mann setzte zu einem Faustschlag auf einen Käferschwarm an, verlor jedoch das Gleichgewicht und traf einen berühmten Filmstar, der herumwirbelte und dann seinerseits dem Mann ins Gesicht schlug. Überall im Theater brachen Kämpfe aus. Lucretia Cutter wandte sich an die Kamera mit dem roten Licht.

»Ich fordere, dass eure Regierung einen Freibrief aufsetzt,

der mir die Oberherrschaft überträgt.« Sie beugte sich vor. »Wenn sie schnell genug ist, werdet ihr vielleicht nicht verhungern.«

Darkus folgte Lucretia Cutters Blick und entdeckte Ling Ling hinter der Kamera. Die ganze Show war nur für die Kameras gedacht. Er musste es schaffen, Lucretia Cutters Übertragung zu unterbrechen, aber gleichzeitig musste er auch die Käfer davon abhalten, Menschen anzugreifen.

Darkus sah sich im Zuschauerraum um und entdeckte Onkel Max und Motty, die gegen Craven und Dankish kämpften. Calista Bloom stand hinter ihnen und machte ein Bild von sich selbst und all den berühmten Leuten, die von Käfern attackiert wurden.

Sein Blick fiel auf die großen Scheinwerfer, die auf Dreibeinen hinten im Theater platziert waren. Er winkte Virginia und Bertolt und zeigte darauf.

»Wir müssen das beenden«, schrie er. »Die Lampen! Nutzt die Lampen!«

Bertolt runzelte die Stirn, aber Virginias Augen leuchteten auf und sie nickte. Sie gab Bertolt einen Schubs und beide sprangen von der Bühne, rannten in den Zuschauerraum und saugten währenddessen ununterbrochen Lucretia Cutters Käfer ein.

»Baxter«, sagte Darkus und nahm den Käfer von seiner Schulter, »kannst du zu der Kamera fliegen und den Ausstellknopf finden?« Der Nashornkäfer nickte und hob ab. »Novak, geh zur Seitenbühne.«

»Was hast du vor?«

»Mach dir um mich keine Sorgen«, antwortete er und stürzte sich von der Bühne auf die tödliche Chauffeurin.

Ling Ling sprang auf, ihr Rumpf schnellte herum und die Beine bildeten eine Schere, als sie sich in der Luft drehte. Darkus rauschte an der Stelle, an der sie gestanden hatte, vorbei und schlug auf dem Boden auf. Ling Ling landete mit den Füßen links und rechts von Darkus' Kopf.

»Nein!«, schrie Novak und eilte zum Bühnenrand.

»Hi!«, sagte Darkus grinsend.

Als Ling Ling das Bein anwinkelte, um Darkus ins Gesicht zu treten, riss er den Schalter seiner Luftpumpe herum und feuerte einen Strahl Bombardierkäfer aus dem Exhaustor-Schlauch direkt in Ling Lings Gesicht. Sie stolperte rückwärts und hielt sich die Hände vors Gesicht, das von der Säure, die die panischen Käfer verspritzt hatten, zischte und kokelte.

Darkus krabbelte davon und folgte den Kabeln, die von der Fernsehkamera zu einem Schaltkasten führten.

Lucretia Cutters Fühler zuckten und zappelten, als sie die Bombardierkäfer von Ling Ling fortrief und sie anwies sich der Käferarmee anzuschließen, die jetzt die Menschen im Zuschauerraum angriff.

Darkus klappte die beiden Plastikbehälter auf, die an seinem Werkzeuggürtel befestigt waren. Jeweils vier Riesenbockkäfer waren darin.

»Krabbelt in die Elektrik«, flüsterte er den Basislagerkäfern zu, »und fresst euch durch die Drähte. Macht Schluss mit der Übertragung.«

Das ließen sich die Riesenbockkäfer nicht zweimal sagen. Sie huschten die Drähte entlang und begannen ihre Arbeit.

Plötzlich wurde Darkus in die Luft gehoben. Verzweifelt klammerte er sich an die Kamera. Ling Ling riss ihm den Rucksack herunter und warf ihn weg. Darkus wehrte sich und trat um sich, aber sie war überraschend stark.

Jemand brüllte: »Lass die Finger von meinem Neffen!« Onkel Max kam hergerannt und schob sich dabei die Ärmel hoch. Doch Mawling hatte ihn auch entdeckt und rauschte die Treppe von der Bühne herunter wie eine Dampflok.

Calista Bloom, die sich zur Sicherheit dicht an Onkel Max gehalten hatte, stolperte und schrie auf, als sie direkt vor Lucretia Cutters Muskelprotz zu Boden stürzte.

»Mum!«, heulte Bertolt, sprang auf den Ständer eines Scheinwerfers und riss ihn so herum, dass er auf Mawling zeigte, der sofort geblendet und von einem Käferschwarm attackiert wurde, den das Licht angezogen hatte.

Calista Bloom rappelte sich auf, rutschte auf ihren hohen Absätzen aus und stürzte rückwärts, wodurch sie mit einem unbeabsichtigten Fallrückzieher Mawling direkt in die Weichteile trat.

Mawling wankte einen Moment und sah aus, als hätte er in eine Zitrone gebissen. Er hielt sich die Hände vor den Schoß. Onkel Max wirbelte herum und verpasste ihm einen Faustschlag. Mawling sackte zu Boden.

Ling Ling riss ihren Arm nach hinten und Darkus erwartete, dass sie ihn schlagen würde, aber stattdessen ging sie in Deckung vor einem Mikrofonständer, der auf ihren Kopf zusauste. Sie wehrte den Schlag ab, packte den Ständer und wirbelte damit herum. Novak hielt das andere Ende fest umklammert.

Ling Ling drehte sich um die eigene Achse, wickelte den freien Arm um den Ständer und hob Novak in die Luft. Novak ließ los und schnellte rückwärts in eine Reihe von Radschlägen und einen abschließenden Handstandüberschlag, so dass sie in Angriffsposition landete.

Darkus war sprachlos. Bevor er jubeln konnte, rannte Novak wieder vor und sprang in eine wirbelnde Pirouette kreisförmig ausgeführter Fußtritte. Währenddessen ließ sie Ling Ling nicht aus den Augen.

Ling Ling schubste Darkus beiseite, als Novaks Fuß ihre Wange streifte, die bereits blasenüberzogene Haut aufriss und Blut über den Boden spritzte.

Darkus starrte auf Novaks Füße. Es waren Krallen. Schwarze Chitin-Krallen, genau wie die ihrer Mutter.

Ling Ling fing sich wieder und ging Novak hart an, die aber ihre Schläge und Tritte parierte. Doch letztendlich war sie der todbringenden Chauffeurin nicht gewachsen. Novak machte einen Salto rückwärts. Stolpernd fiel sie auf die Knie und plötzlich thronte Ling Ling über ihr, mit blutigem, blasigem Gesicht.

Darkus krabbelte vor, packte den ausrangierten Mikrofonständer und schwang ihn gegen Ling Lings Standbein. Sie verlor das Gleichgewicht. »LAUF!«, schrie er Novak zu.

Er sprang auf einen Theaterstuhl und sah, dass Virginia und Bertolt jeweils hinter einem der riesigen Chromscheinwerfer standen und versuchten deren Bewegungen zu kontrollieren. Er zeigte nach oben in die Mitte des Käferwirbels über der Menschenmenge. »LEUCHTET DORTHIN!«, schrie er. »DORTHIN!«

Virginia sah ihn, folgte seinem Finger und nickte, dann bewegte sie die grelle Lampe so, dass sie direkt in den Käferschwarm leuchtete. Sie rief Bertolt zu, es ebenso zu machen, und die Strahlen trafen sich, bildeten einen konzentrierten Lichtkegel.

Die Käfer konnten nicht anders, sie wurden davon angezogen. Hypnotisiert flogen sie ins Licht.

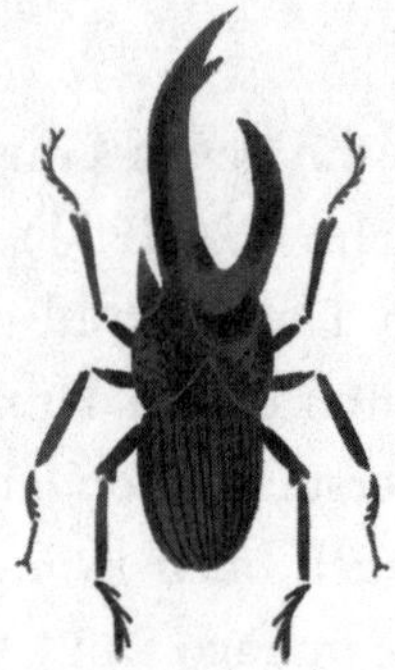

33. Kapitel
RAUBTIER UND BEUTE

»Darkus, hör mir zu, bitte!«

Beim Klang von Novaks Stimme drehte Darkus sich um und sprang vom Theaterstuhl.

»Du musst mir helfen«, platzte Novak heraus und ergriff seine Hand. »Mater wird mich wieder in den Verpupper stecken.«

»Was ist ein Verpupper?«

»Er tut weh und ich habe Angst.« Novak biss sich so stark auf die Lippe, dass sie blutete. »Sie wird mich in einen Käfer verwandeln, wie sich selbst.«

»Nein, Novak, das lasse ich nicht zu.« Darkus schüttelte den Kopf.

»Danke.« Novak schlang die Arme um ihn. »Ich wusste, dass du das verstehen würdest. Danke, danke.«

»Au! Lass los!«, sagte Darkus lachend und befreite sich.

»Du musst dich von Ling Ling fernhalten.« Novaks Augen waren vor Besorgnis riesengroß. »Sie tötet Menschen und sie muss sich dafür nicht besonders anstrengen.«

Darkus' Blick wanderte zu einer Gruppe durchtrainierter Schauspieler und Stuntmen, die die Chauffeurin umringten. Ling Ling stand ruhig und kampfbereit in der Mitte.

»Hat Hepburn dich gefunden?«, fragte Novak. »Geht es ihr gut?«

»Hepburn war großartig.« Er öffnete ein Säckchen an seinem Gürtel. »Ihre Morsezeichen sind perfekt.«

»Oh, liebste Hepburn, da bist du ja«, gurrte Novak, als sie den hübschen Eichenprachtkäfer herausnahm und streichelte.

Darkus sah hoch. »Hey, warum strahlen die Scheinwerfer nicht mehr nach oben?«

Er hörte Schreckensschreie hinter sich. Die Käfer griffen wieder an, diesmal noch wilder. Ihre Krallen ritzten und schnitten in Gesichter und Hälse.

Novak sah zur Bühne. Lucretia Cutter verfolgte triumphierend das Gemetzel im Zuschauerraum. Neben ihr stand sein Vater.

Darkus wollte gerade nach ihm rufen, als Novak seinen Arm packte. »Nein«, sagte sie. »Darkus, er steht auf ihrer Seite.«

Darkus drehte sich der Magen um. Er schüttelte den Kopf. »Das kann nicht sein.«

»Er weiß von dem Verpupper. Er lässt zu, dass Mater mich verwandelt.«

»Nein.« Darkus sah Novak an. »So ist er nicht.«

»Darkus, ich habe sie reden hören.«

»Das glaube ich nicht.« Er machte sich von ihr los. »Wo sind die Sicherheitsleute?« Wütend sah er sich um. »Draußen sind sie zuhauf.«

»Ling Ling hat drinnen alle außer Gefecht gesetzt und die Türen verriegelt. Vielleicht wissen die Männer draußen nicht, was hier los ist.«

»Gucken die denn kein Fernsehen?«, blaffte Darkus. »Wir müssen sie reinholen. Jetzt.«

»Wie denn?«

Darkus zeigte auf einen Glaskasten an der Wand. »Feueralarm.«

Zwischen ihnen und dem Schaltknopf machte Ling Ling gerade zehn Männer fertig.

»Baxter!«, rief Darkus und der Nashornkäfer, der oben auf der Kamera mit Käfern gekämpft hatte, kam auf seine Hand geflogen. »Kannst du das Glas mit deinem Horn zerbrechen und den Knopf drücken?«

Baxter antwortete gar nicht erst, sondern wirbelte herum, flog in die Höhe und über die Köpfe der kämpfenden Menschen hinweg.

»Wir verlieren«, sagte Darkus und sah sich entsetzt um. »Wir brauchen diese Sicherheitsleute, *jetzt sofort*.«

»Ich hole sie rein«, sagte Novak und sprang auf.

»Novak, deine Füße!« Darkus sah zu den Haken an den Enden ihrer Krallen. »Warum hast du mir nichts gesagt?«

»Hasst du sie?«, fragte sie. »Sie sind hässlich, nicht wahr?«

»Machst du Witze?« Darkus sah sie an. »Sie sind GROSSARTIG! Kannst du die Wände hochlaufen und so? Wie ein Käfer?«

»Ich weiß es nicht.« Novak runzelte die Stirn. »Ich hab's nie probiert.«

»Was?!«, rief Darkus aus. »Wenn ich Käferfüße hätte, wäre das das Erste, was ich machen würde.«

Novak sah zu ihren schwarzen Füßen hinunter, drehte sich um und rannte los; ihre starken Krallen trieben sie vorwärts. Als sie die Wand erreichte, hob sie einen Fuß, dann den anderen. Die scharfen bedornten Kanten ihrer Krallen griffen in die Backsteine, als sie zur Decke hinauflief und dann um die Ecke zum Bühneneingang.

Ein ohrenbetäubender Lärm ertönte. Baxter hatte es geschafft!

Als er wieder auf den Stuhl sprang, sah Darkus, dass Onkel Max Craven an die Wand drückte, er hatte die Hand um den Hals des Schurken gelegt. Dankish kniete zu Füßen von Calista Bloom und wand sich vor Schmerz, aber beide wurden jetzt von Käfern attackiert. Darkus ließ den Blick durch den Raum schweifen, aber Virginia und Bertolt waren nirgendwo zu sehen.

Darkus schnappte sich seinen Rucksack und setzte ihn wieder auf. Dieser Kampf war noch lange nicht vorbei. Er drehte sich zur Bühne und ein Aufruhr aus Misstrauen, Wut und Liebe brodelte in seinem Bauch, als er seinen Vater hitzig mit Lucretia Cutter diskutieren sah. Er stritt sich nicht mit ihr oder bekämpfte sie, wie er es hätte tun sollen. Er schien sie eindringlich um etwas zu bitten.

Darkus funkelte Lucretia Cutter an und fragte sich, wie man jemanden verletzte, der kugelsicher war.

Die größte Waffe, die dir zur Verfügung steht, ist Wissen. Dr. Yuki Ishikawas Stimme hallte in seinem Kopf wider. *Denk nach, Darkus. Du weißt, was sie ist. Jede Kreatur hat ihren Jäger. So bleibt alles im Gleichgewicht.*

Darkus sah an der Leinwand vorbei, die wackelig an dem einen verbliebenen Drahtseil hing. Sein Blick fiel auf die goldene Käfigpyramide voller exotischer Vögel, die herumflatterten und mit den Flügeln schlugen. »Natürlich!«, japste er, stürzte die Treppe links von der Bühne hinauf und rannte hinter Lucretia Cutter.

»Es ist Essenszeit, meine gefiederten Freunde«, rief er, riss die Käfige auf und scheuchte die Vögel hinaus. Sie schossen in den brodelnden Schwall aus Käfern, schnappten und schluckten glücklich so viele, wie sie nur konnten. Sieben der größeren Vögel lösten sich vom Schwarm und flogen zur Vorderseite der Bühne, wo der größte Käfer, den sie jemals gesehen hatten, in der Luft schwebte.

Lucretia Cutter kreischte und stürzte zu Boden, als die Vögel nach ihren Flügeln und Augen hackten.

»Baxter!«, keuchte Darkus. In seiner Hast, zurückzuschlagen, hatte er seinen besten Freund in Gefahr gebracht. Er wirbelte herum und suchte die Wand neben dem Feueralarm ab. Von Baxter fehlte jede Spur. Darkus bekam keine Luft. Er spürte, wie etwas gegen seinen Knöchel stieß, und sah nach unten: Der Nashornkäfer verpasste ihm Kopfstöße. Er holte ihn nach oben und küsste seine Brust, bevor er sich ihn auf die Schulter setzte. »Bleib dicht bei mir, Baxter, ich will nicht, dass diese Vögel dich kriegen.«

Darkus' riesiger Exhaustor war leer und er begriff, dass er der sicherste Ort für die Käfer aus dem Basislager war. Darin wären sie vor den hungrigen Vögeln geschützt. Er sprang vom Bühnenrand und huschte zum Schaltkasten, der dank der Riesenbockkäfer nur noch ein Durcheinander aus zerfressenen Kupferdrähten war.

»Schnell, Jungs, ich muss euch in den Exhaustor saugen, bevor diese Vögel euch verspeisen!« Er stellte das Gerät an und saugte die Riesenbockkäfer auf. »Der Saal ist voller Vögel«, flüsterte er dem versteckten Bataillon von Basislagerkäfern in seinem Werkzeuggürtel zu. »Kommt nicht raus, solange ich es nicht sage!«

Die Basislagerkäfer klickten zur Antwort.

Ein Team aus Sicherheitsleuten platzte durch die Doppeltüren an der Rückseite des Zuschauerraums, angeführt von Motticilla. Sie steuerten direkt auf Ling Ling und den Ring aus niedergestreckten Schauspielern zu, die auf dem Boden lagen und stöhnten. Darkus sah Virginia und Bertolt Rücken an Rücken im Gang, wo sie Lucretia Cutters Käfer einsaugten. Das Blatt wendete sich. Die meisten von Lucretia Cutters Käfern befanden sich in den Mägen der zufriedenen Vögel oder in Bertolts und Virginias Exhaustoren.

»Lasst mich in Ruhe!«, kreischte Lucretia Cutter und schlug nach einem Vogel.

Ling Ling war vor der Bühne und wehrte die Sicherheitsleute ab. Craven und Dankish kletterten verwundet und humpelnd auf die Bühne, wo sie auf den verletzten Mawling trafen. Novak kam von einer Seite auf die Bühne geeilt, zusammen mit den Wachmännern, die vor dem Bühneneingang postiert gewesen waren.

»NEIN!« Lucretia Cutter schwenkte wütend den Kopf. Sie war von Vögeln umzingelt, die nach ihr hackten. »Ihr könnt mich nicht aufhalten.« Sie sah in den Zuschauerraum. »ES IST ZU SPÄT!« Sie schlang ein Käferbein um Bartholomew Cuttles Taille und stieg auf, so dass sie Darkus' Dad mit in die Luft hob. »Ihr seid Dummköpfe!« Ihre menschlichen Unterarme schlugen die letzten angreifenden Vögel fort. »Ihr könnt gar nicht gewinnen. Ich halte den Planeten bereits in meiner Hand!«

»Dad!« Bevor er nachdenken konnte, war Darkus schon losgerannt – durch eine Tür, eine Treppe hinauf, auf den Rang und in eine Loge über der Bühne.

Während Lucretia Cutter aufstieg und seinen Dad an ihren Hinterleib presste, hüpfte Darkus auf die Brüstung und sprang. Am Hals bekam er sie zu fassen. Durch den Schock des Angriffs ließ sie Bartholomew Cuttle fallen, der mit einem scheußlichen dumpfen Poltern auf den Bühnenboden stürzte.

»Ich bringe dich um, Bürschchen!«, kreischte sie, wirbelte herum, packte ihn mit zwei Armen und zwei bedornten Beinen und stieg höher ins Bühnenhaus hinauf. Dort befanden sich Stangen mit Lampen und Seilen, von denen Kulissenteile hingen. Auf einer Plattform hoch über ihm entdeckte Darkus Gerard. Darkus versuchte sich an ihren Nacken zu klammern, aber Lucretia Cutter zog ihn weg und hielt ihn vor ihr Gesicht.

»Schon mal von einem Käfer gebissen worden?«, fragte sie und riss ihre schwarzen Mundwerkzeuge weit auf, ihre Mandibeln streckten sich nach ihm. Darkus' Gesicht war nur Zentimeter von ihren rasiermesserscharfen Zähnen entfernt und ihr Atem stank nach verfaulten Birnendrops.

»KÄFER!«, schrie Darkus und trat wild gegen Lucretia Cutters Hinterleib. Er schob sich rückwärts in die Luft und riss die Arme über die Schultern, als würde er rückwärts einen Kopfsprung in einen Swimmingpool machen. Damit verschaffte er sich genug Schwung, um sich ihrem Griff zu entwinden.

Er hätte mit vollem Gewicht zu Boden stürzen sollen, aber die Basislagerkäfer waren bei ihm, sie platzten aus seinem Rucksack und seinem Werkzeuggürtel, sausten aus den Taschen, sammelten sich unter ihm und flogen mit aller Macht nach oben. Baxter befand sich zwischen seinen Schulterblättern, Novak schickte Hepburn hinauf, Bertolt entsandte Newton und Virginia warf Marvin in die Luft. Die Riesenbockkäfer im Exhaustor flogen, so gut sie konnten, nach oben und drückten gegen den Deckel, wodurch sie Darkus' Sturz bremsten und ihn langsam und sicher auf den Boden hinunterließen.

»ES REICHT!« Lucretia Cutter verlor die Fassung, sauste hinunter und brüllte ihren verletzten Handlangern Befehle zu. Craven, Dankish und Mawling verschwanden in den Seitenbühnen und Ling Ling rannte zum roten Bühnenvorhang. Sie sprang hoch, klemmte sich den Vorhang zwischen die Knöchel, faltete den Stoff zu Handgriffen und kletterte so bis nach oben. Dort ließ sie sich kopfüber hängen, schwang die Füße über eine Stange und kraxelte ins Bühnenhaus.

Als Darkus landete, rannte Novak lächelnd und mit ausgebreiteten Armen zu ihm.

»Du hast es geschafft! Du hast gewonnen!«, rief sie, als ein riesiges Chitin-Bein sie von hinten packte, rückwärtsschleifte und in die Luft hob.

Darkus sah den schockierten Ausdruck in Novaks Gesicht. Dann schrie sie, der Klang puren Schreckens, als sie von Lucretia Cutters Krallen emporgerissen wurde.

»Nein!« Darkus stürzte vor, aber es war zu spät.

Baxter schoss hinter Novak her und versuchte beherzt Lucretia Cutter mit seinem Horn anzugreifen.

Sie schlug ihn mit einer Chitin-Kralle aus der Luft und der große schwarze Käfer stürzte mit erschreckender Geschwindigkeit Richtung Boden.

»BAXTER!!!«, schrie Darkus.

Lucretia Cutter lachte, flog hinauf ins Bühnenhaus und war fort.

Darkus taumelte vorwärts. Baxters Flügel öffneten sich nicht. Er würde auf den Boden prallen. Darkus konnte ihn nicht rechtzeitig erreichen. Er schluchzte, als er sich in Richtung seines besten Freundes warf und wusste, dass er zu spät kommen würde.

Aber plötzlich war sein Dad da, mit ausgestreckten Armen, und fing den Nashornkäfer auf, zog ihn an seine Brust und stürzte mit einem schmerzerfüllten Grunzen zu Boden.

Darkus stolperte zu seinem Vater.

»Dad? Baxter?« Er fiel an der Seite seines Vaters auf die Knie und wischte sich die Tränen weg. »Seid ihr in Ordnung?«

Bartholomew Cuttle öffnete vorsichtig die Hände. Auf seiner Handfläche saß ein verblüffter, aber lebendiger Nashornkäfer. Baxter hob ein Vorderbein und winkte Darkus matt, um zu zeigen, dass er am Leben war.

»Oh, Baxter! Du verrückter tapferer Käfer! Ich dachte, ich hätte dich verloren.« Er nahm den Käfer an seine Brust und zog die Schultern um seine gewölbten Hände. »Tu mir das nie wieder an.«

Baxter öffnete den Mund und lächelte Darkus zu.

»Dad, du hast ihn gerettet. Du hast Baxter gerettet.« Darkus strahlte seinen Vater an. »Ich wusste, dass du in Wahrheit auf unserer Seite stehst.«

»Hör mir zu, Darkus.« Bartholomew Cuttle richtete sich auf. »Ich muss mit ihr gehen. Ich muss mit Lucretia Cutter gehen.«

»Was? Aber – aber ich habe dich gerettet.«

»Ja. Und du warst unglaublich. Aber du hast gesehen, was sie vorhat. Was sie bereits tut. Es ist viel größer als diese Preisverleihung. Sie wird nicht aufhören, bis sie die ganze Welt unter ihrer Kontrolle hat.« Bartholomew Cuttle nahm die Hand seines Sohnes. »Ich *muss* mit ihr gehen. Es ist meine einzige Chance, sie aufzuhalten, und ich habe einen Plan.« Er hielt inne. »Aber sie wird mir nur trauen, wenn sie glaubt, ich hätte dich verlassen. Wenn sie glaubt, ich hätte sie dir vorgezogen.« Er presste Darkus' Hand und sah ihm in die Augen. »Kannst du das verstehen? Ich weiß, es ist viel verlangt.«

Darkus nickte und sein Vater steckte ihm ein Stück Papier in die Tasche. »Sie hat ein geheimes Labor – es heißt Biom.«

»Versteckt im Amazonas-Dschungel«, sagte Darkus.

»Ja!« Sein Vater wirkte überrascht. »Und du hattest Recht, was Spencer Crips angeht. Er ist dort. Sag seiner Mutter, dass er lebt und gezwungen wird für Lucretia Cutter zu arbeiten. Das da«, er zeigte auf Darkus' Hosentasche, »sind die Koordinaten. Ich habe sie von dem Butler – er steht auf unserer Seite. Du musst der Welt berichten, was los ist. Geh zu den Entomologen, sie werden dir helfen.«

Darkus stand auf. »Dad, du musst Novak beschützen. Lass nicht zu, dass Lucretia Cutter sie wieder in den Verpupper steckt. Sie hat Angst und sie ist meine Freundin.«

»Das mach ich. Versprochen.« Bartholomew Cuttle nickte. Er legte Darkus die Hände auf die Schultern. »An dem Abend, als wir uns gestritten haben, hätte ich auf dich hören sollen – was die Käfer angeht, was *alles* angeht. Es tut mir leid. Sie sind großartig. *Du* bist großartig.« Er umarmte Darkus und Baxter fest. »Du wirst für mich noch etwas länger tapfer sein müssen, und wenn du es ertragen kannst, komm und rette mich ein letztes Mal.« Er ließ los. »Und dann werden wir wieder zusammen sein und nichts wird uns mehr trennen. Das verspreche ich.«

»Ich werde dich so oft retten, wie du es brauchst«, sagte Darkus und seine Augen füllten sich mit Tränen. »Ich und Baxter.«

»Ich liebe dich, mein Sohn«, sagte Bartholomew Cuttle über seine Schulter, als er sich abwandte und Dankish, Craven und Mawling auf einer Leiter ins Bühnenhaus hinauf folgte.

34. Kapitel

BLINDE PASSAGIERE

Humphrey und Pickering standen auf dem Flachdach des Wohnblocks neben dem Hollywood Theater. Sie hatten eine Feuerleiter gefunden, die sie aufs Dach brachte.

»Wenn wir nicht von der Straße ins Theater kommen«, sagte Humphrey mit Blick auf die Lücke zwischen den beiden Gebäuden, »dann gehen wir eben von oben rein.«

Drei Meter Abstand trennten die beiden vierzehnstöckigen Gebäude.

»Sieh mal!« Pickering zupfte an Humphreys Ärmel. »Lucretia Cutters Hubschrauber!«

Auf dem Dach des Theaters befand sich ein Hubschrauberlandeplatz, darauf stand ein schwarzer Helikopter mit goldenem Skarabäus-Emblem auf der Seite. Auf dem Pilotensitz saß Gerard, der französische Butler.

»Ich sehe ihn«, grunzte Humphrey. »Ich sehe außerdem die riesige Kluft zwischen uns und dem Theaterdach.«

»So groß ist die nicht.« Pickering konnte die Augen nicht vom Hubschrauber lassen und leckte sich immer wieder die Lippen.

Humphrey zeigte auf eine schwere Kette, die um den Hubschrauberlandeplatz gespannt war. »Wenn du diese Kette holen, sie um die Klimaanlagenlüftung da binden und mir zuwerfen könntest, dann könnte ich mich rüberschwingen und hochklettern. Sie sieht kräftig genug aus, um mein Gewicht zu halten.«

Pickering zog die Augenbrauen zusammen. »Aber wie soll ich da rüberkommen?«

»Ich werf dich«, sagte Humphrey.

Pickering fiel die Kinnlade runter. »Du machst was?«

»Du gehst nach da hinten, zum entfernten Ende des Dachs, und ich bleibe hier stehen.« Er stemmte die Füße gegen die niedrige dicke Mauer, die sie von der äußersten Dachkante trennte. »Lauf, so schnell du kannst, auf mich zu und dann spring, als wenn du über die Lücke hüpfen wolltest. Während du springst, werde ich dich packen und rüberwerfen.«

Pickerings Augenbrauen schnellten bis zu seinem Schopf hoch.

»Es gibt keine andere Möglichkeit«, sagte Humphrey und wischte sich die Nase mit dem Handrücken.

»Du wirfst mich, so doll du kannst. Versprochen?«

»Versprochen.«

»Okay.« Pickering trottete zur anderen Seite des Dachs. Als er dort ankam, hockte er sich in die Startposition, den Hintern in der Luft und die Fäuste auf der Dachpappe.

»Warte!«, bremste Humphrey ihn. »Steck deinen Rock in die Unterhose. Nicht, dass du dich verhedderst.«

»Auf drei«, rief Pickering aus und hockte sich wieder hin. »Eins. Zwei. Drei.« Und plötzlich raste er auf Humphrey zu.

Humphrey ging leicht in die Knie und streckte die Hände aus. Er war bereit.

Als Pickerings Füße zum Sprung ansetzten, stieß er einen gellenden Schrei aus. »JEEEEEEEEEEEEEETZT!«

»ARGHHHHHHHHHHHHHH!«, brüllte Humphrey, als er Pickering, so fest er konnte, vorwärtsschleuderte und sich nach dem Loslassen sofort zurückwarf, um nicht selbst über die Dachkante zu stürzen. Als seine Pobacken auf dem Boden aufschlugen, fragte er sich, ob er gerade eine gute Gelegenheit verpasst hatte, seinen nervigen Cousin ein für alle Mal loszuwerden.

Er stützte sich auf seine knolligen Ellbogen und guckte, ob Pickering es auf die andere Seite geschafft hatte. Aber es war keine Spur von ihm zu sehen. Er starrte in die Gasse zwischen den beiden Gebäuden. Kein blutbespritzter Pickering.

Als Humphrey sich aufrichtete, sah er seinen Cousin flach auf dem Theaterdach liegen. Blut strömte aus seiner Höckernase. Sie war gebrochen und zeigte nach links statt gerade nach unten. Als Pickering sich langsam aufsetzte, entfuhr Humphrey ein tiefes Glucksen. Es hatte funktioniert!

»Oi, Pickers!«, rief er.

Pickers sah ihn blinzelnd an, Blut lief ihm das Kinn hinunter.

Humphrey zeigte hinüber. »Hol die Kette.«

Vorsichtig kam Pickering auf die Beine, stolperte voran, löste einen zerbrochenen Ziegel aus einem Schornsteinsockel und trug ihn zu dem Eisenpfahl, an dem die Kette festgeschweißt war. Er schlug darauf ein, bis die Kette abbrach. Humphrey behielt den Butler im Blick, aber er hatte sie nicht bemerkt. Pickering fädelte die Kette aus den anderen Pfählen aus und trug sie zurück zum Schornstein, wickelte sie darum und knotete sie fest. Dann warf er das lose Ende Humphrey zu.

Humphrey zog an der Kette, um sicherzugehen, dass sie ihn tragen würde. Bevor er noch länger darüber nachdenken konnte, wickelte er sie sich mehrmals ums Handgelenk und rannte dann auf die Dachkante zu, sprang, so weit er konnte, klammerte sich an die Kette, als er zu fallen begann, und schwang sich hinüber. Er prallte heftig gegen die Wand des Theaters und fiel einen halben Meter in die Tiefe. Aber die Kette hielt und mit einer Hand über der anderen zog er sich zum Theaterdach hoch.

Sobald er die Ellbogen auf der Dachkante hatte, beugte sich Pickering hinüber, griff nach Humphreys Gürtelschlaufen und half mit, ihn hinaufzuhieven.

Humphrey legte sich schnaufend auf den Rücken. Sein Herz schlug schneller als jemals zuvor.

»Der Butler steigt aus dem Hubschrauber!«, zischte Pickering und ließ sich neben Humphrey flach auf den Bauch fallen. »Er geht zu der Tür da – die muss ins Theater führen.« Seine Augen leuchteten, als er zu Humphrey blickte. »Wir sollten ihm folgen.«

Sie hörten einen Tumult unten auf der Straße. Humphrey spähte über die Dachkante. Er wartete noch immer darauf, dass sein Herz aufhörte in seiner Brust herumzuspringen. Leute schrien und kamen aus dem Theater gerannt.

»Irgendwas passiert da drinnen.«

»Lass uns reingehen und nachsehen.« Pickering sprang auf.

»Nein!« Humphrey schüttelte den Kopf. »Denk doch mal nach, Blödmann.« Er zeigte auf den Hubschrauber. »Mit *dem* wird Lucretia Cutter das Gebäude verlassen.« Er grinste seinen Cousin an. »Deshalb wollen wir nicht mehr ins Theater. Wir wollen in diesen Hubschrauber rein, mit ihr.«

»Das ist eine gute Idee!«, staunte Pickering. »Wo sie wohl hinwill?«

»Wahrscheinlich in eins ihrer protzigen Häuser auf irgendeiner Privatinsel voller Palmen und Swimmingpools«, entgegnete Humphrey.

Die Cousins rappelten sich auf und flitzten zum Hubschrauber hinüber.

»Man kann sich nirgends verstecken!«, rief Pickering aus,

als er in die Kabine sah. Er hatte Recht. Wenn sie einstiegen, würden sie sofort entdeckt und hinausgeworfen werden.

»Haben Helikopter Gepäckfächer?«, fragte Humphrey.

»Hier!«, quiekte Pickering und öffnete eine Klappe. »Es ist voller Taschen.«

»Schnell, hol sie raus. Ich schmeiße sie über die Dachkante.«

Pickering leerte das Gepäckfach und kletterte hinein, während Humphrey Lucretia Cutters Taschen seitlich vom Gebäude warf.

»Rutsch rüber«, sagte Humphrey. Er schob sich rückwärts auf allen vieren hinein, damit er die Klappe schließen konnte.

»Autsch! Hier ist nicht genug Platz. Du bist zu fett.«

»Halt die Schnauze.« Humphrey zwängte sich weiter in das Fach und knallte mit einem Schraubenschlüssel die Klappe zu. Er hörte seinen Cousin wimmern.

»Was ist denn los?«, zischte er.

»Dein Hintern ist direkt an meinem Gesicht«, jammerte Pickering. »Wag es ja nicht zu pupsen.«

»Pssst.« Humphrey legte den Kopf schief. »Da kommt jemand. Stell dir nur vor – wenn wir aussteigen, sind wir im Paradies.«

»Allein mit Lucretia Cutter«, gurrte Pickering.

35. Kapitel
WEIHNACHTEN

Darkus folgte Onkel Max den Krankenhausflur entlang. Weihnachtsdekoration hing von der weißen Decke, und als er an den Stationsfenstern vorbeikam, wurde ihm bewusst, dass viele Menschen Weihnachten nicht mit ihrer Familie verbringen konnten. Er war nicht der Einzige.

»Da wären wir«, verkündete Onkel Max, öffnete eine Tür und ging hindurch.

Professor Andrew Appleyard saß aufrecht im Bett, mit einer Tasse grünem Tee in der Hand.

»Fröhliche Weihnachten wünsche ich dir, Andrew«, dröhnte Onkel Max und setzte sich auf den Stuhl neben dem Bett.

Darkus schob sich schüchtern an seine Seite. »Fröhliche Weihnachten, Professor Appleyard.«

»Das wünsche ich euch beiden auch.« Professor Appleyard hob seine Teetasse. »Möge eure Lebensspanne länger sein als die einer Eintagsfliege.« Er kicherte.

»Ich habe Ihnen ein Geschenk mitgebracht«, sagte Darkus und hielt ihm eine bunt verpackte Schachtel hin, die er nervös umklammerte.

»Ich bin zu alt für Geschenke«, protestierte Professor Appleyard. »Das wäre doch nicht nötig gewesen.«

»Ich wollte es aber«, sagte Darkus.

Der Professor setzte seinen Tee ab und wickelte das Geschenk vorsichtig aus.

Als sie aus Amerika zurückgekommen waren, hatte Onkel Max im Krankenhaus angerufen und erfahren, dass Professor Appleyard am Tag vor der Filmpreisverleihung aus dem Koma erwacht war und schnell und vollständig zu genesen schien. Darkus war erleichtert gewesen, aber er fühlte sich immer noch dafür verantwortlich, dass der Professor überhaupt im Krankenhaus gelandet war.

»Geht es Ihnen wieder gut?«, fragte er.

»Ich denke schon«, antwortete der Professor. »Ich scheine von einem giftigen Insekt gebissen worden zu sein. Eigentümlich ist, dass das Gift in meinem Körper von einer Schwarzen Witwe zu stammen scheint; doch das einzige Insekt, das ich gesehen habe, bevor ich ohnmächtig wurde, war ein gelber Marienkäfer. Schwarze Witwen sind bei uns nicht heimisch.« Er schüttelte den Kopf. »Zum Glück bin ich schon mal von einer Schwarzen Witwe gebissen worden und scheine eine gewisse Immunität entwickelt zu haben.«

»Sie sind schon mal von einer Schwarzen Witwe gebissen worden?«

»Oh, das war absolut meine Schuld, ich habe das arme Ding versehentlich erschreckt. Schwarze Witwen sind nicht aggressiv«, sagte er und zog das Papier von seinem Geschenk. »Oh, Darkus, wie wunderbar! Schokoladenüberzogene Grillen. Was für eine Köstlichkeit! Vielen Dank.«

»Der Marienkäfer gehörte Lucretia Cutter«, sagte Darkus. »Wir haben uns informiert. Die mit den elf Punkten sind tödlich.«

»Wirklich? Wie interessant! Ich wüsste gerne mehr über eure Arbeit.« Professor Appleyard rieb sich die Augen. »Ich muss Lucy verärgert haben, als ich das weltweite Entomologie-Netzwerk gebeten habe die Bürger zur Meldung invasiver Arten aufzurufen. Die Leute fingen alle an nach ihren Frankenstein-Käfern Ausschau zu halten.«

»Ich dachte, es wäre meine Schuld«, sagte Darkus.

»Was? Wie bist du darauf gekommen?«

»Ich habe die Marienkäfer zu Ihnen geführt«, gab Darkus zu.

»Mein lieber Junge, nein. Ich mache mir wegen Lucy Johnstone schon Sorgen, seit das Fabre-Projekt beendet wurde. Du bist nicht der Einzige, der gegen sie kämpft, weißt du.«

Darkus strahlte. »Das ist gut zu wissen.«

»Ich habe mit den Ärzten gesprochen«, sagte Onkel Max.

»Sie sind gern bereit dich zu entlassen, wenn du lieber nach Hause möchtest.«

»Ich möchte liebend gern nach Hause.« Professor Appleyard lächelte. »Ich muss meine Gliederfüßer füttern.«

»Dann fahren wir dich. Das Auto steht draußen bereit.«

»Wir gehen zu Virginia zum Weihnachtsessen«, sagte Darkus, »und Sie sind auch eingeladen. Es wird keine Insekten zu essen geben, aber wenn Sie mitkommen mögen, können wir Ihnen alles über Lucretia Cutter erzählen.«

Professor Appleyard hatte seine Decke schon zurückgeworfen und schlüpfte gerade in seine Schuhe. »Das klingt wunderbar, Darkus. Ich will alles wissen. Die Filmpreisverleihung habe ich im Fernsehen gesehen.« Er zeigte auf einen Bildschirm, der an die Wand geschraubt war. »Einen solchen Wahnsinn habe ich noch nie erlebt.«

Darkus drückte die Klingel.

Die Haustür wurde aufgerissen. »Fröhliche Weihnachten!«, brüllte Virginia. »Wo sind dein Onkel und der Professor?«

»Auf dem Weg. Der Professor sitzt im Rollstuhl, bis er wieder zu Kräften gekommen ist«, sagte Darkus und folgte Virginia in das Zuhause der Familie Wallace. »Aber es geht ihm gut.«

Serena, Virginias ältere Schwester, saß mit ihrem Handy auf der Treppe. Gelangweilt knibbelte sie den Nagellack von ihren neongelben Fingernägeln. Virginia führte Darkus ins Wohnzimmer. Ihr ältester Bruder David saß mit Kopfhörern in einem großen Sessel, den Blick auf eine Spielkonsole geheftet. Er grunzte sie an, als sie das Zimmer betraten.

»Das ist Davids Art, Fröhliche Weihnachten zu sagen«, erklärte Virginia.

Sean kam die Treppe heruntergepoltert und platzte hinter ihnen ins Zimmer. »Hast du den Nashornkäfer dabei?«, fragte er.

»Was ist denn das für ein Benehmen?« Barbara Wallace stapfte herein und schnickte ein Geschirrtuch nach David. »Biete Darkus deinen Platz an, David – er ist ganz allein, ohne Eltern, mit denen er Weihnachten verbringen könnte.«

»Ich wünschte, ich hätte keine Eltern«, murrte David.

»Das habe ich gehört.«

»Alles gut, Mrs Wallace«, sagte Darkus, während Keisha und Darnell sich kreischend im Zimmer herumjagten.

»Was kann ich dir zu trinken bringen, Darkus? Und magst du etwas Weihnachtsgebäck?«

Es klingelte, Virginia sprintete aus dem Zimmer.

»Ein Orangensaft wäre toll«, entgegnete Darkus. »Danke.«

Es waren Bertolt und seine Mum, gefolgt von Mrs Crips, die einen Weihnachtskuchen dabeihatte.

»Fröhliche Weihnachten«, sagte Bertolt mit breitem Grinsen.

»Kommt nur rein!«, rief Virginia und alle drängten ins Wohnzimmer.

»Danke, dass du Mrs Crips eingeladen hast«, flüsterte Bertolt Virginia zu.

»Natürlich!« Virginia lächelte. »Niemand sollte an Weihnachten allein sein.«

Sean kam mit einem Teller voller Bananen-, Melonen- und Süßkartoffelstückchen herein. »Hier ist ein Snack für die Käfer«, verkündete er und setzte den Teller auf dem Sofatisch neben den Zeitungen ab. Die Käfer musste man nicht zweimal darauf hinweisen. Baxter und Marvin flogen sofort zum Teller hinunter und begannen zu fressen. Baxter kletterte auf die Bananen und Marvin umschlang eine Süßkartoffel.

»Newton frisst nicht so viel«, sagte Bertolt entschuldigend.

»Das ist so cool!« Sean starrte die Käfer an und staunte.

Onkel Max schob Professor Appleyards Rollstuhl herein, an dem eine Tasche voller Geschenke hing. Onkel Max legte sie unter den Weihnachtsbaum. Die drei Mütter, Mrs Wallace, Mrs Crips und Miss Bloom, saßen mit einem Glas Sherry zusammen auf dem Sofa und diskutierten die Berichterstattung in den Zeitungen, die auf dem Sofatisch lagen. Die Titelseiten waren alle mit Bildern von der Filmpreisverleihung bedeckt, vor allem von der nackten, schreienden Ruby Hisolo Jr.

In den Artikeln hieß es, Lucretia Cutter sei wahnsinnig geworden und habe Kleider mit lebendigen Käfern entworfen. Und Novak Cutter sei eine fürchterliche Schauspielerin, die niemals für einen Preis hätte nominiert werden dürfen.

»Ich verstehe das nicht.« Bertolt nahm die *Daily News* hoch. »Warum spricht niemand von den Millionen Käfern, die Lucretia Cutter ins Ökosystem entlassen hat, damit sie die Weltherrschaft übernehmen kann?« Er schüttelte den Kopf.

»Weil eine Geschichte über einen nackten Filmstar besser bei den Lesern ankommt und mehr Zeitungen verkauft werden«, antwortete Barbara Wallace und die Mütter nickten.

»Aber ihre Käfer *sind* da draußen und richten schon Chaos an«, sagte Onkel Max. Er zeigte auf einen Artikel auf Seite fünf. »Seht mal. Hier ist ein Bericht über vernichtete Weizenernten in Texas. Amerika hat den nationalen Notstand ausgerufen.«

»Also, was machen wir jetzt?«, fragte Virginia.

»In der ersten Januarwoche«, sagte Darkus, »findet in Prag der Internationale Kongress der Entomologie statt. Onkel Max wird mich mitnehmen und Dr. Yuki Ishikawa kommt auch. Er hat die Filmpreisverleihung gesehen.«

»Er kommt?« Bertolt lächelte. »Oh, gut.«

»Ich komme auch«, sagte Professor Appleyard. »Es braucht schon mehr als Schwarze-Witwen-Gift, um mich von dieser Konferenz fernzuhalten.«

»Darkus hat eine außergewöhnliche Käfersammlung, die er unseren wissenschaftlichen Kollegen zeigen muss«, sagte Onkel Max stolz, »und er hat eine Geschichte zu erzählen, die sie alle erfahren müssen.«

»Bist du bereit, Baxter?«, fragte Darkus grinsend. Baxter kam auf seine Schulter geflogen und schmiegte den Kopf an seinen Hals.

»Nach der Konferenz«, sagte Onkel Max, »werden Motticilla und ich eine Rettungsmission zum Amazonas leiten. Wir werden Barty, Spencer und Novak finden und sie nach Hause bringen – und wenn wir schon dabei sind, werden wir auch auf die Jagd nach Rieseninsekten gehen.« Er zuckte mit den Augenbrauen.

»JAAA!« Virginia sprang auf und boxte in die Luft. »Ein neues Abenteuer.«

»Still jetzt. Setz dich, Virginia«, sagte Barbara Wallace. »Ich habe genug von diesem Gerede über Abenteuer.«

Bertolt stand auf. »Ich mag Abenteuer nicht. Überhaupt nicht.« Er wandte sich an seine Mum. »Aber ich *muss* Novak helfen. Sie braucht uns.«

»Oh, komm schon, Mum!«, protestierte Virginia. »Du hast Lucretia Cutter im Fernsehen gesehen. Stell dir mal vor, was sie Novak antun wird, dafür, dass sie uns geholfen hat. Du musst mich mitkommen lassen!«

Das flackernde Glühwürmchen und der kirschrote froschbeinige Blattkäfer stiegen in die Luft und schwebten über den Köpfen der Menschen.

»Heute ist Weihnachten.« Barbara Wallace reckte die Hände. »Warum öffnet ihr Kinder nicht jeder ein Geschenk?« Sie zeigte auf den Geschenkeberg unter dem reich geschmückten Baum. »Wie wär's mit dem roten, Virginia?

Das ist für dich. Bertolt und Darkus, für euch sind die mit den Sternen.«

Maulend ging Virginia auf die Knie und zog ein rotes Geschenk aus dem Stapel hervor. Sie reichte Bertolt und Darkus ihre Geschenke und sah zu ihrer Mum, ob sie es jetzt auswickeln durfte. Barbara Wallace nickte und Virginia riss halbherzig das Papier auf. Eine Hose und eine kleine Tasche in Tarnfarben kamen zum Vorschein, gefüllt mit allem Möglichen.

»Oh, wow!« Virginia öffnete sämtliche Druckknöpfe und Reißverschlüsse der Tasche: Ein Kompass fiel heraus, außerdem landeten ein Taschenmesser, ein Moskitonetz, eine Packung wasserfester Streichhölzer, ein winziges Erste-Hilfe-Set, eine Rolle Bindfaden und Wasserreinigungstabletten auf dem Boden. Sie sah zu ihrer Mum. »Großartig!«

Darkus und Bertolt rissen ihre Geschenke auf und fanden ebenfalls jeder eine kleine Tasche in Tarnfarben, die mit denselben Dingen gefüllt war.

»Nun, ich dachte, das könnte nützlich sein«, sagte Barbara Wallace nickend, »wenn ihr in den Amazonas-Dschungel reist.«

»Du lässt mich fahren?!« Virginia sprang auf. Mit ausgebreiteten Armen stürzte sie auf ihre Mutter zu und umarmte sie stürmisch.

»Der Kompass ist dazu da, dass du immer wieder nach Hause findest«, sagte Barbara Wallace und strich ihrer Tochter über den Kopf.

»Oh, danke, Mum, danke, danke, danke.« Virginia küsste ihre Mutter auf die Stirn und die Wangen.

Bertolt drehte sich zu seiner Mutter um und sie nickte. »Ich habe diese Lucretia-Frau mit eigenen Augen gesehen. Jemand muss sie aufhalten.« Calista Bloom lächelte stolz. »Und ich glaube, du wirst dich besser schlagen, wenn ich dieses Mal *nicht* mitkomme.«

»Der Amazonas!«, flüsterte er atemlos und sah zu Darkus.

Darkus nickte. »Es ist an der Zeit, dass jemand Lucretia Cutter aufhält und ihr etwas klarmacht: Die Welt gehört nicht ihr.«

DANKSAGUNG

Es gibt ein Dreigespann aus Engeln, ohne das ich nicht Schriftstellerin sein könnte. Ich möchte meinem Ehemann, Sam Sparling, für all die Opfer danken, die er für meine Autorenkarriere gebracht hat. Er ist mein erster Leser, mein größter Mutmacher und mein Verbündeter. Dank an meine liebe Freundin Claire Rakich, Beta-Leserin sondergleichen. Ihre Ehrlichkeit, ihr Feedback und ihr Enthusiasmus haben bei der Entwicklung dieser und all meiner anderen Geschichten geholfen.

Ein besonderer Dank gilt Jane Sparling, meiner Schwiegermutter. Unsere Kinder nennen sie Nana Jane und sie ist der großzügigste und liebenswürdigste Mensch, den ich kenne. Ohne diese drei Engel würde die *Käfer-Queen* immer noch halb fertig auf meinem Schreibtisch liegen.

Dr. Sarah Beynon, der wissenschaftlichen Beraterin dieser Trilogie, schulde ich unermesslichen Dank. Sie hat mir geholfen meine Angst vor Insekten zu überwinden und hat mich meinen ersten Käfer in die Hand nehmen lassen. Sie ist eine großartige Freundin geworden.

Wenn ihr Käfer mögt, dann solltet ihr die Bug Farm besuchen, Sarahs wunderbares Ausflugsziel in Pembrokeshire. Man kann dort Insekten berühren und alles über die kleinen Kreaturen erfahren, die unseren Planeten in der Hand haben. Mehr dazu hier: www.drbeynonsbugfarm.com.

Einen Riesendank an das National Theater, das mir ein Sabbatjahr genehmigt hat, vor allem an Alice King-Farlow, die sich in allen Belangen großzügig und verständnisvoll gezeigt hat. 2016 wäre ohne deine Unterstützung eine ganz andere Erfahrung geworden, Alice.

Ich möchte meiner fantastischen Agentin, Kirsty MacLachlan und allen bei Chicken House danken. Jazz, Esther, Laura, Sarah und Kes – ihr seid alle großartig. Elinor Bagenal, ich bin heimlich in dich verliebt, aber das wusstest du wahrscheinlich schon. Danke, dass du die Käfer in alle Welt verschickt und für sie in über dreißig Ländern ein Zuhause gefunden hast. Danke an meine geschätzte Lektorin, Rachel Leyshon – ich hoffe, du lektorierst alle Bücher, die ich jemals schreiben werde. Danke an Rachel Hickman für die umwerfenden Cover und Illustrationen der beiden Bücher. Sie haben die Menschen dazu veranlasst, zuzugreifen und einer unbekannten Autorin eine Chance zu geben.

Ich möchte dem Kraftwerk namens Liz Hyder danken, einer wahrlich leidenschaftlichen und wunderbaren Kommunikatorin. Und ein Riesendank geht an Nick und Lori bei Scholastic, USA, an Anja bei Chicken House Deutschland und an all die wunderbaren Menschen, die in Verlagshäusern rund um den Globus daran arbeiten, jungen Menschen die Käfer nahezubringen.

Barry Cunningham, du bist der ultimative Käferkönig. Deine Großzügigkeit überrascht immer wieder aufs Neue. Ein großes, von Herzen kommendes Dankeschön für alles, was du für mich und die Käfer getan hast und weiterhin tust.

Ich möchte der Royal Entomological Society genau wie der entomologischen Gemeinde danken, dass sie die *Käferkumpel* angenommen, gefeiert und unterstützt haben – und mir meine Angst vor Insekten verziehen haben. Insbesondere möchte ich Peter Smithers, Simon Leather, Luke Tilley, Patrice Bouchard und Max Barclay für ihre Unterstützung und Freundschaft danken; in meinen Augen seid ihr alle Helden.

Mein letzter Dank geht an euch, die Leser, und an alle, die Blogposts oder Amazon-Besprechungen geschrieben, meine Bücher empfohlen oder sie verschenkt haben, vor allem an Michael Morpurgo für das Zitat auf dem Cover. Ihr seid alle wunderbar.

Ein herzliches Dankeschön von mir und euren gliederfüßigen Freunden.

Wenn ihr noch mehr tun wollt, dann geht auf www.buglife.

org.uk und engagiert euch für die einzige Organisation in Europa, die sich für den Erhalt aller Wirbellosen einsetzt, von Käfern bis zu Bienen.

Von M. G. Leonard bereits erschienen:
Käferkumpel (Die Käfer-Saga, Teil 1)

FSC www.fsc.org
MIX
Papier aus verantwortungsvollen Quellen
FSC® C014496

Ein *Chicken House*-Buch im Carlsen Verlag

Originaltitel: Beetle Queen
Aus dem Englischen von Britt Somann-Jung
Lektorat: Regine Teufel
Coverillustration: Elisabet Portabella
Innenillustrationen: Karl James Mountford
Umschlaggestaltung: Helen Crawford-White
Layout und Herstellung: Derya Yildirim
Satz: Dörlemann Satz, Lemförde
Gesetzt aus der Trump Mediaeval
ISBN 978-3-551-52093-7
Printed in Germany

www.chickenhouse.de